魔道十兵
마도십병

마도십병 6

조돈형 新무협 판타지 소설

초판 1쇄 찍은 날 § 2007년 8월 23일
초판 1쇄 펴낸 날 § 2007년 8월 31일

지은이 § 조돈형
펴낸이 § 서경석

편집장 § 문혜영
편집책임 § 장상수
편집 § 이재권 · 유경화 · 유혜림

펴낸곳 § 도서출판 청어람
등록번호 § 제1081-1-89호
등록일자 § 1999. 5. 31
어람번호 § 제2-1275호

주소 § 경기도 부천시 원미구 심곡1동 350-1 남성B/D 3F (우) 420-011
전화 § 032-656-4452 팩스 § 032-656-4453
http://www.chungeoram.com
E-mail § eoram99@chollian.net

ISBN 978-89-251-0867-4 04810
ISBN 89-251-0272-2 (세트)

Fantastic Oriental Heroes

魔道十兵

마도십병

조돈형 新무협 판타지 소설

6

도서출판 청어람

목차

제51장 묵조영이라는 이름을 알고 있을 것이다   7

제52장 우리를 버렸다는 말이오?   33

제53장 움직이려느냐?   73

제54장 시작인가?   113

제55장 그건 내 것이다   141

제56장 폭렬산화탄(爆裂散火彈)   182

제57장 왔느냐?   215

제58장 지켜봐 주십시오   249

제59장 때가 되기는 되었구나   277

제60장 당신은 누구요?   305

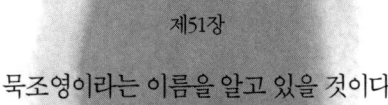

제51장

묵조영이라는 이름을 알고 있을 것이다

문이 열리고 한 사내가 들어섰다.

십비의 한 명이자 이번에 새로이 은영전의 전주에 오른 좌능파였다.

일비와 눈인사를 나눈 그는 뒤돌아 앉아 있는 공야치에게 공손히 인사를 했다.

"찾으셨습니까?"

빙글 의자를 돌린 공야치가 고개를 끄덕이더니 일비를 향해 물었다.

"그 아이를 구해간 괴인이 누구라고?"

"마상입니다. 마교 내에선 무혼이라 불리기도 하지요."

일비의 말에 곁에 있던 좌능파는 기절할 듯 놀랐다.

"무, 무혼이 움직였단 말입니까?"

"그래."

"있을 수 없는 일입니다. 제가 알기엔 그를 움직일 수 있는 것은 오로지 성소지환이라는 신물… 아!"

고개를 흔들던 좌능파는 순간 뭔가를 떠올렸는지 무릎을 탁 치며 소리를 질렀다.

"일이 그렇게 된 것이군요!"

"그렇다네."

일비가 빙그레 웃으며 말했다.

"한데 그걸 어찌 아셨습니까? 저 역시 마교에 큰 소란이 있었다는 보고를 조금 전에 접하기는 했어도 자세한 사정을 모르고 있는데요."

좌능파는 아직 은영전에도 올라오지 않은 보고를 일비가 먼저 알고 있다는 것을 이상히 여겼다.

"육비 숙부께서 전해오셨다."

"아!"

이미 이십여 년 전부터 마교에 잠입해 있던, 제삼차 정마대 전에도 별다른 움직임이 없던 육비의 보고라면 의심할 여지가 없었다.

그가 비로소 이해를 했다는 표정을 짓자 공야치가 다시 입을 열었다.

"한데 이번 일도 추월령인가 하는 아이와 밀접한 관계가 있다고 하였느냐?"

"예."

일비의 대답을 들은 공야치가 너털웃음을 터뜨렸다.

"허허허, 결국 이 모든 일이 사랑 때문이라는 것이로군. 제 어미가 그렇더니만 무척이나 감정이 풍부한 녀석이야. 그래, 그 추월령이라는 아이는 어찌 되었느냐?"

"여전히 마교에 잡혀 있는 것으로 알고 있습니다."

"음."

공야치가 눈을 감았다.

일비와 좌능파는 숨소리조차 내지 않고 다음 말을 기다렸다.

잠시 후, 눈을 뜬 공야치가 입을 열었다.

"일비."

"예."

"쉽지는 않겠지만 그래도 그 아이를 구할 방도를 강구해 보거라."

꽤나 힘든 일이 될 것이 뻔했으나 일비는 토를 달지 않았다.

"존명."

"좌능파."

"예, 맹주님."

"은영전을 이용해 일비를 도와라."

"옛!"

"그리고 곡운이란 녀석이 돌아왔다고 들었다."

"그렇습니다."

"어떻게 생긴 녀석인지 한번 보고 싶구나."

"알겠습니다."

황급히 머리를 조아린 좌능파가 공손히 자리에서 물러나자 공야치가 다시 눈을 감았다.

'광견이라…….'

"나를요?"

손가락으로 자신을 가리키는 곡운은 꽤나 당황하고 있었다.

"맹주전에서 전갈이 왔다는군."

"왜요?"

"나야 모르지."

얼마 전 당한 부상의 여파 때문인지, 아니면 사제 운호의 죽음이 가져다준 충격으로 인해 그런 것인지 살짝 어깨를 들썩이며 궁금해하는 운학의 얼굴은 몰라볼 정도로 수척해져 있었다.

"아무튼 다른 사람도 아니고 맹주께서 부르시는데 빨리 다녀오는 것이 좋을 것 같네. 이참에 고맙다는 인사도 드리고.

자네가 간장검을 지니게 된 것도 다 그분 덕 아닌가?"

운학이 그의 어깨를 툭 치며 말했다.

"오라니까 가보긴 하겠지만 영문을 모르겠으니 이건 영……."

찝찝한 마음이 가시지 않는지 엉거주춤 일어서는 곡운의 얼굴은 마치 도살장에 끌려가는 돼지처럼 몹시 떨떠름한 표정이었다.

'후~ 장난 아닌데.'

자신의 이름을 공야송(公冶頌)이라 밝힌 청년의 안내를 받으며 걸음을 옮기는 곡운은 사방에서 쏟아져 오는 예기에 숨이 턱턱 막힐 지경이었다.

일거수일투족을 마치 해부라도 하듯 샅샅이 훑는 눈빛 하나하나에 담긴 기운이 보통 날카로운 것이 아니었다.

잠룡단.

숫자는 고작 오십에 불과했으나 오직 가주의 명만을 받고 그를 위해 목숨을 바친다는 그들의 전력은 맹룡단이나 창룡단을 능가하는 공야세가, 아니, 나아가 의천맹 최강의 무력단체였다.

눈앞의 사내만 하더라도 이제 겨우 약관을 지나 어린 티를 벗었건만 예의 바른 태도며 절도있는 행동거지를 볼 때 결코 만만히 볼 상대가 아니었다.

'사람들이 잠룡단, 잠룡단 하는 이유가 있었구만.'

곡운이 그렇게 잠룡단의 위명을 온몸으로 느끼는 중에 앞서 가던 공야송이 빙글 몸을 돌렸다.

"제가 맡은 임무는 여기까지입니다."

곡운이 슬며시 주변을 살폈다.

의천맹의 어마어마한 규모를 감안했을 때 눈앞의 맹주전의 규모는 그다지 화려하지도, 크지도 않았으나 어딘지 모르게 중후한 멋이 있었다. 특히 전각 앞에 꾸며진 작은 연못과 정원이 그런 풍취를 더했다.

"고맙소."

고개를 돌린 곡운이 공야송을 보며 인사를 했다.

"그럼 이만."

마주 인사를 한 공야송이 휙 몸을 돌렸다.

"쳇! 쌀쌀맞기는."

잠시 동안 그의 뒷모습을 살피며 툴툴거리던 곡운이 전각을 향해 걷기 시작했다.

조금 전까지만 해도 전신을 옭아매던 기운이 완전히 사라졌기 때문인지 연못을 빙 돌아 전각으로 향하는 그의 발걸음은 무척이나 가벼웠다.

한데 연못을 돌아 막 전각 앞에 섰을 때였다.

곡운의 걸음이 딱 멈춰졌다.

'뭐지?'

자신도 모르게 움직인 손은 어느새 간장검의 손잡이에 닿아 있었고, 사위를 살피는 눈은 먹이를 노리는 매의 그것과 같았으며 전신 감각은 팽팽한 긴장감으로 물들어 있었다.

하지만 예리하기 그지없는 그의 눈, 그리고 오감에 잡힌 것은 그저 종종걸음으로 주안상을 나르는 여종 몇과 정원수를 가꾸다가 막 빗자루를 잡은 노인 한 명이 전부였다.

'분명 살기였는데…….'

방금 전, 그의 걸음을 멈추게 했던, 아니, 멈출 수밖에 없게 만들었던 엄청난 살기는 어느새 흔적도 없이 사라진 상태였다.

'내가 너무 긴장해서 그런가?'

우두커니 선 자세로 한참 동안이나 주변을 살피던 곡운은 아무런 기척도 느껴지지 않자 자신의 착각으로 여기고 다시 걸음을 옮겼다.

그러나 미처 한 걸음을 내딛기도 전에 그는 또다시 멈출 수밖에 없었다. 전신의 솜털까지도 곤두서게 만들 정도로 매서운 살기가 온몸을 강타했기 때문이었다.

곡운은 방금 전보다 더욱 긴장된 표정으로 주변을 살폈다.

아무런 기척도 느낄 수 없었다.

그토록 무섭던 살기 또한 씻은 듯이 사라졌다.

'적인가? 아니지. 그럴 리가 없지.'

그가 느낀 바에 의하면 의천맹 한복판에 적이 숨어들 가능성은 전혀 없다고 해도 과언이 아니었다. 만에 하나 불순한 의도를 가지고 숨어드는 데 성공했다 하더라도 목표는 자신이 아니라 당연히 의천맹주일 터, 공공연히 정체를 드러낸다는 것 자체가 말이 되지 않았다.

'그렇다면……?'

누군가 자신을 시험하고 있다는 생각을 한 곡운은 경계에 찬 눈으로 주변을 뒤지기 시작했다.

전각에선 아무런 낌새도 느껴지지 않았다.

혹, 맹주를 지키는 잠룡단의 짓은 아닌가 하는 생각도 해보았지만 시험을 하려면 굳이 전각에 도착한 이후일 필요가 없었다.

심지어 조금 전에 보았던 여종들과 늙은 하인까지 의심을 해보았으나 역시 수상한 점은 찾을 수가 없었다.

"젠장!"

주변을 면밀히 살펴보아도 정확히 누가, 또 어떤 의도로 살기를 뿌리는지 좀처럼 알 수가 없었다.

'에라 모르겠다. 어떻게든 되겠지.'

아무리 찾아도 상대의 모습이 드러나지 않자 굳이 찾을 필요가 없다고 판단한 곡운이 다시 전각을 향해 걸음을 옮겼다.

'웃!'

걸음을 옮기기가 무섭게 예의 살기가 쏟아져 들어왔다.

머리카락이 바짝 곤두서고, 입 안의 침을 바짝 마르게 할 정도로 무시무시한 살기.

곡운은 전신을 강타하는 살기를 애써 무시하는 척하며 계속해서 걸음을 놀렸다. 하나, 그의 예리한 감각은 이미 살기의 근원을 찾아 영활하게 움직이고 있었다.

그리고 결국 살기의 주인을 찾아낼 수 있었다.

끊임없이 곡운을 괴롭히던 살기는 그가 전각에 오르는 계단을 코앞에 둔 시점에서 완전히 사라졌다.

동시에 곡운의 걸음도 멈춰졌다.

"왜? 계속 해보시지 그러시오?"

곡운이 고개를 홱 돌리며 퉁명스럽게 소리쳤다.

한데 그 방향이 참으로 엉뚱했다.

곡운이 노려보는 사람은 다름 아니라 지금껏 묵묵히 정원을 쓸고 있던 늙은 노인이었다.

노인은 아무런 대답도 하지 않았다.

"흥."

입꼬리를 살짝 말아 올린 곡운이 간장검의 손잡이를 살짝 움직이자 순간, 날카로운 검신이 살짝 모습을 드러내는가 싶더니 뭔가 알 수 없는 기운이 노인을 덮쳐 갔다.

"헛!"

번쩍 고개를 쳐든 노인이 황급히 빗자루를 흔들며 몇 걸음 물러났다.

그 모습을 지켜보던 곡운이 간장검을 다시 집어넣으며 야유를 보냈다.

"빗질을 하다 말고 난데없이 왜 그러실까나? 이보시오, 영감. 뭐 못 볼 것이라도 봤소?"

비로소 곡운에게 당했음을 알게 된, 자신이 뒤로 물러나는 것과 동시에 자신에게 엄습했던 살기가 씻은 듯이 사라지는 것을 느낀 노인이 어처구니없는 표정을 지으며 소리쳤다.

"음흉한 놈 같으니!"

"나 원. 내가 뭣 때문에 영감한테 그런 소리를 들어야 하오. 먼저 음흉스런 짓을 한 사람이 누군데."

곡운이 콧방귀를 뀌며 빈정거렸다.

"너무 함부로 입을 놀리는구나."

"이보시오, 빗자루 영감. 오는 말이 고와야 가는 말도 고운 법이오."

"비, 빗자루 여, 영감? 이놈이!"

노인이 참지 못하고 빗자루를 쳐들었다. 하나, 애써 숨을 고르며 화를 가라앉히더니 손을 내저었다.

"그만 꺼져라."

곡운이 심드렁한 표정으로 쳐다보자 노인이 다시 말했다.

"뭘 꾸물거리느냐! 맹주님께서 네놈을 기다리신다."

"홍, 왜 소리는 지르고 그러시오? 누구 때문에 기다리게 되었는데."

퉁명스럽게 대꾸를 한 곡운이 계단을 올라 전각 안으로 사라지자 노인이 간신히 화를 억누른 음성으로 말했다.

"꽤나 건방진 놈이다."

그러자 조금 전, 전음으로써 노인의 행동을 만류한 일비의
음성이 들려왔다.

"그러게 뭣 하러 그런 장난을 치셨습니까, 오 숙부. 주위의
시선도 있는데."

"그냥. 놈의 실력이 궁금해서 그랬다."

"그래도……."

"주변 시선은 신경 쓸 것 없다. 어련히 알아서 조심했을까.
한데 맹주님께서 어째서 저리 무뢰한 놈을 부르신 것이냐?"

"글쎄요. 뭐, 이유가 있으시겠지요."

"의뭉스런 놈. 됐다. 관두거라."

휙 고개를 돌린 노인은 다시금 정원 주변을 청소하기 시작
했다.

'으으으.'

이를 앙다문 곡운이 오만상을 찌푸리며 힘겹게 버티고 있
었다.

주먹만 한 땀방울이 볼을 타고 흐르고 몸은 당장에라도 쓰
러질 듯 위태롭게 흔들렸다.

'무, 무슨 놈의 눈빛이…….'

무당괴협으로 명성을 날리는 곡운의 무공은 결코 약한 것

이 아니었다. 오히려 그의 나이를 감안했을 때 현재 그가 지닌 무위는 실로 대단한 것이 아닐 수 없었다.

그런 그가 공야치의 눈빛에 눌려 어쩔 줄을 몰라 하고 있었다.

곡운은 단지 쏘아보는 것뿐인데도 전신을 옴짝달싹하지 못하게 하는 공야치의 기운에 진저리를 쳤다.

비로소 사람들이 어째서 그에게 무신이란 칭호를 주고 극도의 존경심과 더불어 두려움을 갖는지 알 수 있었다.

그래도 지기는 싫었는지 그는 고개를 돌리지 않았다.

시선을 피하면 그와 같은 압력은 없을 터지만 악착같이 버텼다.

차 한 잔 마실 시간이 흘렀을까?

"무당이 좋은 인재를 얻었구나."

곡운의 실력을 간단히 시험해 본 공야치의 입가에 미소가 흐르더니 눈빛이 한결 부드러워졌다. 순간, 곡운의 몸을 천근 만근으로 억누르던 기운이 사라졌다.

"후아~"

맥이 탁 풀린 곡운이 몸을 휘청거리며 한숨을 토해냈다.

"네가 곡운이란 아이냐?"

"예? 예."

바닥을 보며 숨을 할딱이던 곡운이 슬그머니 고개를 들었다가 공야치와 눈이 마주치자 자신도 모르게 냉큼 고개를 숙이고 말았다. 조금 전과 같은 경험을 또 하기는 싫었던 것이다.

뻔뻔하기 그지없었던, 어지간한 일론 좀처럼 기가 죽지 않던 평소의 그를 떠올리면 꽤나 놀라운 일이 아닐 수 없었다.

"앉거라."

곡운에게 자리를 권한 공야치는 곡운이 엉거주춤한 자세로 의자에 앉자 온화한 음성으로 물었다.

"듣자니 술을 좋아한다지?"

"예."

"한잔 들거라."

"감사합니다."

그렇잖아도 목이 탔던 곡운은 공야치가 따라준 술을 단숨에 비웠다.

"제가 한잔 올리겠습니다."

"아니다. 한 잔 더 하거라."

부드럽게 웃은 공야치는 연거푸 두 잔의 술을 더 따라주고는 곡운의 술잔을 받았다.

"그 검이더냐?"

공야치가 빈 잔을 조용히 내려놓으며 물었다.

"예? 아 예."

공야치의 시선이 자신의 허리춤에 머문다는 것을 알아챈 곡운이 재빨리 검을 풀어 탁자에 올려놓았다.

"맹주님 덕에 이 검이 제 것이 될 수 있었다고 들었습니다. 이제야 감사를 드립니다."

"감사는 무슨… 다 네 복이지. 그래, 구경 한번 해봐도 되겠느냐?"

공야치가 조심히 물었다.

무인에게 검이란 그 생명이나 마찬가지. 아무리 그라 해도 함부로 말할 수는 없는 것이었다.

"물론입니다."

고개를 끄덕인 곡운이 공야치에게 공손히 간장검을 건넸다.

공야치는 그가 건넨 간장검의 손잡이를 잡고 천천히 잡아당겼다. 그러자 전설의 명검 간장검이 그 모습을 드러냈다.

"호~"

검신을 눈높이로 비스듬히 올려 간장검 특유의 거북 무늬를 살피는 공야치의 입에서 짧은 탄성이 터져 나왔다. 투박하게만 보이는 그 무늬 속에서 검을 만든 장인의 노력, 그리고 세월의 힘을 느낀 것이었다.

"무척 가볍구나."

"예."

"하나, 그 가벼움 속에는 상상도 하지 못할 날카로움과 예기도 숨어 있을 터. 명성 그대로 좋은 검이다."

공야치는 감탄에 감탄을 거듭하며 한참 동안이나 검을 살폈다.

"검을 든 자에겐 천하에 다시없는 보물이다. 아끼도록 해
라."

공야치가 건네주는 간장검을 받아 조심스레 갈무리한 곡
운이 공손히 대답을 했다.

"명심하겠습니다."

"그건 그렇고……."

천천히 잔을 드는 공야치의 눈이 살짝 빛났다.

"내가 어찌하여 너를 보자고 했는지 아느냐?"

순간, 곡운의 몸이 움찔했다. 이제야 본론이 나온다고 여긴
것이다.

"모르겠습니다."

곡운의 목소리가 자신도 모르게 떨렸다. 그러자 공야치가
너털웃음을 흘리며 손을 흔들었다.

"너무 긴장하지 말거라. 그냥 네가 보고 싶어서 불렀을 뿐
이다. 무당괴협이라는 명성이 이곳까지 들려와서 말이야. 뭐,
몇 가지 궁금한 것이 있다는 이유도 있지만."

"무엇을……."

곡운의 얼굴을 잠시 동안 쳐다보던 공야치가 넌지시 말했
다.

"묵조영이라는 이름을 알고 있을 것이다."

삽시간에 딱딱히 굳는 곡운의 얼굴.

그런 곡운을 보며 공야치는 의미심장한 미소와 함께 천천히 잔을 비웠다.

*　　　*　　　*

"후우~"

길게 숨을 내뱉으며 꼬박 반나절이 걸린 운기조식을 끝낸 묵조영이 천천히 눈을 떴다.

따뜻한 햇살에 눈이 부셔 잠시 동안 눈을 찌푸리던 그가 일장 밖에 우두커니 서 있는 사내를 바라보았다.

천년만년, 얼마의 세월이 지나더라도 변함없이 우뚝 서 있을 것 같은 사내.

마상은 그렇게 묵조영의 곁을 지켜주고 있었다.

'벌써 나흘이었던가?'

치명적인 부상을 당한 채 마상에 의해 구출을 받은 지 벌써 나흘이 지났다.

어느 한적한 야산에서 의식을 회복한 묵조영은 그 즉시 운기조식을 하며 몸을 추슬렀다. 몸속에 잠재해 있던 기운들이 천마호심공에 의해 용틀임을 시작했지만 주화입마에 비견될 정도로 큰 내상 덕에 치료는 결코 쉽지 않았다.

운기조식을 하다가 혼절하기를 몇 번, 그렇게 조금씩 기운을 회복한 묵조영은 이제야 안심할 수 있을 정도로 내상을 치유한 것이다.

그동안 마상은 변함없는 자세로 묵조영을 지켰다.

제아무리 천하를 호령하는 고수라 하더라도 운기조식을 할 때만큼은 치명적인 약점을 노출하는 법. 만약 마상이 없었다면 묵조영은 결코 마음 편히 운기를 하지 못했을 것이고, 적절한 치료를 하지 못해 그 부상이 얼마를 갈지, 또 어떤 후유증을 일으킬지 알 수 없었을 것이었다.

문득 탈출 당시 희미해진 의식 너머로 들렸던 괴노인의 음성이 기억났다.

"성소지환의 주인이라면 너도 그를 알고 있을 터. 그의 이름은 마상, 마 공이라 부른다."

몇 마디 말이 더 떠올랐다.

"성소로 가거라. 마 공이 너를 그곳으로 안내할 것이다. 계집 아이는 내가 보살필 테니 염려하지 말고 너는 그곳에서 본 교의 숨겨진 힘을 얻어라."

'성소? 마교의 숨겨진 힘? 그러고 보니…….'
언젠가 을파소가 했던 말이 기억이 났다.

"성소지환은 바로 마상을 움직일 수 있는 유일한 물건. 그 이유 하나만으로도 마도십병의 자격이 있다. 하지만 그것만이 전부는 아니다."

"음."

짧은 신음을 뱉어낸 묵조영이 팔목에 걸린 성소지환을 찬찬히 살폈다.

묵옥으로 만들어진 조그만 팔찌.

처음에도 느낀 것이지만 다시 보아도 별다른 특징이 없는 너무나 평범한 팔찌였다.

"이렇듯 평범한 물건에 그런 힘이 있을 줄이야."

쓴웃음을 지은 묵조영이 여전히 등을 돌리고 있는 마상을 불렀다.

"이보시오, 마 공."

순간, 석상처럼 굳어 있던 마상의 몸이 천천히 돌려졌다. 묵조영은 비로소 그를 자세히 살필 수 있는 기회를 얻었다.

핏기 하나 없는 얼굴, 탄력을 잃은 피부, 목내이(木乃伊:미라)처럼 움푹 파인 눈. 그럼에도 떡 벌어진 어깨하며 균형 잡힌 몸, 꽤 큰 키가 과거에 그가 어떤 모습을 지니고 있었는지를 알려주고 있었다.

하지만 회색빛으로 변해 버린, 초점을 잃어버린 눈동자에서 그가 일반인과는 다르다는 것을 여실히 느낄 수 있었다.

"고맙습니다."

마상이 아니었다면 이미 죽었을 목숨이었다.

묵조영은 고개를 숙여 진심으로 감사를 했다.

마상에게선 아무런 변화가 없었다.

"말을 하지 못합니까?"

묵조영이 물었다.

대답이 있을 리 없었다.

실혼인이라면 당연했다. 하나, 마상은 그가 일반적인 지식으로 알고 있는 실혼인과는 어딘지 모르게 다르다는 느낌을 받았다.

고개를 갸웃거린 묵조영이 다시 입을 열었다.

"정말 말을 하지 못하는 겁니까?"

역시 대답은 들려오지 않았다.

"정말 아무런 의식도 없는 건가?"

한참 동안이나 마상을 살피던 묵조영은 별다른 특징을 찾지 못하고 곧 고개를 흔들고 말았다.

"아무튼 잘 부탁합니다, 마 공."

묵조영이 친근한 웃음을 흘리며 재차 고개를 숙였다.

성소지환을 지니고 있는 한 계속해서 마상이 따라붙을 것은 자명한 일이고, 언젠가 마교에서 적절한 주인이 나타나 성소지환을 돌려줄 때까지는 어차피 함께할 동료라는 생각 때문이었다.

"윽."

천천히 몸을 일으키던 묵조영이 가슴을 부여잡고 인상을 찌푸렸다. 가슴 어귀에서 갑자기 들이닥친 통증 때문이었다.

폭주했던 내상은 어느 정도 다스렸다지만 추월령에게 당한 가슴의 상처는 아직 아물지 않은 상태였다.

'추 소저……'

묵조영은 당시 심장이 꿰뚫릴 뻔한 상황을 떠올리며 괴로워했다. 천목산에서의 일도 그렇거니와 자신과 그녀에게 연거푸 일어난 비극적인 상황이 도저히 믿기지 않았다.

"석… 류!"

모든 음모의 주재자라 할 수 있는 석류의 뻔뻔한 얼굴을 떠올리는 묵조영의 얼굴이 시뻘게졌다.

꽉 깨문 입술에서 선혈이 보이고 움켜쥔 두 주먹이 부르르 떨렸다. 흥분을 하자 가슴에서 치미는 통증이 더욱 거세졌지만 그 통증마저 석류에 대한 분노로 바뀌었다.

"네놈만큼은 절대 가만두지 않을 것이다!"

묵조영의 눈에서 뿜어져 나오는 살기는 실로 어마어마한 것이어서 의식이 없는 마상마저도 움찔거릴 정도였다. 그러나 지금 상황에서 아무리 혼자 화를 내고 분노를 한다 해도 변하는 것은 아무것도 없었다.

묵조영은 긴 한숨을 내뱉는 것으로 애써 화를 누그러뜨렸다.

"후~"

긴 한숨과 함께 힘없이 주저앉은 묵조영은 멍한 눈으로 유유히 떠가는 구름을 살폈다.

의식을 잃고 쓰러지는 추월령의 모습이 자꾸만 떠올랐다. 마음 같아선 당장에라도 달려가 그녀를 구하고 싶었다.

하나, 그것이 어떤 결과를 가져오는지는 이미 한번 경험을 한 터. 아무런 계획도 없이 그녀를 구하려 하다간 지난번과 같은 참극이 되풀이될 것은 너무도 뻔했다. 보다 치밀하고, 완벽한 준비를 할 필요가 있었다.

그나마 다행이라면 자신에게 전음을 보냈던 괴노인이 그녀를 보살펴 주겠다는 약속을 했다는 것이었다. 물론 그것을 전적으로 믿을 수는 없었지만 최소한의 위로는 되었다.

"마 공."

묵조영이 힘없는 음성으로 마상을 불렀다.

"혹 성소가 어딘지 아십니까?"

솔직히 별 기대는 하지 않고 물은 것이었지만 의외로 마상의 반응은 격렬했다. 눈에 띄게 흔들리는 그의 반응을 보며 묵조영의 목소리가 절로 커졌다.

"나를 그곳으로 안내해 줄 수 있겠습니까. 아니, 나를 그곳으로 안내해 주십시오."

주인의 명령이 떨어졌다.

성소라는 말에 몸을 부르르 떨던 마상이 빙글 몸을 돌렸다.

그리곤 냅다 달리기 시작했다.

"어, 어."

갑작스런 마상의 행동에 당황한 묵조영이 황급히 그의 뒤를 따르기 시작했다. 꽤나 빠른 움직임이었지만 다행히 그가 못 쫓아갈 정도는 아니었다.

"이거야 원."

난데없이 이상한 부하, 아니, 동반자를 얻게 된 묵조영은 바삐 달리는 와중에도 연신 쓴웃음을 흘리고 있었다.

"후아~ 잠깐만 멈춰요. 쉬었다 갑시다."

줄기차게 내달리는 마상을 겨우 멈춘 묵조영이 땅바닥에 아무렇게나 주저앉으며 숨을 몰아쉬었다.

제법 나아지기는 했어도 아직 온전한 몸이 아닌지라 며칠 동안 제대로 쉬지도 못하고 움직인다는 것이 보통 힘든 것이 아니었다.

묵조영의 상황을 느낀 것인지, 아니면 그저 단순히 그의 명령에 따르는 것인지 마상은 쉬었다 가자는 묵조영의 말에 그즉시 걸음을 멈췄다.

"도대체 얼마를 더 가야 되는 겁니까?"

묵조영은 아무런 대답도 들을 수 없다는 것을 알면서도 답답한 마음에 질문을 던졌다.

성소를 찾아 길을 떠난 지 벌써 사흘째, 밤낮을 달려 호북과 강서의 경계라 할 수 있는 막부산맥(幕阜山脈)을 넘었고, 지금은 산맥의 동쪽 끝 자락에 위치한 여산(廬山)에 이르고 있었다.

그럼에도 마상의 걸음은 멈출 줄을 몰랐다.

몸이 힘든 것도 힘든 것이지만 목적지를 알지 못하기에 너무 답답했다.

예상했던 대로 마상은 아무런 대꾸도 하지 않았다. 그저 묵조영이 앉아 쉬는 곳과 조금 떨어진 곳에 우두커니 서 있을 뿐이었다.

"후~ 내가 말을 하지 말아야지."

묵조영은 벌써 몇 번을 다짐하면서도 결코 지키지 못했던 말을 읊조리며 조용히 눈을 감고 짧지만 꿀맛과도 같은 휴식에 들어갔다.

반 시진 후, 간단히 운기를 끝낸 묵조영이 다시 눈을 뜨며 자리에서 일어났다. 다소 윤색을 찾은 안색 하며 생기 넘치는 눈동자를 보니 짧은 휴식이 꽤나 도움이 된 듯했다.

"가죠."

명령이라고 하기엔 어딘지 어색한 말이 떨어지고 오직 묵조영의 명만을 기다리고 있던 마상의 몸이 다시 움직였다.

제52장

우리를 버렸다는 말이오?

　강서(江西) 최북단, 구강에서 남쪽으로 약 백 리, 북으로는
장강을, 남으로는 파양호(鄱陽湖)에 접하고 있는 여산은 은(殷)
나라 시대에 오두막을 짓고 은거한 일곱 형제가 신선이 되어
승천했다는 전설이 있을 정도로 수려하면서도 신비로운 경관
을 자랑하는 곳이었다.

　한번 발걸음을 내디디면 그 아름다움에 취해 누구 하나 시
인 묵객이 되지 않는 사람이 없다지만 그것이야말로 호사, 정
신없이 내달리는 묵조영에겐 주변을 살피고 자시고 할 여유
가 없었다.

　켜켜이 겹친 여산의 한 능선에 위태롭게 자리한 소로, 천

교(天橋)라 불리는 좁은 길을 따라 걸어가면 그 발아래에 천하에 이름 높은 하나의 계곡이 드러난다.

봄이 되면 온갖 기화요초가 그 아름다움을 드러내고 겨울이 올 때까지 꽃의 잎이 지지 않는다고 하여 붙여진 금수곡(錦繡谷)이 바로 그곳이었다.

그 종류를 알 수 없는 무수히 많은 꽃이 펼치는 아름답고 화려한 꽃의 향연은 물론이고, 여타 다른 곳에서 짝을 찾아볼 수 없을 정도로 온갖 괴이하고 다채로운 괴석이 많아 수많은 사람들이 찾는다는 금수곡.

하나, 대부분의 사람들은 그 초입의 능선에서 잠시 머물며 살피다 갈 뿐 주변 산세가 너무도 험난하여 접근할 엄두를 내지 못했다.

특히 가파른 계곡의 아래쪽으론 산짐승마저도 접근하기를 꺼려할 만큼 위험천만한 곳이었는데 일 년의 대부분이 짙은 운무(雲霧)로 휩싸여 있어 더욱더 접근이 쉽지 않은 곳이었다.

사실상 금수곡의 본격적인 입구이자 사람들로 하여금 발길을 돌리게 만드는 사자암(獅子巖).

도무지 멈출 것 같지 않던 마상의 걸음이 두 마리 사자가 사납게 싸우는 형상을 하고 있는 바위 앞에서 멈춰졌다.

"여… 기가 성소입니까?"

묵조영이 조심스레 물었다.

물론 대답을 기대한 것은 아니고 그저 습관처럼 나온 말이었다.

제대로 주변을 살피지 못했던 묵조영이 비로소 마상 뒤로 펼쳐진 계곡의 광경을 살피기 시작했다.

가장 먼저 들어온 것은 그야말로 천지를 뒤덮을 듯 펼쳐진 운무와 그 운무를 뚫고 올라온 봉우리들이었다.

기기묘묘한 봉우리와 그 봉우리를 휘감고 오르는 구름의 모습이 마치 승천하는 용과 같은 신비로움을 자아내고 있었다.

"휘유~"

절로 휘파람이 나왔다.

바로 그때였다.

"으악!"

운해(雲海)의 신비로움에 취해 있던 묵조영의 입에서 기절할 듯한 비명이 터져 나왔다.

자신도 모르게 한발을 내딛다가 천 길 낭떠러지로 떨어질 뻔한 것이었다.

"젠장, 절벽이라면 이가 갈리는 나라고!"

발에 걸린 자갈을 신경질적으로 걷어차는 것으로 화풀이를 한 묵조영이 사자암 옆에 기대어 놀란 가슴을 쓸어내리다가 문득 계곡 아래쪽으로 돌을 던졌다.

그의 손을 떠난 돌조각은 어떤 흔적도 남기지 않고 삽시간에 구름과 안개 사이로 모습을 감춰 버렸다.

"돌겠네."

구름과 안개로 한 치 앞도 보이지 않을뿐더러 사자암 뒤, 길이라고 나 있는 것이 손바닥만 한 폭에 가파르기가 심해도 보통 심한 것이 아니었다. 아니, 아예 경사를 논하기가 민망할 정도로 길은 수직에 가까웠다.

문제는 마상의 행동을 보건대 바로 그 아래가 성소일 가능성이 높다는 것.

"어쩐다……."

잔뜩 얼굴을 찌푸린 묵조영은 뒤로 물러나지도, 그렇다고 앞으로 나아가지도 못하고 있었다.

한데 그가 온갖 갈등을 하는 사이 마상이 훌쩍 몸을 날렸다.

"이, 이봐요, 마 공!"

묵조영이 황급히 그를 불러 세웠으나 마상의 몸은 벌써 보이지 않았다.

"제길!"

명색이 실혼인이라면서 도대체 종잡을 수 없는 행동을 하는 마상을 보며 당혹감을 감추지 못한 묵조영은 어쩔 수 없이 그를 따라 계곡을 향해 몸을 내던져야 했다.

계곡 아래로 통하는 길은 생각대로 무시무시했다.

길이라고도 하기 힘든 좁은 길은 그나마도 중간엔 아예 흔적도 없이 사라져 있었고, 발밑도 제대로 보이지 않는 상황에 길은 어찌나 가파른지 거의 기다시피 하여 내려왔다.

묵조영이 그렇게 한참 동안이나 고생을 하여 계곡 아래에 발을 내디뎠을 때, 그의 의복은 이미 흠뻑 젖어 있었다. 옷은 곳곳이 찢어지고 더럽혀져 옷이라 부르기도 민망할 정도였다.

"이제 다 온 겁니까?"

묵조영이 한발 먼저 도착한 마상의 곁으로 걸어가며 신경질적으로 소리쳤다.

하나, 눈앞에 펼쳐진 금수곡의 비경은 그의 표정을 단숨에 바꿔놨다. 그만한 고생을 감수할 만큼 눈앞에 펼쳐진 경관은 실로 장관이었다.

"우와!"

끝없이 펼쳐지는 계곡의 모습을 바라보는 묵조영의 눈이 화등잔만 해졌다.

지금껏 봐왔던 모든 산수화(山水畵)가 겹치고 겹쳐 눈앞에서 펼쳐지는 듯 황홀한 경이로움을 맛볼 수 있었다.

좌우에 늘어선 봉우리를 애무라도 하듯 휘감은 구름이 하늘을 수놓고, 때마침 걷힌 운무를 뚫고 한줄기 햇살이 환상처럼 내리쬐는데 그 햇살에 기대 활짝 핀 꽃들이 계곡을 가득 메웠다.

우선적으로 눈에 들어온 것은 벚꽃, 매화, 진달래 등이었지만 계곡 전체를 뒤덮고 있는 꽃 중 이름을 알고 있는 것은 극히 일부에 지나지 않았다. 특히 코를 자극하며 접근하는 매혹적인 향기는 잠을 자면서도 그 향을 맡을 수 있다는 수향화(睡香花)가 틀림없었다.

화려한 꽃의 향연에 이어 그를 반긴 것은 온갖 기괴한 모습을 한 암석들이었다.

조금 전 보았던 사자암은 시작에 불과했다.

두 마리 용이 마치 하나의 여의주를 놓고 쟁투라도 벌이는 듯한 암석도 있었고, 신선이 앉아 바둑을 두는 모습, 하늘로 비상하는 독수리의 모습, 약초를 캐는 노인의 형상을 한 바위도 있었다.

예쁜 여인이 꽃을 들고 오지 않는 님을 기다리는 모습의 바위에선 절로 안타까움이 들었고, 천하장사가 큰 바위를 머리에 이고 있는 모습의 바위에선 그 기개가 느껴졌다.

시선이 가는 곳마다 온갖 상상의 나래를 펼치게 하니 놀랍지 않은 바위가 없었고 신비롭지 않은 경관이 없었다.

묵조영이 그렇게 금수곡의 경관에 심취해 있을 즈음, 먼저 도착한 마상이 좀 더 안쪽으로 걸음을 옮기기 시작했다.

묵조영은 아무런 물음도, 의심도 하지 않은 채 그를 따라 걸음을 옮겼다. 단지 시선만큼은 계곡의 곳곳을 구경하느라 이리저리 방향을 틀었지만.

그렇게 얼마를 걸었을까?

어느 순간, 마상의 걸음이 딱 멈췄다.

때마침 딴 곳을 바라보다 마상의 등에 머리를 부딪친 묵조영의 눈이 전방으로 향했다.

특별한 점은 보이지 않았다. 다만 잠시 걷히는가 싶던 운무가 다시 계곡을 휘감기 시작했다는 것과 계곡의 폭이 이전보다 훨씬 좁아져 있다는 것 정도가 다르다면 다른 점이었다.

하지만 그것이 전부가 아니었다.

가볍게 계곡을 살피던 묵조영의 눈이 점점 냉철해지기 시작했다. 계곡을 뒤덮고 있는 운무가 결코 예사롭지 않음을 느낀 것이었다.

'자연적으로 생긴 것이 아니다.'

그랬다.

자연적인 운무라면, 당연히 계곡 전체를 덮어야 함에도 불구하고 눈앞의 운무는 어딘가 이상했다. 마치 안의 내용물을 보여주기 싫어 친 휘장처럼 한쪽에만 머물며 시야를 막고 있는 것이었다.

"흐음. 이거 영 수상한데."

묵조영이 운무에 막힌 계곡을 살피며 두 눈을 반짝거렸다.

"여기가 성……."

고개를 돌리며 묻던 묵조영은 또다시 아무런 거리낌도 없이 운무 안으로 발길을 옮기는 마상의 모습을 보며 고개를 절레절레 흔들고 말았다.

평범한 생각으로 그의 행동을 예측한다는 것이 불가능하다는 것을 또다시 뼈저리게 느끼는 순간이었다.

"후~"

짙은 한숨과 함께 묵조영의 신형도 운무에 모습을 감추고 있는 계곡으로 움직이기 시작했다.

묵조영은 잔뜩 긴장을 하고 걸음을 옮겼다.

안개가 어찌나 심한지 한 치 앞도 보이지 않을 정도였다.

그는 만에 하나 있을지 모를 상황에 대처하기 위해 전신의 감각을 최대한 끌어 모았다. 한데 생각과는 달리 별다른 이상은 없었다. 그저 안개가 짙게 끼어 시야를 방해한다는 것뿐.

'쓸데없는 생각을 했군.'

스스로 너무 위축된 생각을 했다고 여긴 묵조영이 다소 긴장을 푸는 순간이었다.

"헉!"

그의 입에서 경악성이 터져 나왔다.

막 발걸음을 내딛는데 지면이 사라지고 갑작스럽게 나타난 절벽 때문이었다.

깜짝 놀란 묵조영이 발을 빼며 뒤로 물러났다.

그것이 전부가 아니었다.

딛고 있는 땅이 쩍쩍 갈라지며 절벽이 드러나기 시작했다.

"으악!"

당황한 묵조영이 다급히 뒤로 물러났다.

하나, 그가 물러나면 물러날수록 땅은 더욱 빨리 꺼지며 당장에라도 그를 집어삼키려 했다.

묵조영은 아직 무너지지 않은 땅을 디디며 필사적으로 내달리기 시작했다.

방향 감각을 완전히 상실해 지금 그가 어디로 달리고 있는지 알 수가 없었다.

마상의 안위를 생각할 여유 따위가 없었다.

한참을 그렇게 달리자 더 이상 땅이 갈라지는 위기는 없었다.

그러자 이번엔 하늘에서 번개가 내리치기 시작했다.

"도대체 뭐야!"

묵조영은 '어째서?'라는 의문을 가질 시간도 없이 이리 뛰고 저리 뛰었다.

그가 피하는 곳마다 번개가 내리쳐 땅이 푹푹 파였다.

다행히 몸에 직격을 피하여 목숨을 부지할 수는 있었지만 번개를 피하느라 꼴이 말이 아니었다.

얼마나 그렇게 날뛰었을까?

번개가 사그라들었다.

한데 번개의 공격도 무사히 넘어갔다고 안심을 하려는 찰나, 난데없는 살기가 쏟아져 들어왔다.

천마조를 움켜쥐고 천천히 주위를 살피는 묵조영의 눈에 석류를 필두로 하여 수없이 많은 마교의 고수들이 들어왔다.

석류 바로 곁에 텅 빈 눈으로 서 있는 추월령의 모습도 보였다.

그날의 참극이 눈에 선했다.

순간적으로 그의 의식은 마비가 되었다.

"죽일 놈!"

이를 악문 묵조영이 석류를 향해 내달렸다.

하나, 그에게 접근하기 위해 거쳐야 할 관문이 너무도 많았다. 수백, 아니, 수천이 넘는 마교도들이 그를 공격하기 시작했다.

"꺼져랏!"

묵조영은 손속에 조금의 인정도 두지 않았다.

천마조가 광풍을 쏟아내며 천지를 휩쓸고, 낚싯줄이 미친 듯이 춤을 추었다.

비명이 울린다.

목이 터져라 내뱉는 기합성, 함성이 천하를 뒤덮었다.

낚싯줄에 걸린 팔다리가 허공을 유영하며 피를 뿌렸다.

묵조영이 천마조를 한번 휘두를 때마다 십수 명의 마교도들이 힘없이 무너져 내렸다. 하지만 그는 좀처럼 전진할 수가 없었다.

코앞에 석류가, 추월령이 있었지만 쓰러뜨리면 도리어 그 배가 넘는 인원으로 자신을 압박하는 마교도들의 공세는 거대한 파도와 같았다.

"크헉!"

허리 쪽에서 통증이 느껴졌다. 동시에 등 쪽에서도 극통이 밀려왔다. 이제 겨우 정상으로 돌아오기 시작한 내상이 도졌는지 천마조가 일으키는 광풍은 점점 힘을 잃고 그의 움직임도 조금씩 둔해지고 있었다.

때마침 자신을 비웃고 있는 석류의 모습이 눈에 띄었다.

당장에라도 달려가 숨통을 끊어버리고 싶었으나 그럴 수가 없다는 것이 너무나 원통했다.

"석류!"

점점 힘이 빠지는 것을 의식하며, 또다시 석류에게 당하고 말았다는 생각에 울화가 치민 묵조영이 피를 토했다.

바로 그때였다.

갑자기 몸이 확 기우는가 싶더니 주변의 사물이 확 바뀌었다.

"……"

자신의 팔을 낚아챈 사람이 누군지 확인할 생각도 하지 못하고 멍한 눈으로 석류가 있던 곳을 노려보는 묵조영의 눈은 황당함 그 자체였다.

석류는 없었다.

물론 추월령도 없었다.

뒤를 돌아봤다.

조금 전까지만 해도 자신을 위협하던 절벽은 존재하지 않왔다. 어디에도 번개가 친 흔적 또한 없었다.

"이, 이게 도대체가······."

급변한 상황에 묵조영은 정신을 차릴 수가 없었다.

불현듯 누군가 자신의 팔을 붙잡고 있다는 것을 느끼고 고개를 돌렸다.

마상이었다.

처참한 몰골로 변해 버린 자신에 비해 마상은 아무런 이상도 없었다. 비로소 자신이 뭔가에 홀렸다는 것을 느낄 수 있었다.

"제길!"

모든 것이 혼자만의 환상이었다는 것을 깨달은 묵조영은 전신에서 힘이 빠져나감을 느끼며 그 자리에 주저앉고 말았다.

허탈했다.

어이도 없었다.

한낱 허상에 그토록 놀라고, 처절하게 몸부림치고, 분노했다는 것을 생각하니 어처구니가 없었다.

아마도 몸에 입은 상처는 혼자 날뛰다가 튀어나온 바위에 당한 것이리라.

"좋다. 어디 끝까지 해보자!"

벌떡 일어난 묵조영이 여전히 안개에 휩싸인 계곡에 대고 고래고래 소리를 질렀다. 하지만 그런 외침과는 달리 어느새 그의 손은 마상의 팔을 꽉 움켜쥐고 있었다.

"갑시다."

그의 외침에 마상이 천천히 움직이기 시작했다.

이미 놀랄 만큼 놀란 묵조영은 행여나 같은 꼴을 당할까 신중에 신중을 기했다.

시선은 오직 마상의 발에만 집중을 하고 그가 디딘 곳만 골라 디뎠다.

간혹 실수로 조금만 벗어나면 예의 그 무시무시한 환상이 그를 덮쳤다. 다행히 마상의 팔을 잡고 있어 조금 전과 같은 꼴을 당하지는 않았지만 절로 식은땀이 흐를 정도로 아찔한 순간순간이 계속되었다.

그렇게 어느 정도를 이동했을까?

그토록 짙게 끼었던 안개가 흔적도 없이 걷히며 금수곡의 진정한 아름다움이 그를 반겼다.

하지만 묵조영은 그 아름다움에 놀랄 겨를도 없었다.

금수곡을 관통하여 흐르는 계곡 물의 시작이라 여겨질 정도의 큰 호수에서 낚싯대를 드리우고 있는 한 노인을 발견한 것이었다.

묵조영이 천천히 다가갔다.

낯선 존재를 느꼈는지 노인이 고개를 힐끗 돌렸다.

묵조영에게 잠시 머물던 시선이 마상에게 향했다.

그의 눈이 미미하게 떨렸다.

단지 그게 전부였다.

별 관심이 없다는 듯 노인은 그저 묵묵히 낚시에 열중했다.

굳이 먼저 말을 꺼낼 필요가 없음인지 묵조영은 별다른 말 없이 그냥 노인의 뒤에 서 있었다.

때마침 찌가 움직이고 노인이 챔질을 했다.

힘찬 챔질과 함께 물을 박차고 올라온 낚싯바늘엔 물고기가 걸려 있지 않았다.

묵조영은 노인이 너무 성급하게 챔질을 했다는 것을 알면서도 별다른 말을 하지 않았다. 하나, 몇 번이고 그렇게 엉뚱하게 물고기를 놓치자 더 이상 참지 못하고 입을 열었다.

"그렇게 하시면 안 됩니다."

"뭐라고?"

노인이 짜증난 표정으로 고개를 돌렸다.

"그렇게 성급하게 챔질을 해봐야 물고기 좋은 일만 시키는 셈입니다."

"네가 낚시를 아느냐?"

노인이 같잖다는 어투로 대꾸를 했다.

묵조영은 비로소 노인의 얼굴을 찬찬히 살필 수 있는 기회를 얻었다.

양쪽 광대뼈에는 검버섯이 폈고, 이마에서 시작된 주름이 얼굴 전체를 덮어 그 나이를 알기 힘들었다. 그러나 날카로운 눈매하며, 고집스럽게 다문 입술, 더불어 왼쪽 미간에서 턱까

지 굵직하게 이어진 흉터가 노인의 강인함을 절로 느끼게 해
주었다.

"왜 말이 없느냐? 네가 낚시를 아느냐고 물었다."

"조금 압니다."

"조금 안다? 그런데 함부로 그런 말을 지껄였느냐? 건방진
애송이로구나."

"못한다고는 하지 않았습니다."

"점점."

"그렇게 성급하게 챔질을 하셔봐야 소용없습니다."

"하면 어찌해야 하느냐?"

"물고기들이 미끼를 제대로 물 때까지 기다려야지요."

"찌는 충분히 올라왔다."

"성급하셨습니다."

"한 뼘이 넘게, 그것도 힘차게 올렸어."

"그래도 제대로 문 것은 아닙니다."

"마치 본 것처럼 얘기를 하는구나. 그렇게 자신있으면 어
디 네가 한번 해보거라."

노인이 낚싯대를 건넸다.

고개를 저은 묵조영은 노인의 낚싯대가 아니라 천마조를
흔들었다.

"제 것으로 하렵니다."

그가 가장 자신있고, 좋아하는 것이 바로 낚시. 어느새 묵

조영도 승부욕으로 불타고 있었다.

"흥, 마음대로 하거라. 하나, 네 말을 증명하지 못한다면 명경지수(明鏡止水)같이 고요하던 내 마음을 흐트러뜨린 죄를 물을 것이야."

"그거야 두고 보시면 알겠지요. 미끼 좀 빌리겠습니다."

노인이 쓰고 있던 지렁이 두어 마리를 집어 든 묵조영이 바늘에 교차하여 끼더니 낚싯대를 호수에 드리웠다.

"찌는 사용 안 하느냐?"

"전 그런 것 필요없습니다."

한마디로 찌는 노인과 같이 실력없는 사람이나 쓴다는 어조였다.

노인의 얼굴이 일그러지거나 말거나 묵조영은 미끼를 던지고 물결의 파장과 낚싯대의 끝에서 오는 진동을 느끼기 위해 가만히 신경을 집중했다.

핑!

묵조영은 반 각도 되지 않아 천마조를 낚아챘다.

텀벙. 텀벙.

언뜻 보기에도 팔뚝만 한 붕어가 물 위로 배를 뒤집으며 모습을 드러냈다.

"호~ 이 깊은 산중에도 붕어가 있었네."

오랜만에 맛보는 손맛에 묵조영의 얼굴이 환해진 데 반해 노인의 얼굴은 똥 씹은 표정으로 변해 버렸다.

"어떻습니까?"

"······."

노인에게서 대답이 없자 묵조영이 피식 웃음을 터뜨렸다.

"뭐, 한 번 더 보여 드리지요."

붕어를 물에 풀어준 묵조영이 다시 낚싯대를 드리우고 금세 한 마리의 붕어를 더 낚아 올렸다. 이번엔 조금 전보다 더 이른 시간이었다.

밖으로 끌려 나와 파닥거리는 붕어를 보며 노인은 묵조영의 실력에 꿀 먹은 벙어리가 될 수밖에 없었다.

"이제 제 말을 믿으실 수 있겠지요?"

"······."

"아직도 믿지 못하시겠습니까?"

"난 뭐가 잘못된 것이냐?"

노인이 퉁명스레 되물었다.

"통상적으로 지렁이 미끼를 쓸 때에는 챔질에 신경을 더 많이 써야 합니다. 무작정 찌만 올라간다고 챔질을 하면 백이면 백 실패하지요. 그때는 아직 제대로 미끼를 문 것이 아니고 끝에만 살짝 건드린 것이라 보는 것이 맞습니다."

"그럼 언제 낚아채야 하지?"

"어느 정도 찌가 솟구친 다음에 잠시 잠깐 멈칫하는 순간이 있습니다. 바로 그때가 챔질할 시간입니다. 더 늦어도 안 되겠지요."

"흠."

노인은 그다지 인정하고 싶지 않은 표정으로 고개를 끄덕였다. 하나, 곧 그가 가르쳐 준 방법으로 물고기를 낚고는 더이상 뭐라 할 말이 없었다.

"네 말이 맞구나. 제법이다."

마침내 노인의 입에서 묵조영의 실력을 인정한다는 소리가 나왔다. 그러자 어디선가 곧바로 조롱 섞인 말이 들려왔다.

"쯧쯧, 제발 인정할 것은 바로 인정을 좀 해봐. 바둑에 지고 뛰쳐나가길래 뭘 하나 했더니만……."

흠칫 놀란 묵조영이 뒤를 돌아봤다.

바로 뒤에 언제 나타난 것인지 낚시하던 노인과 인상이 비슷한 노인이 서 있었다.

"뭣 하러 따라왔어?"

"알면서 뭘 물어."

뒤늦게 나타난 노인이 핀잔하듯 내뱉고는 날카로운 눈으로 묵조영을 살피기 시작했다.

"누구냐, 넌?"

"묵조영이라고 합니다."

"이름을 듣고 싶은 것이 아니다. 네가 어째서 천마조를 들고 있냐고 물은 것이다."

그 말에 낚시하던 노인도 깜짝 놀란 표정을 지었다.

"천… 마조?"

"마교를 떠난 지 수십 년이라지만 천마조도 못 알아보다니… 쯧쯧, 눈은 뭐 하러 달고 다니는지 몰라."

"험험. 솔직히 마 공이 놈을 데리고 왔길래 우리와 연관이 있다고는 생각했지만 녀석의 낚싯대가 천마조라고는 생각도 하지 못했다."

"으휴~ 한심하기는."

거듭되는 핀잔에 노인은 할 말이 없는지 괜히 죄없는 물고기만 냅다 호수로 집어 던졌다.

"다시 묻겠다. 네가 어째서 천마조를 들고 있는 것이냐? 천마조는…….."

"교주의 신물이라고요?"

순간, 두 노인의 눈빛이 차가워졌다.

"네가 마 공의 안내로 이곳에 들어왔을 때부터 어느 정도는 짐작했다. 본 교의 제자냐?"

"그건 아닙니다."

묵조영이 고개를 흔들자 서로 바라보는 두 노인의 얼굴에 의구심이 가득했다.

"하면 어째서 천마조가 네 손에… 그리고 마 공은 또 어째서 너를 이곳으로 데리고 온 것이냐? 교주의 명을 받고 온 것이 아니더란 말이냐?"

"예."

"뭔가 잘못돼도 단단히 잘못된 모양이구나. 그 이유를 알아야겠다."

"여기서 이럴 게 아니라 자리를 옮기지."

어느새 낚싯대를 접은 노인이 말했다.

"아무래도 그래야겠지? 좋아, 따라오너라."

두 노인이 앞장서고 묵조영이, 그리고 마상이 조용히 그 뒤를 따랐다.

그들의 걸음이 멈춘 곳은 호수에서 계곡 안쪽으로 백여 장더 들어간 곳에 위치한 조그만 초가 앞에서였다.

그곳엔 비슷비슷한 크기의 초가가 두 채 더 있었는데 노인들은 그중 맨 오른쪽 초가로 묵조영을 데리고 갔다.

초가엔 노인들과 비슷한 연령대의 노인 셋이 더 있었다.

한발 앞서 초가로 들어간 낚시 노인의 설명이 있었는지 그들은 묵조영이 앉기가 무섭게 질문을 던졌다.

"마교의 제자도 아니면서 어째서 천마조를 들고 있는 것이냐?"

"너는 이곳이 성소라는 것을 알고 있었느냐?"

대답할 시간도 주지 않고 연속되는 질문에 묵조영은 어떤 질문부터 대답을 해야 할지 갈피를 잡지 못했다.

그러자 중앙에 앉아 있는 노인, 비교적 작은 키에 허리까지 내려온 수염과 머리카락은 백발로 변했으나 나이에 걸맞지 않게 팽팽한 피부를 지닌 노인이 슬쩍 손을 들어 속사포처럼 쏟아지는 질문을 막고 차분히 물었다.

"천마조는 네 것이냐?"

"예."

"누가 주었느냐?"

"할아버지가……."

노인의 눈에서 기광이 번뜩였다.

"할아버지의 이름이 무엇이냐? 을파소냐?"

을파소라는 이름을 마치 어린아이 이름 부르듯 하는 것이 마음에 들지 않았지만 묵조영은 그렇다고 대답을 했다.

"듣자니 마교의 제자가 아니라고 했다지? 또한 네 성이 을 씨가 아니던데……."

"예."

"하면 이상하구나. 을파소가 어째서 마교의 제자도 아니고 친손자도 아닌 너에게 천마조를 준 것이냐? 천마조는 교주의 권위를 상징하는 신물. 정신이 나가지 않고서야… 어디 설명을 해보겠느냐?"

"예."

고개를 끄덕인 묵조영은 을파소를 처음 만나게 된 순간부터 지금까지의 일을 대략적으로 설명하기 시작했다.

노인들은 그의 설명이 이어지는 중간중간에 놀라기도 하고, 노하기도 하고, 한숨을 내쉬기도 했지만 묵조영이 천마조의 비밀을 풀었다는 말엔 너나 할 것 없이 탄성을 내질렀다.

"…해서 그 노인의 말대로 이곳으로 오게 된 것입니다."

"네게 이곳으로 가라고 한 노인이라면… 신로겠구나."

중앙의 노인이 고개를 끄덕이며 말했다.

"허, 그 늙은이 참 오래도 산다."

낚시를 했던 노인이 혀를 내두르며 말했다.

다른 한 노인도 동의를 하는지 고개를 끄덕였다.

"그러게 말이야. 아주 벽에 똥칠할 때까지 살 모양인데."

그러자 중앙에 앉은 노인이 핀잔을 주었다.

"쯧쯧, 당시에도 앙숙이더만 지금까지 감정을 버리지 못했는가?"

"아니, 뭐……."

두 노인이 멋쩍은 표정으로 말문을 닫자 노인이 다시 묵조영을 바라봤다.

"성소지환을 가지고 있다고 했느냐?"

"예."

묵조영은 즉시 소매를 걷어 성소지환을 보여주었다.

"음."

노인의 입에서 나직한 신음이 흘러나왔다.

낯빛도 가히 좋지 않았다.

그런 반응은 비단 그 노인뿐만 아니라 나머지 네 노인도 마찬가지였다.

"성소가 어떤 곳인지 알고 있느냐?"

"잘 모릅니다. 하나, 신로라는 노인이 말하기를 마교의 숨겨진 힘이 있는 곳이라 했습니다."

"숨겨진 힘이라… 따지고 보면 그렇기도 하겠군."

노인이 씁쓸히 웃으며 고개를 끄덕였다. 그리곤 말을 이었다.

"성소는 무덤이다."

"예?"

이해할 수 없는 말에 묵조영의 눈이 동그래졌다.

"무덤이란 말이다. 선배들의, 그리고 장차 우리들의 무덤."

묵조영은 쉽게 이해하지 못했다.

"이차 마정대전에 대해 알 것이다."

"예."

"그 일이 있은 후, 당시 본 교의 수뇌들은 성녀를 지키지도 못하고, 또 마정대전에서 확실한 승리를 거두지 못한 것에 대한 책임을 통감한 뒤 모든 권력과 지위를 제자들과 후배들에게 물려주며 은퇴를 선언하게 되었다. 이후, 그분들은 조용히 여생을 정리할 곳을 물색하시다가 바로 이곳, 금수곡으로 오신 것이다."

"아!"

"그것이 하나의 전통이 되어 지금의 우리까지 이곳으로 오게 되었다. 외부와 철저하게 차단된 바로 이곳에. 물론 아무나 올 수 있는 것은 아니다. 교주와 그에 버금가는 지위를 지닌 사람들만이 이곳에 들어올 수 있는 자격이 주어지지. 자격이 되지 않는 사람은 원해도 이곳으로 들어올 수 없다. 흠, 이곳으로 오는 도중 꽤나 고생을 했을 터인데?"

자신을 괴롭혔던 안개를 떠올린 묵조영이 고개를 끄덕였다.

"예. 안개가 너무 짙었습니다. 게다가 그 안개 속에 요상한 힘이 있는지 절 온갖 환상으로 괴롭히더군요."

노인이 빙긋이 웃었다.

"환영쇄혼진(幻影碎魂陣)이라는 것이다. 사람의 내면에 있는 공포와 두려움, 욕망 등을 상기시켜 혼란케 하는 무서운 진법이지. 용케도 빠져나왔구나."

"마 공이 아니었으면 불가능했을 것입니다."

"하긴, 역대 교주 등을 수행하며 이곳까지 온 유일한 사람이 바로 마 공이었으니까. 아무튼 반갑구나. 내가 바로 전대의, 아니, 을파소가 교주에서 쫓겨났다고 하니까 전전대가 되는 것인가?"

노인이 씁쓸히 웃었다.

"내가 전전대 교주이자 네 할아버지인 을파소의 사부가 되는 마천량(馬天量)이다."

그러자 주변을 에워싸고 있던 노인들이 속속 자신들의 소개를 하기 시작했다.

"난 여곤(呂坤)이다."

처음 낚시를 통해 만났던 노인이었다.

이어서 두 번째로 만난 노인이 자신의 가슴을 탕탕 두드렸다.

"노부는 사도명(史刀鳴)이라 한다."

"노부는 공손초(公孫梢)다."

"강상(康湘)이다. 그냥 강 노인이라 불러라."

노인들이 저마다 다른 표정, 음색, 행동을 하며 소개를 마쳤다. 하지만 입을 쩍 벌리고 있는 묵조영에게 다른 사람들의 이름은 제대로 들어오지 않았다.

그의 얼굴은 오직 자신을 을파소의 사부라 소개한 마천량에게 고정되어 있었다. 그리곤 곧 자신이 위치를 떠올리곤 대경하여 무릎을 꿇었다.

"조, 조영이 태사조님을 뵙습니다."

마천량이 머리를 조아리고 있는 묵조영을 물끄러미 바라보았다.

"태사조라⋯⋯."

마천량이 주변 노인들을 둘러보며 빙긋이 웃음 지었다.

묵조영이 마교의 제자는 아니나 그렇다고 완전히 관계가 없는 것은 아닌 터. 속세를 떠나 인연이 끊어졌다고 여긴 제자의 손자로부터 인사를 받게 되니 그다지 싫지 않은 기색이었다.

그런 마천량의 기분을 눈치 챈 것인지 주변 노인들 또한 흐뭇한 미소를 짓고 있었다.

그런데 여기서 하나 짚고 넘어갈 것이 있었다.

마천량의 존재로 인해, 그리고 마교에 대해 별반 지식이 없었던 묵조영은 미처 의식을 하지 못했지만 그 노인들 개개인의 이름은 그냥 듣고 흘려버릴 만큼 시시한 것이 결코 아니었다.

마천량의 사제이자 당시 마교의 최고 장로, 호법이었던 여곤과 사도명, 공손초, 강상은 마교의 사대천마(四大天魔)라 불리며 마교도들에겐 가히 신과 같은 존경을 받았고, 뭇 무림인들에겐 공포의 대상이 됐던 엄청난 인물들이었다.

현재 마교의 태상 곽홍은 여곤에게 화룡천강무를, 좌상 범장이 사도명에게 추혼귀창과 그 무공을 받은 뒤 그 제자들에게까지 이어졌으니 결국 현 마교의 최고 권력을 지닌 자들 모두가 바로 묵조영의 눈앞에 앉아 있는 노인들로부터 시작된 셈이었다.

"그나저나 곽홍 그놈이 배반을 했다니 영 믿기지 않는데."

생각지도 못했다는 듯 여곤이 고개를 흔들자 사도명이 콧방귀를 뀌었다.

"처음부터 그놈 눈초리가 영 마음에 들지 않았어. 음흉한 것이 흉중에 무슨 생각을 하고 있는지 알 수가 있어야 말이지. 하긴, 범장 그 미련한 놈까지 참여했다니 나도 할 말은 없지만."

"자책할 것 없네. 우리가 관여할 문제가 아니야. 그리고 녀석들에게 배반할 여지를 주었다는 것 자체가 문제가 있는 것이지. 그래, 그 후 네 할아버지의 생사가 어찌 되었는지 알고 있느냐?"

마천량의 물음에 묵조영의 안색이 어두워졌다.

곡운에게 을파소의 안전을 부탁했지만 결과가 어찌 되었는지 확실히 알지 못했기 때문이었다.

"정확히는… 하나, 할아버님과 관련하여 그 어떤 말도 무림에 퍼지지 않았다는 것을 감안하면 무사하시리라 믿습니다."

마천량은 별다른 대꾸 없이 고개를 끄덕였다. 그리곤 다소 무거워진 표정으로 입을 열었다.

"조금 전, 성소가 어떤 곳인지 말했을 것이다."

"예."

"하지만 그게 전부는 아니다."

묵조영은 조용히 다음 말을 기다렸다.

"신로가 네게 이곳으로 가라며 했다는 말, 본 교의 숨겨진 힘을 얻으라는 말이 어떤 의미인지 알겠느냐?"

짐작 가는 바가 있었다.

"마교의 숨겨진 힘이라는 것이… 혹 태사조님과 여러 어르신들의……"

"맞다. 비록 은퇴를 하고 삶을 마감하려 성소에 들었지만

우리에겐 예전부터 암묵적으로 내려오는 사명이 있었다. 그
것은 바로……."

마천량의 안색이 딱딱하게 굳었다. 노인들 또한 마찬가지
였다.

"바로 성소지환의 주인이 요청을 하면 오직 한 번에 한해
은거를 깨고 도움을 줘야 한다는 것이다."

"음."

묵조영은 자신도 모르게 침을 꿀꺽 삼키고 말았다.

힘의 율법이 좌우하는 마교에서 최고 권력과 지위를 누렸
다는 것은 그만큼 엄청난 무위를 지니고 있음을 반증하는 것
이었다. 개개인이 절대고수가 아닌 사람이 없을 것이고, 그들
한마디에 산천초목이 떨었을 것이다.

그런데 한 명도 아니고 무려 다섯 명이었다. 그들이 지닌
힘이 어떠할지는 상상할 필요도 없었다.

"신로가 너를 이곳에 보낸 것은 결국 우리로 하여금 무너
진 본 교의 질서를 다시 잡고자 함일 것이다."

"하지만 마교는 현재 그 힘이 욱일승천하여……."

"화무십일홍일 뿐이다. 우리들 역시 과거엔 힘을 최우선으
로 생각하였고 무림제패의 꿈을 꾸었으나 이곳에 와서 그 모
든 것이 부질없는, 헛된 야망이라는 것을 깨닫게 되었다. 힘
으로 일어선 자는 결국 그 힘에 의해 멸망의 길로 들어선다.
신로는 그것을 막고자 함이야."

"그렇… 군요."

묵조영이 무겁게 고개를 끄덕였다.

말을 마친 마천량이 묵조영의 얼굴을 물끄러미 바라보았다. 그리곤 심각한 표정을 짓고 있는 그의 어깨를 툭 치며 웃음 지었다.

"그렇게 심각하게 고민할 필요는 없다. 천천히 생각하여라. 우선은 몸이나 잘 추스르거라. 상처가 깊어 보인다."

마천량의 말에 묵조영은 자신의 옷에 피라도 묻어 있는 것은 아닌가 하여 살펴보았다.

마교의 총단에서 탈출한 이후, 깨끗하게 갈아입었던 옷이 금사곡에서의 고생 덕에 지저분하기가 그지없었다. 하지만 마천량은 단지 몸 밖의 상처나 지저분하게 변한 의복을 지적한 것이 아니었다.

"내상이라는 것은 제때에 치료를 해야 후유증이 남지 않는다. 당분간은 아무 생각 말고 몸조리에 신경을 쓰거라. 이보게, 공손초."

"예, 교주님."

"조영에게 머물 곳과 음식을 좀 갖다주게. 옷도 챙겨주고."

"그러지요. 머물 곳과 옷은 문제가 없지만 음식이 입에 맞을지 모르겠습니다. 있는 것이라곤 풀뿌리가 전부인지라."

"오랜만에 가서 사냥이나 해올까?"

사도명이 말했다.

"아, 아닙니다. 괜찮습니다."

묵조영이 깜짝 놀라 손사래를 쳤다.

"그래도 손님 대접은 해야지. 이봐, 여곤."

"왜?"

"자넨 가서 물고기나 몇 마리 잡아와. 아무리 초보라지만 아까처럼 헛손질은 그만 하고. 난 사냥을 해올 테니까."

"그러지."

여곤이 다소 민망한 표정을 지으며 고개를 끄덕였다.

"저 때문에 그렇게 신경 쓰실 것은……."

묵조영이 거듭 사양을 하려 했지만 여곤과 사도명은 이미 문밖으로 나서는 중이었다.

"사양하지 말거라. 맨날 늙은이들끼리 지내다가 어린 너를 봐서 그런지 그들 나름대로 즐거운 것이야."

마천량까지 나서자 묵조영은 더 이상 사양을 할 수가 없었다. 그저 머리를 조아리며 인사를 할 뿐이었다.

*　　　*　　　*

천하제일명산 황산 자락에 자리를 잡은 황산묵가의 대회당.

전대 가주인 묵연작을 필두로 좌우에 현 가주인 묵하상과 묵성이 자리하고 그 아래쪽으로 청룡, 백호, 주작, 현무를 상징으로 하는 가신(家臣) 가문의 대표들과 십수 명의 장로, 호법 등 현재 황산묵가를 대표하는 주요 수뇌들이 심각한 표정으로 의견을 교환하고 있었다.

"혁씨세가에선 아직도 연락이 없느냐?"

묵연작의 물음에 묵성이 무겁게 고개를 끄덕였다.

"예."

"지원군도 없다는 말이겠지?"

"그렇습니다."

"계속해서 지원 요청을 하는데도?"

"그렇습니다."

"음."

묵연작의 짙은 신음이 현재 끊임없이 공격을 당하는 묵가의 위기 상황을 간접적으로 나타내고 있었다.

"설마하니 그들이 이런 식으로 외면할 줄은 몰랐습니다. 우리가 무너지면 다음 목표는 바로 자신들이라는 것을 모를 리 없을 텐데 말입니다."

묵성이 입술을 부르르 떨며 소리쳤다. 그러자 매율현이 고개를 흔들었다.

"그것을 모를 혁씨세가가 아니네. 단지 중간을 차단하고 있는 마교 놈들 때문에… 우리를 돕기 위해 달려오던 지원군이 꽤나 많은 피해를 당하지 않았는가?"

"한참 전의 일입니다."

"어쩌면 지원을 요구하는 연락 자체가 도착하지 못했을 수도 있어."

"지금껏 돌아온 연락병이 하나도 없다는 것을 보면 그 말에도 일리가 있을 듯합니다, 노가주."

전대 주작매가의 가주이자 현재는 묵가의 태상호법의 직함을 가지고 있는 매규염(梅奎染)이 매율현을 거들고 나섰다.

그러나 묵연작은 고개를 흔들었다.

"꼭 그렇지만은 않은 것 같소."

그의 말에서 묘한 어감을 느낀 매규염이 다시 물었다.

"하면 다른 이유라도 있다는 말씀입니까?"

"의천맹에도 지원군을 요청했지만 거절했소. 최대한 빨리 지원을 한다고는 하였지만 그건 사실상 거절이나 마찬가지. 그렇지 않느냐?"

묵연작의 물음에 묵하상이 고개를 끄덕였다.

"그렇습니다. 나흘 전, 의천맹의 지원군은 본 가가 아닌 혁씨세가에 도착한 것으로 파악되었습니다. 혁씨세가의 지원이 완벽히 끊긴 것이 바로 그 시점이었습니다."

"그렇다면……."

"예. 의천맹에선 본 가를 버리기로 결정한 것입니다. 의천맹의 지원을 보장받은 혁씨세가 역시 이쪽으로 병력을 보내 출혈을 감수하느니 차라리 의천맹의 지원군과 함께 마교와 싸우는 것이 낫다고 판단한 것으로 보입니다."

"어찌 그들이……."

매규염은 의천맹의 처사를 도저히 믿을 수 없다는 듯 두 눈을 부릅떴다.

"검각은, 검각도 우리를 버렸다는 말이오?"

백호엽가의 가주 엽천천(葉天泉)이 물었다.

나이가 벌써 칠십이 가까웠지만 괄괄한 성정은 삼십 장정에 못지않은 사람이 바로 그였다.

"그렇지는 않습니다. 검각은 우리를 지원하기 위해 끊임없이 노력하고 있습니다. 다만, 흑월단의 살수들이 집요하게 교란을 하는 통에 여의치 않을 뿐이지요. 피해도 꽤나 입은 도양입니다."

"그나마 다행이구려. 검각의 지원마저 끊기면 그야말로 고립무원. 우리가 기댈 곳이 전혀 없는 셈이니."

"뼈를 갈아 마셔도 시원치 않을 살수 놈들 같으니!"

처음 혁씨세가의 지원이 끊긴 것도 그렇고 검각의 지원이 제대로 이루어지지 않는 모든 이유가 흑월단의 살수들 때문이라는 것을 알고 있던 묵성이 이를 바득바득 갈았다.

"어쨌건 상황이 좋지 않은 것만은 틀림없소. 어쩌면 가문의 존망이 위태로울 수도 있소이다. 현 시점에서 우리가 처한 상황을 제대로 이해하고 다시 한 번 대책을 세워야 할 것 같소."

묵연작이 눈짓을 하자 묵가의 두뇌로 인정받는 현무추가의 가주 추건(秋乾)이 벌떡 일어나더니 지도가 걸려 있는 벽을 향해 걸어갔다. 그리고 주저없이 입을 열었다.

"현재 본 가와 직접적으로 전투가 벌어지는 곳은 세 곳입니다. 바로 이곳과 이곳, 그리고 이곳이지요."

추건의 손길을 따라 사람들의 시선이 이동을 했다.

"다들 아시다시피 놈들의 본대는 의성에 있습니다. 지금 공격을 하는 자들은 마교를 추종하는 몇몇 문파들과 그들의 위세에 겁을 집어먹고 항복을 한 군소문파들입니다."

"병신들!"

묵성이 버럭 소리를 질렀다.

"문제는 그들과의 싸움으로 본 가의 전력이 조금씩 소진되고 있다는 겁니다. 어제만 해도 엽가에 큰 피해가 발생한 것으로 알고 있습니다."

사람들의 시선이 자신에게 향하자 엽천천은 굳은 얼굴로 고개를 끄덕였다.

"놈들의 매복에 걸려 열둘이 부상을 입고 아홉이 죽었네."

그의 말에 좌중에서 심한 동요가 일었다. 전면전을 앞둔 국지전에서 그 정도의 피해는 꽤나 심한 것이었다.

"매가는 어떻습니까, 형님?"

한 세가의 가주라는 지위를 떠나 평소 호형호제하는 추건의 물음에 매율현의 입에선 절로 한숨이 흘러나왔다.

"좋지 않네. 싸움도 하루 이틀이지 매일같이 이어지니 다들 피곤한 기색이 역력해. 피해도 조금씩 누적이 되고."

"전체적으로 어느 정도의 전력이 당했나?"

묵연작이 물었다.

"사 할에 육박합니다."

좌중에 또 한 번의 동요가 일었다.

묵가를 떠받치고 있는 네 기둥 중 가장 큰 힘을 지닌 곳이 바로 주작매가였고 그들 전력의 사 할이라면 청룡임가와 현무추가의 전체 전력이라 해도 과언이 아닐 정도였기 때문이었다.

"놈들의 본대는 아직도 움직이지 않고 있는가?"

묵연작이 추건을 향해 물었다.

"예. 아직까지는 움직이지 않고 있습니다. 하지만 요 며칠 분위기가 심상치 않습니다."

"심상치 않다면?"

"확실한 것은 아니지만⋯⋯."

추건이 마른침을 삼켰다.

"적의 수뇌부에서 때가 되었다고 판단한 것 같습니다. 늦어도 수삼 일 내로 대대적인 공격이 있을 것 같습니다."

순간, 장내에 고요한 적막이 찾아들었다.

"막을 방법은?"

한참 만에 적막을 깬 묵연작이 물었다.

"외부의 지원없이 솔직히 우리들의 전력만으론 무리입니다. 최소한 검각의 지원이라도 있어야 막을 가능성이 있습니다."

"다른 거점을 포기하고 오직 본 가에서만 농성을 한다면?"

"지리적인 이점이 있어 쉽사리 점령당하지는 않겠지만… 그래도 힘들 것 같습니다."

곳곳에서 나직한 신음과 한숨이 흘러나왔다.

"농성도 실패라면 그것은 곧 멸문을 의미하는 것이겠지?"

"예."

추건이 무거운 얼굴로 고개를 끄덕였다.

"후~ 사방이 꽉 막힌 격이로군. 쉽지 않겠어. 결코……."

차갑게 가라앉은 눈으로 지도를 살피는 묵연작의 눈에서 어느샌가 투기가 피어올랐다.

"마교… 참으로 악연이군. 그 옛날 본 가를 무던히 괴롭히더니만 지금까지도… 그렇다고 순순히 당할 수는 없는 노릇이지."

지도에 둔 시선을 거둔 묵연작이 좌중을 살폈다.

"당연히 항복은 없소. 일단 최선을 다해 싸워봅시다. 황산묵가가 그리 만만한 곳이 아님을 놈들에게 확실히 알려주잔 말이오. 그러나 결과가 뻔한 싸움을 무리하게 지속할 필요는 없다고 생각하오."

"하면 세가를 버리고……."

차마 뒷말을 잇기가 겁나는지 매규염이 황급히 입을 다물었다.

"걱정 마시오, 태상호법. 그건 최후의 방법이 될 것이오. 이보시게, 추 가주."

"예, 노가주님."

"힘든 싸움이라는 것을 알아. 그래도 자네라면 방법을 찾아낼 것이라 믿네. 다시 한 번 놈들을 상대할 계책을 짜내보게. 아울러 세가의 식솔들이 놈들의 마수에서 안전하게 빠져나갈 수 있는 방법까지."

"최선을 다하겠습니다."

"믿겠네."

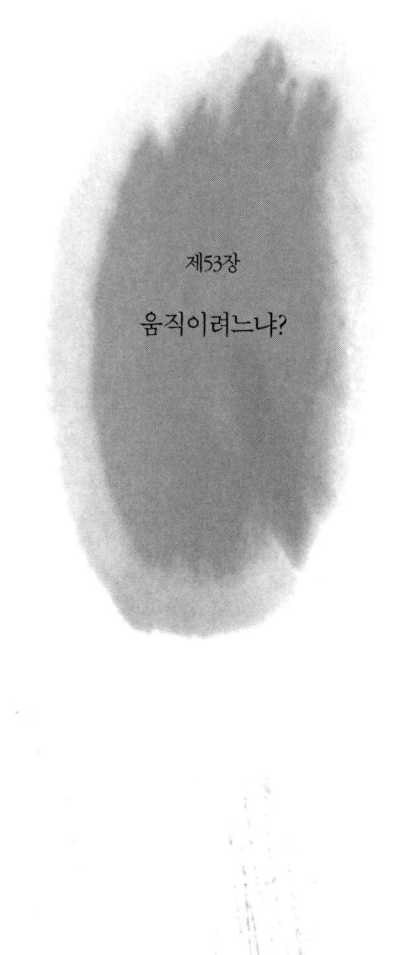

제53장

움직이려느냐?

달도 없고, 짙은 구름에 가려 별 하나 보이지 않는 칠흑과
도 같이 어두운 밤.

처소를 나와 홀로 산책을 하는 추자청의 얼굴은 더없이 무
거웠다.

위기에 빠진 황산묵가를 돕기 위해 길을 떠난 지 벌써 열
흘.

곳곳에 숨겨진 적의 매복과 흑월단의 살수에게 많은 제자
들을 잃었어도, 비록 사나흘이면 당도할 길이 열흘도 모자라
앞으로 이틀 정도는 더 가야 했지만 다행히 더 이상의 큰 위
험은 없는 듯했다.

하나, 큰 싸움을 앞둔 그의 마음은 마교에 사로잡힌 추월령의 걱정에 심란하기 그지없었다. 다행히 아직까지는 이렇다 할 흉한 소식은 전해오지 않아 안심이 되었으나 적에게 사로잡혀 있다는 것 그 자체만으로 이미 최악의 상황이 아닐 수 없었다.

"령아……."

가만히 눈을 감고 짙은 한숨을 내쉬며 딸의 이름을 불러보는 추자청의 모습에선 검성이라 추앙받는 무인이 아닌 그저 눈에 넣어도 아프지 않을 딸의 안위를 걱정하는 필부의 모습이었다.

추자청이 그렇게 시름에 잠겨 있을 때였다.

스스슥!

귀를 기울이지 않으면, 아니, 어지간한 고수가 아니라면 눈치조차 채지 못할 소리가 숲에서 들려왔다.

순간, 추자청의 귀가 살짝 움직였다.

방금 들려온 소리가 단지 바람 소리인지, 그래서 수풀들이 스치며 나는 소리인지, 아니면 동물의 움직임인지, 그것도 아니면 뭔가 다른 의미가 깃들어 있는 것인지 본능적으로 파악하는 것이었다.

스스스.

또다시 들려오는 소리에 확신을 한 추자청이 슬며시 검을 잡았다.

불빛 하나 없는 터라 주위는 한 치 앞도 내다볼 수 없는 암흑천지였다. 하나, 추자청과 같은 고수에게 그런 어둠쯤은 아무것도 아니었다.

'적인가?'

반문할 필요도 없었다.

천하만물이 잠든 시간에 이렇듯 은밀히 찾아올 사람은 오직 적뿐이었다.

자연스레 떠오르는 이름이 있었다.

'흑월단이겠군.'

추자청의 눈매가 서늘해졌다.

그렇잖아도 추월령의 일로 마음이 심란한데 그동안 지긋지긋하게 따라다니며 제자들을 암살한 흑월단의 살수를 만나게 된 것이었다.

추자청이 소리가 들리는 숲을 향해 움직였다.

암습을 할 테면 얼마든지 해보라는 자신감의 발로였다.

'응?'

숲에 막 들어서던 추자청의 발걸음이 잠시 멈칫했다.

그의 후각을 자극하는 묘한 냄새 때문이었다.

'독?'

하지만 독은 아니었다.

향긋하면서도 어딘지 모르게 약간은 칙칙한 향. 그것은 다름 아닌 여인네들이 쓰는 분 냄새였다.

'여자로군.'

후각을 자극한 냄새가 여인네의 분 냄새라는 것을 파악한 추자청의 입가에 쓴웃음이 지어졌다.

비록 살수라지만 여자와 싸운다는 것이 그다지 달갑지 않았고 게다가 은신을 생명으로 해야 하는 살수가 이렇듯 분 냄새를 풍길 정도면 초보 중의 초보라 할 수 있었기 때문이다.

긴장이 풀린 것인가?

칼날같이 팽팽히 당겨졌던 추자청의 몸에서 살짝 기운이 빠졌다.

공격은 바로 그 순간에 시작되었다.

취리릿!

날카로운 파공성.

보이는 것은 아무것도 없었다. 그저 무엇인가가 다가온다고 느낄 뿐이었다.

추자청은 어둠 속에서 한줄기 기운이 자신의 가슴으로 짓쳐 온다는 것을 느끼며 본능적으로 몸을 틀었다.

파스스스.

무엇인가가 그의 어깻죽지를 스치며 지나갔다.

살이 쩍 갈라지며 붉은 피가 솟구쳤다.

추자청은 상처를 돌볼 여유도 없이 다음 공격을 기다렸다. 하나, 이어지는 공격은 없었다.

숲은 다시 깊은 침묵에 잠겼다.

'무엇인가?'

추자청은 자신도 모르게 침을 삼켰다.

공격이 있었고 부상도 당했지만 도대체 어떻게 당한 것인지 알 수가 없었다. 또한 상대의 무기가 어떤 것인지도 파악하지 못했다.

검은 아니었다. 그렇다고 흔히 볼 수 있는 창칼도 아닌, 지금껏 단 한 번도 경험해 보지 못한 무기 같았다.

추자청은 잠시나마 적을 얕본 자신의 자만심을 뼈저리게 후회하며 전신의 감각을 극도로 끌어올렸다.

아무런 기척이 없었다.

적은 어둠 속에서 완벽히 모습을 감춘 채 기회만을 노리고 있었다. 은은한 분 냄새만이 적의 존재를 알려줄 뿐이었으나 냄새의 근원이 어디인지 도저히 파악하기 힘들었다.

검성이라는 명성은 단순히 검을 뛰어나게 쓴다고 얻어지는 것이 아니었다.

추자청은 각고의 수련을 통해 평범한 인간으로선 지닐 수 없는 예민한 후각과 청각, 안력을 지니게 되었다. 또한 그런 오감을 능가하는 육감 역시 극도로 발달되어 있는 상태였다. 그럼에도 적이 어디에 숨어 있는지 알 수가 없었다.

추자청의 이마엔 어느새 굵은 땀방울이 맺혔다.

어둠 속에 숨어 있는 상대는 자신을 낱낱이 살피고, 자신은 적을 알지 못한다. 심각해도 보통 심각한 상황이 아니었다.

'자칫 잘못하면 당한다.'

조금 전 상대의 공격을 감안해 볼 때 적의 무공은 상상.

엄청난 위기감이 전신을 휘감았다.

검을 비스듬히 세워 든 추자청은 한 치의 미동도 없이 우뚝 서 있었다. 그리곤 혼신의 힘을 다해 적을 찾았다.

어깨의 상처에서 흘러나온 피가 상의를 적시고 하의까지 붉게 물들였지만 지혈 따위를 할 시간이 없었다. 그 잠깐의 순간이 목숨을 좌우할 수도 있는 것이었다.

추자청에게 불의의 일격을 안긴 상대는 이후, 아무런 움직임을 보여주지 않았다.

추자청이 전신의 감각을 극도로 끌어올린 상황에서 실낱 같은 미동도 그 즉시 포착되어 엄청난 위기가 닥친다는 것을 적도 알고 있는 것 같았다.

분명 먼저 움직이는 자가 당할 것이었다.

인내심의 싸움.

참기 힘든 적막감이 숲을 휘감았다.

새벽을 향해 달리는 숲은 참으로 조용했다.

침묵의 대치는 무려 반 시진이 넘게 지속되었다.

간간이 바람이 일어 수풀을 움직이고, 나뭇가지를 흔들었지만 추자청과 암중의 적은 움직이지 않았다.

끝없이 계속 이어질 것 같은 침묵이 깨진 것은 추자청의 몸이 살짝 흔들리면서였다.

생각보다 심한 어깨의 상처에서 상당히 많은 피를 흘린 추자청이 갑작스레 찾아온 현기증에 자신도 모르게 몸을 휘청거린 것이었다. 물론 그 움직임이야말로 실로 눈치 채기 힘들 정도로 짧고 미미했다. 하지만 온 신경을 그에게 집중시키고 있던 적에게 그만한 기회는 다시없었다.

취리리릿!

수풀을 가르며 뭔가가 날아들었다.

소리가 들린다 싶을 때 추자청의 몸은 이미 좌우로 현란하게 움직이며 물러나고 있었다. 그러나 수풀을 뚫고 나온 뭔가가 그의 목을 향해 정확히 날아들었다.

엄청난 속도와 정확함에 기겁을 한 추자청이 황급히 검을 휘둘렀다. 아직 적의 무기가 확인되지 않았으나 본능이 그리 시키고 있었다.

챙!

병장기 부딪치는 소리가 고요한 숲을 깨우고 간발의 차이로 적의 공격을 막아낸 추자청의 몸이 휘청거렸다. 막았다고 생각했건만 어느 사이엔가 옆구리에 또다시 상처를 입고 만 것이었다.

그러나 역시 상처에 신경 쓸 여지가 없었다.

적으로 하여금 또다시 어둠 속으로 숨어드는 것을 허락한다면 바로 그 순간이 끝장이라는 것을 알기에 그의 예리한 감각은 이미 적을 찾아 움직이고 있었다.

상대도 더 이상은 그의 눈을 피하기 힘들다고 생각했는지 굳이 모습을 숨기려 하지 않고 순순히 모습을 드러냈다. 어쩌면 필승의 자신감이 있었는지도 몰랐다.

상대는 억지로 고통을 참으며 검을 곧추세우는 추자청으로부터 정확히 이 장여 떨어져 있었다.

갓 서른이 넘어 보이는 나이에 웬만한 미모의 여인이라 해도 감히 고개를 들지 못할 정도로 뛰어난 용모와 피부를 지닌 사내.

다름 아닌 흑월단의 단주 엽사군이었다.

'강하다.'

추자청이 그를 본 첫 느낌이었다.

겉으로 보기엔 바람만 불어도 힘없이 쓰러질 백면서생의 모습을 하고 있었으나 전신에서 풍겨지는 죽음의 기운은 가히 절대자의 반열에 이른 자만이 드러낼 수 있는 것이었다.

"처음엔 그렇다 쳐도 이번 공격을 피할 줄은 몰랐는데."

엽사군이 허연 이를 드러내며 웃었다.

"온 숲에 분 냄새가 진동을 하기에 당연히 계집인 줄 알았는데 사내라니 놀랍군. 역겹기도 하고."

추자청도 지지 않고 대꾸했다.

"아름다움을 추구하는 것에 남녀노소가 있을까. 아무튼 놀라워. 이 녀석에 걸리면 웬만한 놈들 할 것 없이 모조리 지옥행이었는데 과연 검성이란 명성을 거저 얻은 것은 아닌 모양이야."

추자청의 조롱 섞인 말을 그다지 대수롭지 않게 넘긴 엽사
군이 손을 살짝 흔들며 말했다.

수백 개가 넘는 조그만 수정이 한데 엮인, 자세히 들여다보
지 않으면 도저히 구별하기 힘든 투명한 채찍, 무영은편이 그
의 손에 들려 있었다.

"무영은편이로군."

추자청도 마도십병에 대해선 어느 정도 알고 있었다. 그리
고 그것들 하나하나가 얼마나 상대하기 까다롭고 무시무시한
위력을 지녔는지도.

"호~ 무영은편을 알고 있다면 이 녀석이 얼마나 재밌는
무기인지도 알고 있겠군."

"재미가 있을지 없을지는 두고 보면 알겠지."

추자청은 추호의 허점도 보이지 않은 채 엽사군의 허점을
찾기 위해 노력했다. 그러나 건들거리며 서 있는 것처럼 보여
도 엽사군에게서 허점을 찾기란 결코 쉽지 않았다.

엽사군의 손목이 살짝 움직였다.

손목의 움직임에 따라 땅에 늘어져 있던 무영은편이 꿈틀
대기 시작했다.

느릿느릿 움직이는 무영은편에선 아무런 소리도 들리지
않았다. 게다가 어둠의 빛을 흡수하여 동화가 돼버린 움직임
을 눈으로 파악하기란 사실상 불가능했다.

"헛!"

코앞에 이르러서야 무영은편의 움직임을 파악한 추자청이 본능적으로 머리를 숙이며 바닥을 굴렀다.

취리릿.

한번 노린 먹이는 결코 놓치지 않겠다는 듯 허공에서 자유자재로 방향을 바꾼 무영은편이 계속해서 그를 따라붙었다.

마냥 피할 수만은 없었던 추자청이 검을 움직였다.

파파팟!

예리한 검기가 허공을 수놓으며 무영은편을 한쪽으로 밀어버렸다. 하지만 무영은편은 물러난 것보다 더욱 빠른 속도로 다시 달려들었다.

무영은편이 섬전보다 더욱 빠르고 매서운 기세로 다가오자 추자청은 피하지 않고 정면으로 맞부딪쳤다. 검에서 뿜어져 나온 검기가 새하얀 궤적을 그리며 무영은편과 허공에서 얽혔다.

째째쨍!!

숲의 어둠을 밝히는 불꽃과 함께 무영은편이 엽사군의 손으로 회수되어 갔다.

무영은편을 팔뚝에 칭칭 감는 엽사군의 입가에 핀 것은 승리를 확신하는 미소였다. 반대로 확실히 막았다고 생각했음에도 옆구리 쪽에 또다시 부상을 당한 추자청은 어이가 없다는 표정이었다. 설마하니 상대의 무기가 그 짧은 순간에 방향을 틀어 옆구리를 훑고 지나갈 줄은 꿈에도 생각하지 못한 모습이었다.

"오는 것이 있으면 가는 것이 있는 법이겠지?"

말이 끝남과 동시에 추자청의 검에서 무시무시한 광채가 피어올랐다.

검신을 휘감으며 피어오른 광채는 소름 끼치도록 아름다웠다.

"검강(劍罡)?"

경악성을 내뱉은 엽사군이 그 즉시 무영은편을 앞으로 뻗어 회전시키며 몸을 보호하려 했다.

꽝!

허공에서 맞부딪친 두 기운에 숲이 쩌렁쩌렁 울리고 검강의 힘을 감당하지 못한 엽사군이 미처 중심을 잡지 못하고 휘청거렸다.

기세를 잡은 추자청은 기회를 놓칠세라 연거푸 공격을 감행했다.

쐐애액!

대기를 찢어발기며 짓쳐드는 검강을 보며 엽사군은 이를 악물었다. 그리곤 번개같이 몸을 돌리며 무영은편을 휘둘렀다. 그러자 무영은편 주위로 마치 회오리바람과도 같은 기운이 일며 검강과 정면으로 맞섰다.

꽈꽈꽝!!

요란한 충돌음과 함께 엽사군과 추자청의 입에서 동시에 신음이 터져 나왔다. 실로 살인적인 상대의 기운을 서로가 감당치 못한 것이었다.

연이은 공격이 막히자 추자청은 한층 신중한 표정으로 자세를 잡았다.

추자청의 매서운 공격에 놀란 엽사군 역시 함부로 움직이지 못하고 추자청의 눈에 시선을 고정시켰다.

그러기를 얼마간, 두 사람은 마치 약속이라도 한 듯 서로를 향해 움직이기 시작했다.

한 걸음. 또 한 걸음.

상대에게 가까이 갈수록 둘의 몸에서 피어오르는 기세는 가히 태산과 견주어도 부족함이 없을 지경이었다.

마침내 둘의 거리가 일 장이 채 안 되는 거리에 이르자 엽사군의 무영은편이 먼저 움직였다.

눈으로 파악하려다간 늦는다는 것을 알고 있던 추자청은 전신의 감각에 모든 것을 맡기며 검을 휘둘렀다.

파팟!

시야에서 사라졌던 무영은편이 추자청의 발밑에서 위로 솟구쳐 오르며 그 모습을 드러냈다.

추자청은 전광석화와 같은 움직임으로 검을 내리찍어 무영은편의 움직임을 막았다.

쨍!

요란한 소리와 함께 추자청의 검에 막힌 무영은편이 잠시 후퇴하는가 싶더니 다시 꿈틀대며 독니를 드러냈다.

바로 지금이 승부처라는 것을 판단한 추자청이 차가운 눈빛을 빛내며 교묘히 발걸음을 놀렸다. 어째서 지금껏 그런 움직임을 보여주지 않았는지 의아해할 정도로 신묘하면서도 현란한 움직임이었다.

일순 목표를 잃은 무영은편이 허공을 가르며 주춤할 때 추자청의 혼신을 다한 검이 엽사군의 머리 위로 떨어져 내렸다.

단순히 피해선 끝장이란 생각을 한 엽사군이 이를 악물며 무영은편을 끌어당기더니 추자청의 검을 칭칭 감아버렸다. 하지만 무영은편의 필사적인 저항에도 불구하고 내리찍는 기세를 잃지 않던 추자청의 검은 엽사군의 어깨를 찍고 쇄골 뼈에 박힌 다음에야 비로소 멈춰졌다.

"크윽!"

엽사군의 입에서 고통의 신음이 흘러나왔다.

확인을 해보지 않아도 전신을 찌르르 울리는 고통을 감안했을 때 자신이 얼마나 심각한 부상을 당했는지 알 수 있었다.

그렇다고 고통에 허우적거리고 있을 틈이 없었다. 쇄골 뼈에 박힌 검이 점점 아래로 내려오고 있었기 때문이었다.

그것을 그대로 방치하면 곧바로 심장이 갈라질 터.

엽사군은 검을 휘감고 있는 무영은편을 위로 치켜 올려 진행 속도를 느리게 한 후, 스스로 바닥으로 주저앉아 쇄골에 박힌 검을 빼냈다. 그리곤 조금 전, 추자청이 했던 것처럼 바닥을 굴러 위기에서 벗어났다.

엽사군을 자유로운 몸으로 놔주기 싫었던 추자청이 황급히 따라붙으며 검을 휘둘렀다.

때마침 엽사군의 몸이 휘청거렸다.

추자청의 입가에 승리를 확신하는 미소가 흘렀다.

바로 그 순간이었다.

재차 땅을 구르며 추자청의 검을 피한 엽사군이 최후의 일수를 뻗어왔다.

마치 하늘을 뒤덮은 구름 사이를 뚫고 지상에 내려 박히는 벽력과도 같이 숲의 어둠을 가르며 접근하는 무영은편.

'아뿔싸!'

예기치 못한 엽사군의 반격에 추자청의 눈빛이 마구 흔들렸다.

몸을 틀어 피하기는 늦었다고 판단한 추자청은 그 즉시 검을 끌어당겼다.

빠빠빡!

무영은편의 끝이 검신에 부딪치며 요란스런 충돌음을 만들어냈다. 하나, 엄청난 회전이 걸린 무영은편은 이전처럼 팅겨져 나가지 않고 오히려 추자청의 검을 거세게 밀어붙였다.

쿵쿵쿵.

추자청은 무려 일곱 걸음이나 속절없이 밀린 다음에야 중심을 잡을 수 있었다. 땅바닥엔 그가 밀리며 남긴 선명한 발자국이 만들어졌다.

자세를 바로잡았다고 위기가 끝난 것은 아니었다.

무영은편의 회전이 더욱더 맹렬해지며 검을, 그리고 추자청을 압박했다.

드드드드드.

무영은편의 압력을 온몸으로 받아내는 검에서 요란한 신음 소리가 흘러나오고 마침내 검신에 균열이 생기기 시작했다.

쩍쩍 갈라지는 검신을 보는 추자청의 눈에 절망감이 깃들었다.

'결국⋯⋯.'

두려웠다.

안타깝기도 했다.

무인으로 태어나 지금껏 죽음을 두려워한 적은 단 한 번도 없었지만 지금은 아니었다.

목숨이 아까워서가 아니었다. 적보다 실력이 부족하면 패하는 것이 당연했고 목숨을 잃는 것 또한 너무나 당연한 순서였다. 다만 추월령의 생사도 제대로 확인도 하지 못하고 죽는 것이 너무 두려웠다.

또한 엽사군과 싸움을 시작할 때부터 은은히 들려오는 함성과 병장기 소리를 감안할 때 검각의 제자들 역시 공격을 받고 있을 터. 그들의 위험을 뻔히 알면서도 어쩌지 못해 너무도 안타까웠다.

"죽어랏!"

득의에 찬 엽사군의 외침이 터져 나오고 마침내 추자청을 지켜주던 검이 박살나 버렸다.

"크헉!"

검을 박살 낸 무영은편이 추자청의 심장을 파고들었다.

"컥!"

추자청의 입에서 다시 한 번 비명이 터져 나왔다.

그의 심장을 꿰뚫은 무영은편이 역으로 방향을 바꿔 반대편 가슴을 뚫어버린 것이었다.

"워… 월령아. 월… 령… 아…….."

딸의 이름을 부르며 전신을 격렬하게 떨던 추자청의 무릎이 힘없이 꺾였다.

삼십대에 검각의 각주에 오르고 검성이란 명성을 얻은 추자청.

마흔아홉의 짧지 않은 생을 그는 그렇게 마감하고 말았다.

"으으으."

추자청이 쓰러지기가 무섭게 짙은 신음을 내뱉은 엽사군이 휘청거리는 몸을 이기지 못하고 그대로 바닥에 주저앉았다.

"망… 할!"

그는 자신의 오른쪽 어깨에 깊게 박힌 검 조각을 보며 기막혀하고 있었다.

"곧 죽어도 검성이란 말이지. 빌어먹을 놈!"

엽사군은 추자청이 보여준 지독한 한 수를 똑똑히 기억하고 있었다.

검이 박살나는 순간, 비록 찰나지간에 불과했어도 추자청은 분명 피할 수 있는 시간이 있었다. 물론 치명상을 면할 수는 없었겠지만 최소한 심장이 꿰뚫리는 일은 없었을 것이다.

하지만 그는 죽음을 피하지 않았다. 오히려 박살이 나 비산하는 검 조각을 낚아채 엽사군에게 날렸다.

바라보고 있으면서도 감히 피할 엄두를 내지 못했던 엽사군은 조금 전 다쳤던 한쪽 팔을 또다시 내주는 것으로 겨우 목숨을 구했다.

추자청이 날린 검 조각은 어깨뼈를 부수고 심줄을 끊어놨다. 목숨을 잃을 정도는 아니나 자칫하면 팔을 쓰지 못할 위기에 처할 수도 있었다.

"뒈질려면 곱게 뒈질 것이지!!"

화를 참지 못한 엽사군이 추자청의 시신을 향해 냅다 발길질을 해댔다.

한 번, 두 번, 세 번.

광기에 휩싸인 그의 발길질은 추자청의 몸이 거의 만신창이가 될 때까지 계속 이어졌다.

　　　　*　　　　*　　　　*

　의성에 머물며 황산묵가를 공략하고 있는 광명단 진지에 추자청의 죽음이 알려진 것은 새벽 무렵이었다.

　소식을 접한 탁불승은 그 즉시 수뇌회의를 소집하였다.

　일각이 지나기 전, 명을 받은 수뇌들이 속속 회의실로 모여들고 일월령의 발동으로 본진에 갔다가 지난 밤 늦게 도착한 범장을 끝으로 모든 수뇌들이 모였다.

　"흑월단주가 검성을 제거했다고?"

　범장의 물음에 탁불승이 환한 얼굴로 고개를 끄덕였다.

　"그렇습니다. 방금 연락이 왔습니다."

　"허허허! 그것참, 오랜만에 반가운 소식이로구나. 그렇지 않은가?"

　범장의 물음에 우상 건위령도 맞장구를 쳤다.

　"그러게 말일세. 검성이라면 백도에서도 손꼽히는, 아니, 엄밀히 말하면 열 손가락 안에 능히 드는 고수. 대단한 일을 해낸 것이야."

　"무엇보다도 묵가를 압박하는 상황에서 유일한 변수가 될 수 있었던 검각의 각주를 제거했다는 것이 고무적이네. 단주는 어찌 생각하느냐?"

　범장이 탁불승에게 물었다.

"혹월단주의 능력을 모르는 것은 아니었으나 솔직히 검성을 제거할 수 있을 줄을 꿈에도 생각 못했습니다. 게다가 검성뿐만 아니라 검각에도 상당한 피해를 입혔다고 하더군요."

"허! 그랬느냐?"

"예. 난데없이 섬풍대를 내어달라고 했을 때 조금 걱정을 했는데 아마도 자신이 있었던 모양입니다."

"그 음흉한 녀석이 아예 작심을 했던 모양이다. 하긴, 홀로 움직이기를 좋아하는 녀석이 이쪽 일에 묶여 있으려니 지겹기도 했을 게야."

"하하하! 그런 모양입니다."

탁불승이 호탕하게 웃으며 고개를 끄덕였다.

"자, 그럼 이제 모든 준비는 끝난 것이 아니더냐?"

"예. 혁씨세가가 지원을 포기했고……."

"참, 그 일을 묻는다는 것을 깜빡했구나. 혁씨세가 놈들은 정확히 어찌 된 것이냐? 황산묵가 다음이 제놈들이라는 것을 모르지는 않을 텐데. 처음엔 그들도 필사적이라 들었다."

"저도 그 이유를 정확히 모르겠습니다. 물론 혹월단이 맹활약을 한 덕에 지원 자체가 지지부진하기는 했지만 어느 순간부터 아예 움직임 자체가 없습니다. 어쩌면 저들도 묵가를 포기했는지 모르겠습니다."

"포기?"

"예. 어떤 사연이 있는지 정확히는 모르나 의천맹에서 묵가가 아닌 혁씨세가로 지원군을 보냈다고 하더군요."

"흠."

범장이 사뭇 심각한 표정으로 생각에 잠겼다. 그리곤 곧 고개를 흔들며 말했다.

"어렵게 생각할 것이 무엇이겠느냐? 혁씨세가가 움직이지 않는다면 우리로선 좋은 일이지. 그래도 혹시 모르니 감시는 철저히 해야 할 것이야."

"물론입니다. 혁씨세가의 지원이 끊긴 데다가 검각마저 저 지경이 되었으니 어쨌든 큰 장애물은 모두 없어진 셈입니다. 이제는 우리가 나서서 본격적으로 묵가를 접수할 때가 되었습니다."

"움직이려느냐?"

"예."

힘주어 고개를 끄덕인 탁불승이 고개를 돌려 묵가에 대한 공략법을 필사적으로 연구하는 부단주 하록을 바라보았다.

오 척 단구에 다소 왜소한 체격과는 달리 꽤나 험한 인상의 사내. 하지만 그런 인상과는 달리 탁월한 지략과 강한 무위를 지닌 데다가 충성도가 깊어 탁불승이 무척이나 아끼는 수하였다.

하록이 기다렸다는 듯 탁자 위로 지도를 쫙 펼쳤다.

지도엔 가지각색의 색깔과 기호가 표시가 되어 있었는데

그것은 황산묵가를 치기 위해 움직여야 하는 진격로를 비롯하여 반드시 점령해야 할 요충지, 매복이 예상되는 장소 등등을 세밀하게 기록한 것이었다.

"묵가를 치기 위해선 그들이 거느린 네 가문, 북쪽의 현무추가, 남쪽의 주작매가, 좌측의 청룡임가, 우측의 백호엽가를 우선적으로 제거해야 합니다. 지금까지의 싸움은 그들과의 싸움이었습니다. 우리가 움직이지 않은 것처럼 사실상 묵가의 본대는 움직이지 않은 것이지요."

"놈들의 규모는 어느 정도 되느냐?"

건위령이 물었다.

"묵가의 전체 힘을 십으로 보았을 때 네 가문이 합친 힘은 약 육 할 정도로 보입니다. 그중 매가가 네 가문 중 가장 큰 힘을 지니고 있고 조심해야 할 곳이었지만 그들은 이미 상당한 피해를 입었습니다. 엽가 역시 만만치는 않으나 우리의 상대는 아닙니다."

"추가나 임가는?"

"무시는 할 수 없어도 두 가문의 힘은 오히려 매가나 엽가에 비해 손색이 있습니다. 큰 문제가 되지는 않을 것입니다."

그러자 범장이 고개를 흔들며 말했다.

"그래도 묵가와 본격적인 싸움이 시작되었을 땐 적지 않은 부담이 될 수도 있다. 놈들과 대치하고 있는 이들에게 대대적인 공격 명령을 내리거라."

"그만한 여력이⋯⋯."

"화살받이는 이럴 때 써먹으라고 있는 것이다. 지금까지 해왔던 것처럼 본대가 움직이기 전에 놈들의 전력을 최대한 줄여야 한다."

"알겠습니다."

"이후의 공략은 어찌할 생각이냐?"

"묵가는 황산이라는 천혜의 요지로 둘러싸여 공격하기가 쉽지 않습니다. 더구나 놈들이 작심하고 공성전을 펼치면 이긴다 하더라도 아군의 피해 또한 막심할 것입니다."

"다 알고 있는 사실 아니더냐? 지금껏 사전 준비를 하는 이유도 그것이고. 쓸데없는 소리 말고 공격할 방법이나 말해봐."

범장이 역정난 음성으로 소리쳤다.

"아, 알겠습니다."

범장의 호통에 움찔한 하록이 황급히 말을 이었다.

"묵가로 통하는 길은 모두 여섯 곳입니다."

하록이 붉은 화살표가 찍힌 곳을 짚었다.

"첫 번째가 묵가로 통하는 황산대로(黃山大路), 두 번째가 비취곡(翡翠谷), 세 번째가 구룡폭(九龍瀑)의 옆길, 네 번째, 다섯 번째는 미모봉(眉毛峰)과 나한봉(羅漢峰)을 넘어가는 것입니다. 마지막 여섯 번째는 선인지로(仙人之路)입니다."

지명을 언급할 때마다 붉은색 화살표를 짚었던 하록이 살며시 허리를 펴고 양손을 모았는데 마치 질문을 받겠다는 표정이었다.

"여섯 갈래의 길이라… 그래서, 어느 쪽으로 공격을 해야 한단 말이냐?"

건위령이 지도를 찬찬히 살피며 묻자 하록이 기다렸다는 듯 입을 열었다.

"주 공격로는 당연히 황산대로입니다. 병력 이동도 쉽고 주변에 암습을 당할 염려도 가장 적은 곳입니다. 하나, 그만큼 적의 수비 또한 견고합니다. 황산대로에만 병력을 집중하면 시간도 오래 걸릴 뿐만 아니라 피해도 막심하게 될 것입니다."

"주공(主攻)이 있으면 당연히 조공(助攻)도 있는 법. 우회공격로가 있어야겠지?"

범장이 물었다.

"그렇습니다. 적의 이목을 교란하고 병력을 분산시켜야 할 우회로가 있어야 합니다."

"어느 곳이 적당하더냐?"

"우선 비취곡은 배제해야 합니다."

"어째서?"

"워낙 숲이 우거진 데다가 지형 자체가 좋지 못해 적의 매복을 알아채기가 쉽지 않고 공격을 당하면 막심한 피해를 입을 수밖에 없습니다."

범장이 코웃음을 치며 말했다.

"황산에 험하지 않은 곳이 어디 있을까? 하면 구룡폭은 어떠냐?"

"첫 번째 조공로가 될 것입니다."

"구룡폭이? 흠, 내 알기론 이곳 역시 만만치 않게 험하다고 하던데."

범장이 고개를 갸웃거리며 물었다. 그러자 하록 대신 탁불 승이 대답을 했다.

"구룡폭 아래에 용녀담(龍女潭)이 있는데 그곳을 중심으로 좌우로 길이 나뉩니다. 우측 길은 좁기도 좁거니와 공격을 당하면 꼼짝없이 당해야 하는 곳이 부지기수입니다. 하나, 좌측 길은 생각보다 공격받을 염려도 적고 적의 매복을 주의해야 할 장소도 몇 되지 않습니다. 좌측 길을 이용해서 치고 올라간다면 훌륭한 조공로가 될 것입니다."

"흠, 네가 그렇다면 그런 것이겠지. 다른 곳은?"

"묵가를 중심으로 좌측엔 미모봉, 우측엔 나한봉이 있습니다. 힘들긴 하겠지만 그쪽으로도 병력을 분산시킬 생각입니다."

"공격로야 많으면 많을수록 좋겠지."

"하지만 진정한 승부수는 바로 이곳입니다."

탁불승이 다소 비장한 표정을 지으며 가리킨 곳은 묵가의 북쪽에 위치해 있는 화살표, 선인지로였다.

"선인… 지로? 이름은 그럴듯하다만 그쪽이 어째서 승부수가 될 수 있단 말이냐?"

건위령이 고개를 갸웃거리며 물었다.

"선인지로는 백아령(白鵝岭)과, 해심정(海心亭), 비래석(飛來石), 단하봉(丹霞峰) 등으로 이어지고 있습니다. 말하자면 황산의 서북쪽 봉우리들을 연결하는 능선이라 할 수 있지요."

"한데?"

"지금껏 언급한 공격로는 모두 우리가 아래에서 위로 이동을 하며 공격을 해야 합니다. 하나, 선인지로는 다릅니다. 정 반대지요. 그곳을 적절히 이용할 수만 있다면 절대적인 지리적 이점을 지니고 싸울 수 있습니다. 또한 곧바로 묵가의 배후로 접근할 수도 있지요."

"그럼 이용하면 되지 않느냐?"

범장이 이상하다는 표정을 지으며 말했다.

"문제는 선인지로로 접근하기가 쉽지 않다는 겁니다."

"어째서?"

"선인지로로 들어서려면 서해대협곡(西海大峽谷)을 통과해야 합니다. 물론 다른 쪽 길도 있기는 하지만 시간상 너무 지체될 수가 있어 무조건 배제할 수밖에 없습니다."

"서해… 대협곡?"

"예. 제가 부단주와 정찰 겸 한번 가보았는데 정말 끔찍한 곳이었습니다."

탁불승은 생각만으로도 짜증난다는 듯 연신 도리질을 쳤다. 그러나 곧 이를 악물고 말했다.

"그래도 가야 합니다. 힘든 만큼 저쪽에 치명타를 입힐 수 있으니까요."

살며시 입술을 깨무는 탁불승의 눈빛은 묘하게 빛나고 있었다.

*   *   *

묵조영이 금수곡에 도착한 지 사흘이 지났다.

그는 나름대로 극진한(?) 대접을 받으며 내상을 다스리는 데 최선을 다했다. 가슴에 난 상처는 어느 정도 시간이 더 필요하겠지만 내상은 이미 완벽한 치유를 목전에 두고 있었다.

사실, 그동안 틈틈이 치료를 했다지만 그가 당한 부상은 며칠 정양한다고 나아질 성질의 것이 아니었다. 추월령에게 당한 상처도 상처였고, 무리하게 진기를 운용한 데다가 당시 심적인 타격까지 있어 회복하기가 보통 힘든 것이 아니었다.

하나, 천마호심공이라는 극고의 내공심법과 그의 몸에 잠재해 있는 기운, 거기에 더해 태사조인 마천량과 네 명의 노인들의 지대한 도움 덕에 엄청난 속도로 호전된 것이었다.

그리고 마침내 금수곡을 떠날 때가 되었다.

"떠나겠다고?"

마천량이 물었다.

무미건조한 그의 음성에서 묵조영은 어떤 감정을 느낄 수는 없었지만 함께 자리한 네 노인은 마천량이 꽤나 서운해하고 있다는 것을 알고 있었다.

"예. 몸도 어느 정도 추스렸고 밖에서 해야 할 일이 많기에……."

"네가 가야 한다면 그런 것이지. 그래, 생각은 많이 해보았느냐?"

두서없는 질문이었으나 묵조영은 정확하게 그의 말을 이해했다.

"예."

순간, 담담한 표정의 마천량을 제외하고 네 노인의 얼굴에 살짝 긴장의 빛이 어렸다.

"지난번에 잠깐 언급했듯이 이곳 성소에 든 자들은 성소지환과 오직 단 한 번만이 유용한 약조로 얽혀 있다. 그리고 아직 그 약조는 깨지지 않았다. 자, 어찌 결정을 하였느냐? 네가 원한다면 늙은 우리들의 힘이나마 아낌없이 빌려주마."

대답을 기다리는 마천량의 눈은 일말의 동요도 없었다. 마치 모든 것을 흘러가는 이치대로 맡긴다는 초월자의 눈과 같았다.

묵조영은 잠시 침묵을 지켰다.

이미 마음의 결정은 내렸다.

하나, 자신의 결정이 제대로 된 것인지 찬찬히 고민해 보는 것이었다.

잠깐의 침묵이 흐르고, 묵조영이 밝은 어조로 입을 열었다.

"이곳 성소와 성소지환의 약조는 오직 마교를 위함으로 알고 있습니다. 그러나 엄밀히 말해 저는 마교인이 아닙니다. 비록 인연이 있어 잠시 성소지환을 지니게 되었으나 주인이란 생각은 없습니다. 또한 아직까지 깨지지 않은 성소지환의 약조를 제가 깰 마음도 없고요."

"하면 이대로 혼자 나가겠다는 것이냐?"

"예."

"네 말을 종합해 보면 현재 마교의 힘은 상상을 초월할 정도다. 과거 전성기를 누렸을 때와 비교해도 더하면 더했지 부족함이 없어. 너 혼자의 힘으로 괜찮겠느냐?"

"어차피 마교와 얽힌 일은 저 혼자 풀어야 하는 것입니다. 무엇보다 피비린내 나는 무림을 은퇴하시고 평온한 휴식을 보내시는데 저로 인해 그 휴식이 깨지는 것을 바라지는 않습니다."

"진정이냐?"

되묻는 마천량의 백미가 살짝 떨렸다.

"예."

묵조영이 고개를 끄덕이자 좌우에서 안도인지 아쉬움인지

판단하기가 애매한 탄성이 터져 나왔다.

"허허허, 이거야 원. 또 한 번 무림을 휘젓고 다닐 수 있나 했더니만."

여곤이 입맛을 다시며 아쉬워하자 사도명이 대뜸 핀잔을 주었다.

"쯧쯧, 을파소가 제자 놈에게 쫓겨났다는 말도 못 들었나? 요새 아이들이 어디 늙은 우리들을 공경이나 해줄라고."

"흥! 어디 한번 덤벼보라지. 모조리 모가지를 비틀어 버리지."

여곤이 소매를 걷으며 목을 조르는 시늉을 하자 모두들 웃음을 터뜨렸다.

"아무튼 그렇게나 우리를 배려해 주니 고맙구나. 쉽지 않은 결정이었을 텐데."

공손초가 묵조영의 어깨를 두드리며 말했다.

"하긴, 자랑은 아니지만 우리의 힘이라면 꽤나 큰 도움이 될 수 있었을 텐데 말이야. 솔직히 뜻밖의 결정이었어."

강상이 맞장구를 치며 묵조영의 담대한 결정에 흡족해했다.

"진정 후회하지 않겠느냐?"

마천량이 다시 물었다.

"예."

묵조영은 조금의 망설임도 없이 대답을 했다.

"고맙구나."

짧지만 진정이 담긴 말이었다.

여곤이 약간은 과장된 몸짓을 하며 아쉬움을 표시했어도 무림에서 은퇴를 하고 속세와의 인연을 끊은 지금 일상의 평온함이 깨지길 원하는 사람은 아무도 없었다.

"하지만 성소지환의 약속은 영원한 것이다. 네 힘으로 도저히 감당하기가 힘든 일이 닥치면 언제든지 다시 찾아오너라. 최선을 다해 너를 도울 것이야."

"그럴 일은 없을 것입니다."

설사 그런 상황이 발생한다 하더라도 묵조영은 그럴 생각이 추호도 없었다.

단호한 태도로 고개를 흔드는 묵조영을 보며 마천량이 흐뭇한 미소를 지었다. 그리곤 네 노인들과 잠시 시선을 교차하더니 다시 입을 열었다.

"떠날 때까지 잠시 시간은 있겠지? 이 늙은이들이 네게 줄 선물이 있구나."

묵조영은 당치도 않다는 듯 손을 내저었다.

"말씀은 고맙지만……."

하지만 묵조영의 말은 이어지지 않았다. 느닷없이 달려온 노인들이 그를 바닥에 주저앉혔기 때문이었다.

마천량이 그의 등 뒤로 돌아오며 말했다.

"가부좌를 틀거라."

"예?"

"어서."

마천량의 엄숙한 음성에 묵조영은 자신도 모르게 가부좌를 틀고 앉았다. 그러다 불현듯 불길한 생각에 황급히 고개를 틀며 물었다.

"서, 설마……."

깜짝 놀라 일어나려는 묵조영의 어깨를 누르며 마천량이 고개를 흔들었다.

"너무 앞서 가지 말거라. 네가 생각하는 그런 것은 아니니까. 단지 도움을 조금 주려 함이야. 우선 천마호심공을 운기하여라."

묵조영이 머뭇거리자 마천량이 다시 말했다.

"네게 인연이 있어 천마호심공을 대성했고 그로 인해 몸속에 깃들어 있는 음양쌍두사와 만년홍학의 기운을 하나로 융합했다고는 하지만 몸에 완전히 녹아들지는 못한 상태다. 하긴, 아무리 천마호심공이 대단해도 그만한 힘을 너 혼자 제어하기란 불가능했을 터. 지금부터 그 힘을 준동시켜 보자꾸나."

비로소 마천량의 의도를 눈치 챈 묵조영의 얼굴에 감격이 어렸다.

"네 도움으로 천마호심공의 마지막 구결을 알게 되었으나 우리는 아직 천마호심공을 대성하지 못했다. 솔직히 지금의 행동이 네게 도움이 될지 확신할 수는 없구나. 그래도 우리 다섯 늙은이들이 힘을 합친다면 가능하지 않을까 싶다. 그러니 어서 운기를 시작하여라."

"태, 태사조님……."

"어서 운기를 하라니까."

마천량이 거듭 재촉을 했다.

"예."

떨리는 음성으로 대답을 한 묵조영이 조용히 눈을 감았다. 그리곤 천천히 천마호심공을 운기하기 시작했다.

잠시 후, 소주천을 끝내고 대주천을 시작한 묵조영의 얼굴에 홍조가 비치기 시작하자 그의 명문혈에 장심을 밀착시키고 있던 마천량이 천마호심공을 일으키며 묵조영을 도왔다.

단전에서 일어난 기운이 회음혈을 통하여 독맥으로 이어지고 또다시 임맥과 통하더니 전신 기경팔맥으로 거침없이 뻗어나갔다. 그리고 다시 단전으로 되돌아와 첫 번째 대주천이 끝날 즈음 마천량이 진땀을 흘리며 뒤로 물러났다.

그러자 공손초가 기다렸다는 듯 마천량의 역할을 대신하기 시작했다.

공손초에 이어 사도명이, 사도명에 이어 강상이…….

묵조영은 그렇게 절대자의 반열에 오른 다섯 노인의 힘을 빌어 지금껏 감히 시도하지 못한 일을 결행하기 시작했다.

"후~"

문밖에서 우두커니 서 있는 마상을 보는 마천량의 입에서

기나긴 탄식이 터져 나왔다.

그 옛날, 그가 교주의 자리에 있을 때도 마상은 지금과 같은 자세로 자신을 지켰었고 성소지환이 제자인 을파소에게 전해진 이후엔 변함없이 그를 지켰을 것이다. 그리고 이제는 묵조영까지.

그것이 바로 제이차 마정대전의 단초가 되었던 성녀의 죽음 이후 마상이 스스로 선택한 운명이었다.

하지만 이백여 년이란 세월이 흐른 지금, 그가 걸어온 길이 얼마나 가혹한 형벌인지 인생의 황혼기에 있는 마천량은 너무도 잘 알고 있었다.

태어나면 반드시 죽어야 하는 인간의 가장 기본적인 숙명을 거스른 대가는 참으로 비참한 것이었다.

살아도 사는 것이 아니고, 죽어도 죽은 것이 아닌 상태.

마상은 인간이었으되 인간이 아니었다.

"마 공······."

마천량의 부름에도 마상에게선 아무런 대응도 없었다.

"꽤 오랜 시간이 흘렀건만 마 공은 하나도 변하지 않았구려."

마천량의 얼굴에 안타까움이 가득했다.

"언제까지 이럴 작정이란 말이오. 이제는 그만 할 때도 되지 않았소이까?"

문득 자신이 교주로 있을 때 마상이 짊어진 비참한 운명을 끊어줄 수도 있었다는, 아니, 반드시 끊어줬어야 했다는 생각이 들었다. 그러나 지금의 그에겐 그런 권한이 없었고 그 모든 생각이 부질없는 것이었다.

"하아."

마천량의 입에서 또다시 한숨이 흘러나왔다.

바로 그때였다.

방문이 열리고 강상을 필두로 네 노인이 줄줄이 걸어나왔다.

하나같이 지친 표정들. 특히 가장 뒤늦게 나온 여곤은 당장에라도 쓰러질 듯 위태위태했다.

"끝났는가?"

마천량의 물음에 다들 고개를 끄덕였다.

"예. 지금은 홀로 운기를 하고 있습니다."

"고생들 했네."

"녀석의 성취가 실로 대단합니다. 아무리 우리가 도왔다고는 하지만 이건 뭐……."

사도명이 놀라움에 말을 잇지 못했다.

"반박귀진(返璞歸眞)의 단계를 넘어 이제는 삼화취정(三花聚頂), 오기조원(五氣造元)의 경지에 이르렀으니 이건 한마디로 괴물이라고밖에 표현하지 못하겠습니다."

"코앞에서 본 저도 믿지 못하겠는데 저토록 어린 나이에 그만한 경지에 이르렀다면 누가 믿겠습니까? 보지 않은 사람은 절대로 믿지 않을 겁니다."

공손초의 말에 강상이 고개를 절레절레 흔들며 맞장구를 쳤다.

"그게 다 제 능력이고, 복인 게지."

마천량이 노인들의 말을 한마디로 정리한 후, 흐뭇한 미소를 지으며 닫힌 방문을 바라보았다.

한참의 시간이 흐르고, 아침 해를 보며 방 안으로 들어간 묵조영이 마지막 대주천을 끝내고 밖으로 나섰을 땐 해가 이미 서산 너머로 지고 있을 때였다.

밖으로 나온 묵조영은 다섯 노인들을 보자마자 그 자리에서 무릎을 꿇고 머리를 조아렸다.

"감사합니다. 이 은혜를 어찌 갚아야 할지……."

"은혜랄 것도 없다. 서로 주고받았으니 상부상조를 한 셈이지. 그래, 성과는 있었더냐?"

담담한 미소를 지은 마천량이 물었다.

"예. 단전과 기경팔맥에 흩어져 잠재해 있던 기운들을 모두 하나로 융합할 수 있었습니다."

고개를 끄덕인 마천량이 찬찬히 묵조영을 살폈다.

솔직히 부상이 완쾌되지 않았던, 처음 성소에 들어선 묵조영과 지금의 묵조영을 비교해 볼 때 그다지 큰 차이점을 발견하기란 힘들었다. 단지 전신에서 은은히 피어오르는 기세가 어딘지 모르게 다를 뿐이다. 그것이 정확하게 무엇이라고 달하기는 애매했지만 그간의 경험상 마천량은 그 미묘한 차이가 말하는 바가 무엇인지 정확하게 알고 있었다.

마천량의 눈동자가 은은히 떨렸다.

'과연 큰 성취를 이루었구나. 허허허, 당금 무림에 이 녀석을 감당할 자가 과연 몇이나 있을지가 궁금하군.'

불현듯 묵조영을 따라 그의 강호행을 보고 싶다는 충동이 살짝 일었다.

"생각보다 결과가 좋다니 다행이구나."

"이게 다 태사조님과 여러 어르신들 덕분입니다."

묵조영이 다시금 머리를 조아렸다.

"우리가 한 것이 무엇이 있겠느냐? 우리의 도움 없이도 어차피 네 스스로 이룩할 경지였다. 우린 그저 그 시간을 조금 단축시켜 준 것에 불과할 뿐이지."

"아, 아닙니다. 제가 어찌 감히……."

묵조영이 당치도 않다는 듯 입을 열었으나 살짝 손을 치켜 든 마천량에 의해 말문이 막히고 말았다.

"그런 공치사는 그만 하도록 하고 떠나기 전 내 너에게 당부할 것이 하나 있구나."

"말씀만 하십시오."

"너도 성소지환과 마 공이 얽힌 운명의 고리를 알고 있을 것이다."

"예."

"비록 네 의지와 명령대로 움직일 것이나 결코 함부로 대해선 안 된다."

"지금까지도 그런 일은 없습니다."

"그렇다면 다행이고. 그리고 언젠가는 네가 그에게 씌워진 굴레를 벗겨주었으면 좋겠구나."

"명심하겠습니다."

마천량이 그의 어깨를 지그시 누르며 말했다.

"그래, 내 너를 믿겠다. 자, 벌써 시간이 이렇게 되었구나. 산의 어둠은 금방 찾아온다. 기왕 떠날 결심을 했으면 어서 가거라."

아닌 게 아니라 산등성이엔 이미 어둠이 깔리고 있었다.

"예. 언제고 다시 찾아뵙겠습니다. 그때까지 편안히 계십시오."

묵조영은 정중히 머리를 조아린 후, 아쉬워하는 다섯 노인들의 눈빛을 뒤로하고 몸을 돌렸다.

그의 곁에는 어느 순간, 마상이 그림자처럼 따라붙어 있었다.

'잘 가시오, 마 공. 녀석이라면 공에게 씌어진 숙명과도 같은 굴레를 반드시 벗겨줄 것이오.'

마천량은 묵조영과 마상이 시야에서 사라질 때까지 안타까운 표정을 지우지 못했다.

제54장

시작인가?

"문명(雯明)!"

탁불승의 외침에 육 척 거한이 벌떡 일어나 대답했다.

"예, 단주님!"

"황산대로, 즉 주공은 적멸대(寂滅隊)가 맡는다."

"존명!"

"두 분께서 적멸대를 이끌어주십시오."

"알았다."

범장과 건위령이 고개를 끄덕였다.

"네가 두 분 어르신을 뫼셔라."

탁불승이 하록에게 명했다.

"알겠습니다."

하록이 엄숙히 명을 받았다.

"열목하!"

"예, 단주님."

문명의 몸집에 비견될 정도로 우람한 열목하(烈木夏)가 우렁찬 목소리로 대답했다.

"구룡폭을 점령하는 몫은 철마대(鐵馬隊)에게 맡기겠다."

"맡겨주십시오!"

열목하가 자신감 넘치는 어조로 대답했다.

"장로께서 이끌어주셔야겠습니다."

"그러지."

탁불승의 당부에 이번 원정에 참여한 여섯 장로의 우두머리 감태원(甘太元)이 고개를 끄덕였다.

"평설! 초려주!"

탁불승의 외침에 두 사내가 벌떡 일어났다.

"미모봉과 나한봉은 명화대(明火隊)와 일광대(日光隊)에게 맡기겠다. 단숨에 산을 넘어 놈들의 숨통을 끊어라!"

"존명!"

힘찬 대답을 들으며 만족한 미소를 지은 탁불승이 그의 맞은편에 앉아 있는 네 노인을 향해 입을 열었다.

"낙 호법과 유 호법께선 미모봉을, 옥 호법과 가 호법께선 나한봉을 지원해 주십시오."

"알겠네."

"맡겨주게나."

네 호법들은 간단히 포권을 하며 명을 받았다.

"섬풍대는 후방 지원이다."

탁불승은 엽사군을 따라 검각을 치고 온 섬풍대를 뒤로 물렸다. 섬풍대주가 다소 불만 어린 표정을 지었지만 이미 떨어진 명령이었다.

"단주는 어느 쪽으로 움직일 셈인가?"

감태원이 물었다.

탁불승이 대답을 머뭇거리자 깜짝 놀란 범장이 물었다.

"설마 네가 가려는 곳이……?"

"예. 제가 서해대협곡을 공략하겠습니다."

"괜찮겠느냐?"

"그것을 무사히 넘을 수 있다면 가장 빠르게, 그리고 적은 피해로 놈들의 숨통을 끊을 수 있습니다."

"그래도……."

범장이 걱정스런 표정으로 바라보자 탁불승이 자신만만한 어투로 말했다.

"너무 걱정 마십시오. 그 어떤 것도 제 앞을 가로막을 수는 없습니다. 하록!"

"예, 단주님."

"몸이 날래고 죽음을 두려워하지 않는 놈들로 삼십 명만

추려라.”

“단주님 휘하에 죽음을 두려워하는 자는 아무도 없습니다. 한데 삼십 명 가지고 되겠습니까?”

“부족한 인원은 흑월단에서 지원할 것이야. 그렇지 않느냐?”

탁불승이 한쪽 구석에 앉아 딴 짓을 하고 있는 엽사군에게 고개를 돌리며 물었다.

화들짝 놀란 엽사군이 고개를 쳐들었다.

“너무합니다, 사형. 지금껏 가장 고생을 한 놈들이 바로 제 수하들입니다. 마지막까지 부려먹으실 작정입니까? 저도 이렇게 다쳤는데 좀 빼주시면…….”

엽사군이 어깨부터 허리까지 칭칭 동여맨 붕대를 가리키며 말했지만 탁불승은 콧방귀로 일축했다.

“흥, 그러게 누가 그렇게 무모한 짓을 하라더냐? 명색이 살수라는 녀석이 뭣 하러 검성과도 같은 고수와 정면으로 맞서. 특기를 살렸어야지.”

“한번 제대로 승부를 겨뤄보고 싶은데 어쩝니까? 그렇잖아도 후회하는 중이니까 너무 그러지 마십시오.”

“시끄럽고! 원래 서해대협곡을 공략하는 것은 너와 흑월단에게 맡기려 했는데 네 몸이 그래서 어쩔 수 없이 내가 가게 된 것이 아니더냐. 하니 잔말 말고 쓸 만한 녀석들로 한 이십 만 추려봐라.”

탁불승의 강경한 어조에 엽사군은 어쩔 수 없다는 듯 한숨을 내쉬었다.

"후~ 알겠습니다. 그렇게 원한다면 따를 수밖에요. 유성(柳星)."

그의 부름에 한쪽 구석의 어둠에 몸을 숨기고 있는 듯 없는 듯 서 있던 흑월단 부단주 유성이 밝음을 향해 슬그머니 모습을 드러냈다.

"들었지."

"예."

"대충 골라봐."

"대충이 아니라 제대로 된 놈들로!"

탁불승이 버럭 소리를 질렀다. 그러자 엽사군이 오히려 짜증을 냈다.

"제 수하 중엔 제대로 안 된 놈들이 없습니다."

"흥, 두고 보면 알겠지."

콧방귀를 뀌는 것으로 그의 말을 무시한 탁불승이 수하들을 향해 다시 진지한 표정과 어투로 입을 열었다.

"공격은 정확히 내일 새벽, 여명(黎明)과 함께 시작할 것이다. 첩보에 의하면 적은 곳곳에 진영을 갖추고, 요소요소마다 매복을 하고 있다고 한다. 위험이 클 것이다. 하나, 그 정도의 위협에 굴복할 우리들이 아니다. 동료를 믿고 평소의 실력만 발휘한다면 문제될 것이 없다. 각자 맡은 자리에서 책임을 다해주길 바란다."

"존명!"

부단주 하록을 비롯하여 각대의 대주들과 부대주들이 일제히 허리를 꺾었다.

"여러 어르신들만 믿겠습니다."

"염려 말거라."

범장이 그들을 대표하여 대답을 했다.

"내일 해가 지기 전, 묵가라는 이름은 더 이상 우리들을 가로막는 장애물이 될 수 없을 겁니다. 반드시 그리될 것입니다."

스스로에게 다짐하듯 말을 한 탁불승의 눈에선 무시무시한 광채가 뿜어져 나오고 있었다.

*   *   *

'침입자!'

은밀히 움직이는 그림자를 바라보는 매상천(梅霜天)의 눈매가 가늘어졌다.

숫자는 셋.

전후좌우를 살피며 최대한 신중히, 그러면서도 빠르게 이동하는 그들의 모습을 보며 매상천은 구룡폭을 중심으로 펼쳐진 주작매가의 진영을 살피기 위해 파견된 척후라 여겼다.

'만만치 않은 놈들이군.'

아직 해가 뜨기 전, 이제야 어둠에서 깨어나려는 숲은 아주 조그만 소리도 감출 수 없었다.

한데 그들의 움직임에선 어떠한 소음도 일지 않았다.

그들이 스치고 지나가는 수풀은 그저 바람결에 자연스레 흔들리는 것 같았고, 딛고 가는 땅에서도 먼지 한 점 일지 않았다.

어느 순간, 그들의 모습을 주의 깊게 살피던 매상천의 안색이 확 구겨졌다.

곳곳에 매가의 제자들이 경계를 서고 있음에도 그들을 발견한 사람이 아무도 없었기 때문이었다. 그렇다고 그들이 태만한 것도 아니었다.

그들을 더 이상 접근시켜선 안 된다고 판단한 매상천이 주변 경계병들에게 은밀히 전음을 보냈다. 적의 잠입을 알리고 혹시라도 그들이 도주를 할 경우를 대비해 퇴로를 차단시키기 위함이었다.

매상천의 전음을 받은 경계병들은 내심 당황을 했지만 놀라거나 소란을 피지 않았다. 그저 자연스레 위치를 바꿔 퇴로를 차단하기 위해 움직였다.

바로 그때였다.

주변 공기가 심상치 않게 돌아간다고 여긴 사내들이 빠르게 움직이기 시작했다.

"흥! 놓칠까 보냐!"

매상천이 황급히 몸을 날렸다.

한번 움직일 때마다 사오 장을 넘나들며 내달린 매상천이 순식간에 그들을 따라잡았다.

"오는 것은 네놈들 마음이지만 갈 때는 내 허락을 받아야 할 것이다."

좌측 숲에서 난데없이 들려온 소리에 기겁을 한 사내들이 본능적으로 몸을 틀었다. 하지만 가장 왼편에 있던 사내는 달려오는 탄력에 더해 가히 전광석화와도 같은 빠름으로 내지른 매상천의 발길질을 막아내지는 못했다.

퍽! 퍽!

연속적으로 들려오는 격타음.

사내는 가슴팍과 턱을 연거푸 얻어맞으며 외마디 비명과 함께 쓰러졌다.

"적산(赤山)!"

동료가 그의 이름을 불렀지만 가슴에 큰 타격을 받고 턱이 거의 뭉개지다시피 한 그는 이미 절명한 상태였다.

"네놈이!"

동료의 죽음을 확인한 두 사내의 눈에서 혈광이 비쳤다. 하나, 매상천은 가소롭다는 듯 소리쳤다.

"그렇게 노려볼 것 없다. 어차피 네놈들도 따라갈 테니까."

그 말이 끝나기가 무섭게 사방에서 경계병들이 소리를 지르며 달려왔다.

두 사내의 눈에서 아득한 빛이 떠올랐다.

"쳐라!"

매상천의 명이 떨어지고 두 사내를 향해 경계병들이 일제히 공격을 시작했다.

"지금부터… 시작인가?"

한 걸음 떨어져서 싸움을 지켜보는 매상천의 안색은 무척이나 어두웠다.

"하아! 하아!"

한 사내가 거칠게 숨을 몰아쉬고 있었다.

백호엽가를 상징하는 백호를 수놓은 새하얀 백의가 이미 혈의로 변했고 상당한 격전을 치렀는지 어깨를 심하게 들썩이는 것이 몹시도 지친 모습이었는데 그럼에도 불구하고 전신에서 이는 투기는 조금도 감소하지 않았다.

"그만 하고 이쯤에서 항복하는 것이 어떠냐? 하면 고통없이 보내주겠다."

다섯 사내에게 포위를 당하고, 그와 함께한 일곱의 동료들이 이미 싸늘한 시신으로 변했음에도 조금도 물러섬이 없는 사내를 보며 낙원기가 차갑게 외쳤다.

"나 엽창을 우습게보지 마라! 어차피 죽을 목숨! 한 놈이라

도 더 데려갈 것이다!'

엽창이 비릿한 미소를 흘리며 자신을 포위하고 있는 이들을 쏘아보았다.

그 모습이 어찌나 살벌한지 압도적인 우위에 있으면서도 더러는 시선을 피할 정도였다.

"닥쳐랏!"

누군가의 입에서 호통 소리가 터져 나오고 그것이 신호인 양 잠시 멈추었던 공격이 시작되었다.

"타핫!"

언제 숨을 헐떡였냐는 듯 한껏 기합성을 내뱉은 엽창이 몸을 빙글 돌리며 좌우에서 공격을 막아내고 그 탄력으로 앞쪽에서 치고 오는 사내를 향해 역공을 펼쳤다.

쉬이익!

날카로운 파공성을 내는 그의 검은 무시무시할 정도로 빠르고 날카로웠다. 생각지도 못한 반격을 당한 사내가 침착히 방어를 했지만 죽음을 도외시한 채 펼치는 엽창의 공격엔 실로 매서운 힘이 깃들어 있었다.

"크악!"

엽창의 공격을 막지 못한 사내가 가슴에서 피분수를 뿜으며 무너져 내렸다.

엽창은 힘없이 무너지는 사내의 목을 그대로 날려 버리며 다음 상대를 찾았다.

"대단한 놈이야."

낙원기의 곁에 있던 유원추도 혀를 내두르며 감탄을 했다.

"하지만 저기까지. 이미 끝난 싸움일세."

차분한 눈으로 싸움을 지켜보던 낙원기가 고개를 흔들며 말했다.

"그거야 당연하지만 어린 놈의 손속이 장난이 아니라서……."

유원추가 뭐라 대꾸를 하려는 찰나 폐부 깊숙한 곳에서 터져 나오는 듯한 신음이 들려왔다.

"끝났군."

결국 최후의 순간까지 편한 죽음을 거부하고 적과 싸우던 엽창이 쓰러진 것이었다.

"크아아아!"

백호엽가의 가주 엽천천의 막내아들 엽창은 자신의 가슴을 파고든 검을 움켜쥐며 포효하듯 외치다 힘없이 고개를 떨궜다.

"후~ 실로 지독한 놈입니다."

명화대주 평설이 고개를 절레절레 흔들며 소리쳤다.

"백호엽가… 묵가를 지키는 수호신이라는 말은 들었지만 설마하니 이 정도일 줄은 몰랐다. 적이지만 대단한 놈들이다. 남자라면 저만한 기개는 가지고 있어야지."

낙원기가 자신도 모르게 한숨을 내쉬었다.

고작 여덟 명을 상대하면서 벌써 열다섯이 넘는 인원을 잃었다. 비록 미모봉 공략의 주력인 명화대가 본격적으로 나선 것이 아니라 화살받이를 내세운 것에 불과하다지만 결사항전을 하는 적의 모습에서 이번 싸움이 생각보다 쉽지 않겠다는 것을 느끼는 것이었다.

*　　　*　　　*

황산묵가의 대회당.

속속 전해오는 전장의 상황에 대회당의 분위기는 착 가라앉아 있었다.

"현재 전황은 어떠한가?"

묵연작의 물음에 어쩌면 이번 싸움을 총괄한다 할 수 있는 현무추가의 가주 추건이 심각한 표정으로 입을 열었다.

"그다지 좋다고는 할 수 없습니다만 나쁘다고도 할 수 없습니다."

간단히 서두를 꺼낸 추건은 조그만 지휘봉을 들고 벽에 걸린 지도 앞에 섰다.

"놈들과 가장 먼저 교전을 시작한 곳이 바로 구룡폭포를 지키고 있는 주작매가입니다. 이후, 백호엽가가 지키고 있는 미모봉, 청룡임가와 현무추가가 버티고 있는 나한봉에서도 적의 움직임이 관측되었습니다."

"이쪽은?"

방금 언급된 곳은 말하자면 줄기가 아니라 가지, 묵연작은 줄기라 할 수 있는 황산대로에서의 싸움을 묻는 것이었다.

"방금 전, 황산대로에도 적이 나타났다는 보고가 들어왔습니다."

"전체 상황은 어떤가?"

묵연작의 동생이자 병중에 있는 대장로를 대신하여 현재 묵가의 대장로란 위치에 올라 있는 묵정곤(墨靖坤)이 물었다.

"아직 크게 불리한 곳은 없습니다. 약간 밀리고는 있지만 놈들에게 그만한 피해를 입히며 방어선을 후퇴시키는 정도입니다."

"매복 작전이 성공이란 말이로군."

"그렇습니다. 지형 자체가 워낙 험한지라 적은 병력으로 꽤나 큰 효과를 보고 있습니다. 놈들에 비해 황산의 지형을 속속들이 꿰고 있다는 점도 있겠지만 말이지요."

"그래도 어차피 최후의 싸움은 이곳이 되겠지?"

묵연작이 말했다.

"예. 아무리 잘 싸운다 하더라도 놈들을 막을 수는 없습니다. 최대한 피해를 입힌 후, 이곳에서 끝장을 내야 할 것입니다."

"준비는 잘하고 있는가?"

"그렇습니다. 처음, 세 개의 절진이 놈들을 맞이할 것이고, 이후엔 열두 가지의 기관매복이 놈들을 지옥으로 보내 버릴 것입니다."

"당연히 그래야겠지. 하지만 만에 하나라는 것이 있어. 그에 대한 대비도 해야 할 것이야."

"예. 최후의 탈출로도 이미 확보해 두었습니다."

자신감 넘치는 추건의 말에 묵연작의 입가에 미소가 흘렀다.

"훗, 이런 사실을 안다면 놈들이 과연 어떤 표정을 지을지 궁금하군."

"그 일로 말씀드릴 것이 있습니다."

말을 꺼내는 추건의 표정이 더없이 심각하자 묵연작의 눈이 번쩍 떠졌다.

"무엇인가?"

"현재의 보고에 의하면 황산대로로 밀려오는 적의 수장은 범장입니다. 구룡폭은 감태원이 수장이고 미모봉과 나한봉 역시 마교의 호법들이 선두에 섰다고 합니다. 한데 그 어디에도 탁불승이 보이지 않았습니다."

"적이 공격을 하는데 수장이 보이지 않는다? 이상한 일이군. 혹 다른 쪽 경로로 움직이는 것은 아닌가?"

"현재 놈들이 움직일 수 있는 경로는 모두 파악이 되고 있습니다만 탁불승의 행적을 찾을 수가 없었습니다. 물론 우리 쪽에서도 제대로 파악하지 못하는 곳이 한곳 있습니다만 제 생각으론……."

긴장을 하는 것인지 추건이 침을 꿀꺽 삼켰다.

"서해… 대협곡?"

묵연작이 표정을 굳히며 물었다. 추건이 심각하게 고개를 끄덕였다.

"아무리 생각해도 그쪽밖에 없습니다."

그러자 묵연작과 나란히 앉아 있던 묵정곤이 당치도 않다는 듯 고개를 흔들었다.

"놈들이 바보가 아닌 한 그쪽으로 공격을 해올 리가 없지 않은가? 그곳은 그야말로 천혜의 방패가 있는 곳, 한 사람의 힘으로 능히 백 명을 상대할 수 있는 곳일세. 제아무리 날고 기는 놈들이라 해도 그쪽으로 접근한다는 것은 꿈도 꾸지 못할 게야. 아닌 말로 세 살배기가 돌멩이만 던지고 있어도 그쪽으론 접근할 수 없어."

"그럼에도 불구하고 그쪽 공략에 성공한다면 우리 쪽에 그만한 타격이 없습니다. 충분히 모험을 해볼 만하지요."

"혹시 모를 사태에 대비해 일부 병력을 배치시킨 것으로 아는데 그쪽에선 별다른 연락이 없는가?"

묵연작이 다시 물었다.

"예. 아직 아무런 연락이 오고 있지 않습니다."

"자네 생각은 어떤가? 놈이 그쪽으로 올 것이라 생각하는가?"

"예."

"확신하는가?"

"그렇습니다. 틀림없이 그쪽으로 올 것입니다. 저라면 반드시 그리합니다."

"흠."

묵연작이 짧은 신음과 함께 눈을 감았다.

현재 묵가의 전력으로는 물밀듯이 밀려오는 적의 공세를 감당하기가 쉽지 않은 일이었다. 더구나 묵가를 지탱하고 있는 사대세가가 적이 앞세운 화살받이들과의 싸움에서 만만치 않은 피해를 당한 터. 비록 일부에 불과할지 모르지만 단지 가능성만을 가지고 병력을 다른 곳으로 돌린다는 것은 쉽지 않은 일이었다. 문제는 그 가능성이 가져올 파급 효과가 너무 크다는 데 있었다. 확실한 상황이 아님에도 이리 고심을 하고 있다는 것 자체가 이미 적들이 원한 효과를 얻고 있는 것이나 다름없었다.

잠시의 숙고 후, 눈을 뜬 묵연작이 추건의 의견을 수렴했다.

"자네 말이 맞아. 위험한 만큼 그 대가는 달콤한 법이지. 그쪽도 대비를 하는 것이 좋겠어. 아우."

"예, 형님."

묵정곤이 대답을 했다.

"자네가 가주게."

"하지만……."

"추 가주의 말에 일리가 있어. 서해대협곡은 무슨 일이 있어도 지켜야 하는 곳일세. 우선 자네가 가주게."

간곡한 부탁에 묵정곤도 허락하지 않을 수 없었다.

"알겠습니다. 제가 가겠습니다."

"곧 추가 병력을 보내도록 하지."

"그럴 필요 없습니다. 행여나 놈들이 그쪽으로 기어온다면 제가 아예 끝장을 내버리겠습니다."

호탕하게 소리친 묵정곤이 대회당을 빠져나가자 추건이 다소 걱정스런 음성으로 입을 열었다.

"송구한 말씀이지만 탁불승이 서해대협곡으로 온다면 대장로님 홀로 감당하기가……."

"걱정하지 말게. 화성이와 언도가 뒤를 받쳐 주면 충분할 게야."

"대공자를 말입니까?"

추건의 얼굴에 불신의 빛이 떠올랐다.

황산팔룡이라 하여 근래 들어 꽤나 큰 명성을 얻고는 있어도 묵화성이나 묵언도는 묵가의 후기지수에 불과했다. 그만한 중책을 맡길 정도는 아니라 생각한 것이었다. 하나, 묘한 미소를 짓는 묵연작은 생각이 다른 듯했다.

"맡겨보면 알아. 화성이 어떤 실력을 지니고 있는지는."

* * *

슈슈슉!

날카로운 파공성과 함께 수십 발의 화살이 허공을 갈랐다.

"으악!"

"피해랏!"

느닷없이 날아든 화살에 속수무책으로 쓰러진 인원이 대여섯이 넘었다. 그럼에도 황산대로를 꽉 채우고 밀려드는 인의 물결은 조금도 흐트러지지 않았다. 오히려 더욱 기세를 올리며 들이닥쳤다.

"공격하라! 단 한 놈도 살려 보내선 안 될 것이다!"

묵성의 명령이 떨어지자 칠십여 명에 이르는 묵가의 고수들이 일제히 함성을 질렀다.

"드디어 나섰군."

범장이 기세를 올리는 상대를 바라보며 코웃음을 쳤다. 사대세가를 앞세우고 뒤로 꼭꼭 숨어 있던 묵가의 정예들을 비로소 만난 것이었다.

범장이 슬쩍 뒤를 돌아봤다.

그곳엔 자신의 명을 기다리며 만반의 준비를 하고 있는 적멸대원들의 믿음직한 모습이 있었다.

"명을 내려주십시오."

문명이 덩치에 걸맞는 음성으로 입을 열었다.

"가랏. 가서 우리들의 무서움을 보여줘라!"

"존명!"

명을 받은 문명이 기세등등하게 소리쳤다.

"적멸대!"

"와!"

대주의 호명을 받은 적멸대원들이 일제히 함성을 지르며 무기를 치켜 올렸다.

"멋지게 놀아보자!"

우렁찬 외침과 함께 문명은 그 누구보다 앞장서 내달리기 시작했다.

"와아아아아!!"

그의 뒤로 부대주 상천종(尙泉淙)과 각조의 조장들이 따랐다.

이미 앞장세웠던 화살받이들의 대부분은 싸늘한 주검으로 변한 지 오래였다.

적멸대원들은 어찌 되었든 잠시나마 동료였던 그들의 주검을 아무렇지도 않게 짓밟으며 전진했다.

늘상 최전선에서 마교를 위해 싸워왔던 그들에게 죽음의 두려움 따위는 조금도 보이지 않았다. 얼굴엔 그저 오직 적을 베어 쓰러뜨리겠다는 무시무시한 살기만이 번들거렸다.

채챙!

서로의 무기가 부딪치면서 일렁이는 불꽃이 새벽녘 마지막 어둠을 밝혔다.

양측의 주력이 뒤엉켜 붙은 싸움은 피아를 구분하기 힘든, 순식간에 엄청난 혼전으로 치달았다.

"죽어랏!"

악이 받친 적멸대원의 외침 뒤에 힘없이 무너져 내리는 묵가의 어린 제자의 모습이 있었다.

기세를 올리던 적멸대원은 곧바로 뒤에서 날아온 칼날에 심장을 관통당하고 고꾸라지고 말았다. 하지만 그런 상황에서도 그는 칼을 움직여 자신의 심장에 칼을 꽂은 상대에게 기필코 치명타를 입혔다.

"크윽!"

설마하니 그런 상황에서 반격을 할 줄은 몰랐다는 듯 묵가의 제자는 어처구니없다는 표정을 지으며 물러났다. 결국 그 역시 얼마 못 가서 절명하고 말았다.

그런 식이었다.

양측의 인원은 거의 비슷했으나 승부에 대한 집착과 갈망은 상대가 되지 않았다.

적멸대원들의 손속엔 조금의 인정도 없었고, 적을 쓰러뜨릴 땐 확실하게 확인 사살을 했다. 특히 그들의 오랜 전투 경험은 피아를 구별하기 힘든 난전에서 엄청난 위력을 발휘

했다.

삽시간에 묵가가 구축한 첫 번째 방어선이 무너졌다.

묵성은 어쩔 수 없이 퇴각의 신호를 보냈다.

적의 함정을 걱정한 범장이 뒤를 쫓으려는 적멸대원들을 말렸다.

"와아아아!"

승리의 고함 소리가 황산에 울려 퍼졌다.

서전을 승리로 장식한 적멸대원들의 사기는 오를 대로 올랐다.

이후, 반 시진도 안 되는 짧은 시간 동안 무려 다섯 번의 충돌이 있었다.

그때마다 승리를 한 쪽은 적멸대였다.

완벽히 기세를 제압한 적멸대주 문명이 아예 끝장을 보겠다는 듯 수하들을 독려하며 소리쳤다.

"모조리 죽여라! 단 한 놈도 살려 보내선 안 될 것이다!!"

적멸대원들이 이에 응하여 저마다 함성을 지르며 거친 공세를 이어갔다.

"막아랏! 물러서지 마라!!"

묵성이 시뻘게진 얼굴로 고래고래 소리를 지르며 전장을 헤집고 다녔다.

"두려워하지 마라! 조금만 버티면 된다!"

그러나 상황은 가히 좋지 않았다.

묵가의 제자들은 노도와 같이 밀려드는 적멸대의 기세에 점점 밀리고 있었다.

"정신 차려라! 또다시 꽁무니를 빼게 만들 것이냐! 삼조, 나를 따르라."

선두에 선 적멸대주 문명의 명에 십여 명의 사내들이 그의 좌우에 포진했다.

문명은 수하들을 이끌고 묵성을 향해 곧바로 달려갔다.

방해가 되는 묵가의 무인들은 그가 데리고 간 적멸대원들이 죽을힘을 다해 막았다.

묵성도 그를 피하지 않았다.

문명이 묵성의 목을 베어 싸움을 끝내려 했다면 그 역시 문명을 쓰러뜨리고 불리해진 전세를 뒤집고자 하였다.

"뒈져랏!"

묵성의 앞에 도착한 문명이 무지막지하게 큰 칼을 휘둘렀다.

둘은 단 한 마디 주고받는 말도 없이 곧바로 싸움을 시작했다.

"흥!"

가소롭다는 듯 콧바람을 뿜어낸 묵성이 힘찬 기합성과 함께 검을 움직였다.

문명의 칼에 천근의 힘이 실려 있다면 묵성의 검에는 그 힘을 제어하고도 남을 빠름과 현란함이 있었다.

상대의 칼을 비스듬히 흘려 보낸 묵성의 검이 문명의 허리를 끊겠다고 달려들었다.

생각보다 날카로운 반격에 움찔한 문명이 실로 거구에 어울리지 않는 움직임으로 날렵하게 발을 놀리며 물러났다.

촤르르르!

목표를 놓친 검, 엄밀히 말해 검기가 허공을 가르는 것과 동시에 주변 나뭇가지를 훑고 지나갔다.

"살만 뒤룩뒤룩하게 찐 돼진 줄 알았건만 제법 날쌔구나."

"닥쳐랏!"

묵성의 야유에 이를 부득 간 문명이 거대한 칼을 풍차처럼 돌리며 달려들었다.

웅웅웅.

대기를 휘감는 칼의 울림에 묵성의 얼굴이 딱딱하게 굳었다.

조금 전 흘렸던 비웃음은 온데간데없었다.

"오라!"

힘주어 검을 잡는 묵성의 투지가 보는 이들의 심금을 울렸다.

"용호상박(龍虎相搏)이로군. 누가 이길지 도저히 모르겠어. 그렇지 않느냐?"

범장의 물음에 둘의 싸움을 긴장된 표정으로 살피던 하록이 고개를 돌렸다.

"적멸대주의 무공은 각단주들 중에서도 으뜸입니다. 틀림 없이 이길 겁니다."

"적멸대주도 강하지만 상대도 꽤 하는군."

건위령이 흥미로운 표정으로 말했다.

"묵성이라고, 저자 역시 묵가를 대표하는 고수들 중 한 명 이니까요."

"까딱 잘못하면 질 수도 있겠어. 그건 그렇고……."

범장의 시선이 여전히 치열한 싸움이 벌어지고 있는 전장 으로 향했다.

"조금 이상해."

"뭐가 말씀이십니까?"

"너무 쉽다는 생각이 들어."

"무슨 말씀이신지……."

"묵가가 이렇게 약했던가?"

범장의 우려와는 달리 하록은 당연한 결과라는 듯 자신에 찬 어조로 대답을 했다.

"놈들이 약한 것이 아니라 우리가 강한 것입니다."

하지만 그 말을 비웃기라도 하듯 그들의 좌우측에서 엄청 난 함성과 함께 일단의 무리들이 모습을 드러냈다.

묵가의 가주 묵하상이 직접 이끌고 나타난 이들은 기세 좋 게 날뛰던 적멸대를 삽시간에 포위해 버렸다.

"함정? 당했군."

범장이 다소 긴장된 표정으로 말했다.

"그래도 병력은 많지 않습니다."

하록이 냉철하게 주변을 살피며 대꾸했다.

그의 말대로 묵하상이 이끌고 나타난 이들의 숫자는 대략 삼십 명 남짓이었다. 부담이 되는 수이긴 해도 싸우지 못할 전력은 아니었다.

하나, 문제는 그들을 지휘하는 사람이 다름 아닌 묵가의 가주라는 것. 게다가 그들 중에는 하얀 백발을 날리는 노고수들도 몇 명 포함되어 있었다. 그것은 곧 묵가의 최고 정예가 나타났다는 것을 의미했다.

"어디 묵가 가주의 실력은 어떤지 한번 볼까?"

범장이 추혼귀창을 흔들며 말했다.

"괜찮겠는가?"

얼마 전, 범장이 묵조영과의 싸움에서 부상을 당한 전력이 있다는 것을 상기한 건위령이 조금 걱정된다는 표정으로 물었다.

"행여나 놈에게 당할 것 같나? 나 범장, 아직 죽지 않았네."

범장이 발끈하여 소리쳤다.

"그런 뜻이 아니었으니 오해는 말게."

"놈은 나에게 맡기고 자네는 저들이나 처리하게."

범장이 적멸대원들을 매섭게 몰아치고 있는 몇몇 노인들을 가리키며 말했다.

"그러지."

간단히 대답한 건위령이 주변에 있던 세 명의 장로들에게 고개를 돌리며 말했다.

"자, 이제 우리 늙은이들이 나설 때……."

하나, 그들은 이미 움직이고 있었다.

건위령이 쓴웃음을 지으며 말했다.

"쯧쯧, 성질들하고는. 다들 기다리느라 지루했던 모양……."

곁에 있던 범장도 어느새 사라지고 없었다.

"이거야 원."

졸지에 혼자가 된 건위령은 어처구니없는 웃음을 흘리고 말았다.

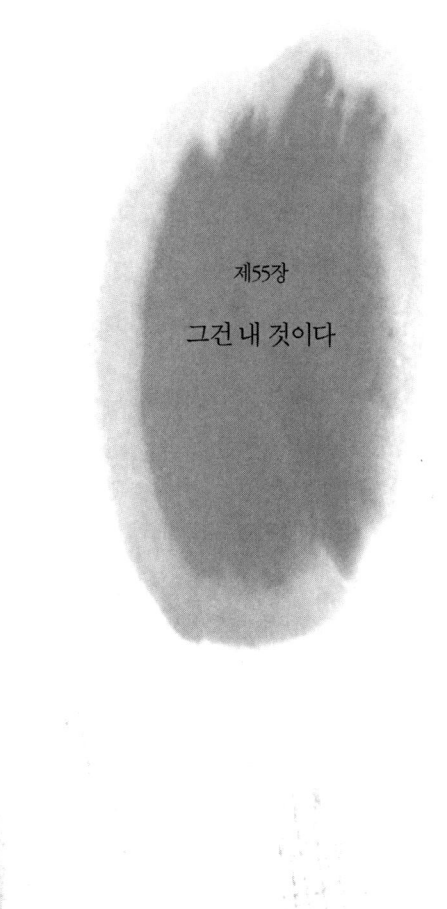

제55장

그건 내 것이다

가히 바람과도 같은 속도로 내달리는 두 사람이 있었다.

한 번 발을 뻗을 때마다 족히 칠팔 장은 앞으로 나아가는 사내는 묵조영이었고, 그림자인 양 정확히 일 장 뒤에서 뒤따르는 또 다른 사내는 바로 마상이었다.

묵조영이 조용히 중얼거렸다.

"가고 싶지 않다. 그러나 어차피 가야 한다."

언젠가 대장로가 했던 말이 떠올랐다.

"너와 네 아비가 태어난 가문이다. 아무리 밉더라도 세가를 버려선 안 돼."

"무엇보다 그분을 위해서라도!"

묵조영이 입술을 지그시 깨물었다.

"부디 늦지 않기를……."

*   *   *

드드드드.

돌 굴러가는 소리와 함께 누군가 천장절벽에서 떨어져 내렸다.

비명은 없었다.

그저 한참이 지나 절벽 아래에서 들려오는 육중한 충돌음이 그의 최후를 말해줄 뿐이었다.

그 소리에 가장 앞장서 절벽을 오르다 아래를 내려다보는 탁불승의 얼굴에 안타까움이 스쳐 지나갔다.

절벽을 오르다 목숨을 잃은 수하들이 벌써 열을 넘었다.

그를 따라나선 수하의 총합이 오십 정도였으니 켜켜이 이어진 서해대협곡의 절벽을 넘느라 근 오분지 일의 인원이 적과 싸움 한번 해보지 못하고 허무하게 목숨을 잃은 것이었다.

'그러고 보니 참 대단하군.'

탁불승은 자신과 가장 인접하여 따라오는 흑의의 무인들

을 보며 조금은 질투 어린 감정에 휩싸였다.

지금까지 목숨을 잃은 인원 대다수는 광명단의 무인들이었고, 엽사군을 윽박질러 얻어낸 흑월단의 살수들은 고작 한 명의 낙오자가 있을 뿐이었다. 그것도 그의 실수가 아니라 위에서 덮친 광명단원 때문에 억울하게 목숨을 잃은 것이었다.

힘에 겨워 어쩔 줄을 몰라 하는 광명단원들에 비해 그들의 얼굴엔 아무런 표정도 없었다. 또한 만일을 대비해 입에 재갈을 물고 절벽을 오르는 광명단원들에 비해 흑월단의 살수들은 아무런 장치도 하지 않았다. 어떠한 순간에도 비명을 지르지 않도록 훈련을 받은 살수라는 이유도 있었지만 그만큼 자신감이 있다는 의지의 표현이기도 했다.

"많이 지쳤습니다. 잠시 쉬는 것이 어떻겠습니까, 단주님?"

탁불승의 바로 뒤에 따라오던 명화대 부대주 한소류(韓遡流)가 숨을 헐떡이며 말했다. 하지만 탁불승은 고개를 흔들었다.

"정상이 얼마 남지 않았다. 여기서 멈출 순 없어."

"다들 너무 지쳤습니다. 이래선 절벽을 오른 후에 싸움을 할 기력조차 남을 것 같지 않습니다."

"흠."

일리가 있는 말이었다.

그들의 목적은 단순히 산을 넘는 것이 아니라 산을 넘어 적의 배후를 쳐야 하는 것. 무엇보다 산 정상에서 얼마의 적이 그들을 기다리고 있을지 몰랐다. 싸움을 할 수 있는 최소한의 여력은 남겨두어야 했다.

"일각이다. 일각 후, 단번에 정상으로 오를 것이다."

"알겠습니다."

반색을 한 한소류가 뒤이어 줄줄이 따라오는 이들에게 조용히 휴식을 알리고 힘겹게 절벽을 오르던 이들은 절벽에 생긴 틈, 튀어나온 바위 등 최대한 안전한 지형을 골라 턱밑까지 차오르는 숨을 골랐다. 그래 봤자 절벽에 매달려 있는 것으로 나무 그늘에 양다리를 쭉 뻗고 쉬는 것에 비할 바는 아니었으나 그것만으로 충분했다.

"흠, 저쪽은 어찌 되고 있을는지……."

파천혈궁을 바위틈에 껴 넣은 후, 그것을 지지대 삼아 수하들과 마찬가지로 휴식을 취하던 탁불승은 반대편에서 치열하게 펼쳐지고 있을 싸움을 생각하며 지그시 눈을 감았다.

*　　　*　　　*

"실력을 한번 볼까?"

범장이 추혼귀창을 빙글빙글 돌리며 묵하상을 도발했다.

지그시 내려보는 시선이 자신있으면 어디 한번 덤벼보라

는 듯 자신만만했다.

"원한다면 그렇게 해주지."

묵하상이 차갑게 웃으며 검을 치켜세웠다.

"선공은 양보하마."

범장이 손가락을 까닥이며 말했다.

상대를 깔아뭉개는 범장의 태도에 발끈하면서도 그의 실력을 알기에 묵하상은 거절하지 않고 곧바로 공격을 시작했다.

묵하상은 지금의 황산묵가를 존재하게 만든 십육로환상기검(十六路幻想奇劍) 중 제일로, 간운폐일(干雲蔽日)을 시전하며 상대의 실력을 탐색하려 했다.

순식간에 엄청난 변화를 일으킨 검의 그림자가 범장의 눈을 가리고 그중 몇몇이 은밀히 접근을 했다.

"제법이군."

칭찬인지 아니면 조롱인지 판단하기 힘든 말을 내뱉은 범장이 추혼귀창을 크게 휘둘렀다.

그러자 묵하상이 일으킨 기운은 생각보다 너무 쉽게 사라졌다.

어차피 첫 번째 공격은 상대를 탐색하기 위한 수단일 뿐이었다.

묵하상은 전혀 당황하지 않고 재차 공격을 이어갔다.

파스스스.

희뿌연 검기가 일어나 그의 몸을 가리는 것과 동시에 범장을 향해 날카로운 이빨을 들이댔다.

놀란 뱀이 풀숲을 헤치며 발광을 하는 듯 교묘하게 접근하는 검기에 범장의 입가에 깃들어 있던 웃음기가 사라졌다. 묵하상의 무공이 생각보다 만만치 않다고 여긴 것이었다.

범장이 평행으로 들고 있던 추혼귀창을 아래쪽으로 향하게 하더니 사선으로 쳐올렸다.

파파파파팍!

추혼귀창의 끝에서 뿜어져 나온 기운이 흙먼지를 일으키며 그를 향해 접근한 검기에 맞서 나갔다.

꽝!

상당한 충격음이 허공에서 터져 나왔다.

묵하상의 검기를 단숨에 무력화시킨 범장의 기운은 오히려 상대를 노리며 짓쳐들었다.

"타핫!"

묵하상은 자신의 가슴 쪽으로 파고드는 범장의 공세를 피하기 위해 좌우로 몸을 흔들며 연속적으로 검을 휘둘러야 했다.

"아직이다!"

낭랑히 외친 범장이 훌쩍 뛰어오르며 조금 전과 같은 동작으로 창을 휘둘렀다.

한 번, 두 번, 세 번.

좌우를 교차해 가며 사선으로 움직이는 창에서 일어난 핏빛의 기운이 묵하상을 노리며 날카로운 이빨을 들이댔다.

무작정 피할 수만은 없다고 판단한 묵하상도 이를 악물고 십육로환상기검 중 칠로 격탁양청(激濁揚淸)과 팔로 낙목한풍(落木寒風)이란 초식을 펼치며 필사적으로 대항을 했다.

꽝! 꽝! 꽝!

연속적인 충돌의 여파로 주변의 땅이 뒤집히고 수풀과 나무가 잘려져 나갔다.

그렇게 삽시간에 이십여 초의 공방이 지나갔다.

둘의 대결은 한 치의 양보도 없이 팽팽한 양상을 유지했다.

마교의 좌상이란 엄청난 상대와 마주하면서도 묵하상은 조금도 물러섬이 없었다.

끊임없이 쏟아져 나오는 범장의 기세에 눌려 손발이 어지러워지기도 하고 때때로 심장이 서늘해지는 위기도 있었지단 그때마다 적절한 대응을 하며 교묘하게 위기를 넘겼다. 물론 몸 이곳저곳에 크고 작은 상처를 입기도 했으나 상대의 공세를 생각할 때 그 정도는 상처라 할 것도 없었다.

"과연 묵가의 가주로구나!"

공세를 멈추고 한발 뒤로 물러난 범장이 고요한 눈으로 거칠어진 호흡을 가다듬는 묵하상을 보며 감탄을 금치 못했다.

'후~ 과연 대단하다.'

묵하상은 묵하상대로 쉴 새 없이 공격을 하면서도 그다지

지친 기색도 없는 범장의 가공할 저력에 거듭 놀라고 있었다. 아직까지 평수를 유지하고는 있지만 솔직히 조금씩 버겁다는 느낌을 지우지 못했다.

몸 이곳저곳에 크고 작은 상처가 나기 시작했고 검을 잡은 손아귀에서도 피가 흘렀다. 무엇보다 압도적으로 차이가 나는 내공을 감당하기가 여간 버거운 것이 아니었다.

'나는 과연 전력을 다한 저자의 공격을 막을 수 있을 것인가?'

묵하상은 범장이 전력을 다하지 않고 있다는 것을 직감적으로 알고 있었다. 공격을 할 때 상대의 정신을 제어한다는 추혼귀창 특유의 귀곡성이 생각보다 위력이 없었기 때문이었다.

슬그머니 주변을 살피는 묵하상의 눈에 이곳저곳에서 필사적으로 싸우고 있는 묵가의 제자들이 보였다. 마교의 장로와 봉공들과 어울려 피 말리는 박투를 벌이는 원로들의 모습도 보였다.

'아직까지 버틸 만하다. 나 역시 목숨으로 이자를 막는다.'

차분히 마음을 가라앉힌 묵하상이 검을 움직이기 시작했다.

"역시 묵가. 대단하군."

범장과 묵하상의 싸움을 한참 동안이나 살피던 건위령이 탄성을 토해냈다.

범장의 무공이 어떤지 익히 알고 있던 그는 거듭되는 위기 속에서도 꿋꿋이 버텨내는 묵하상과 전체적인 숫자가 월등하다지만 태산마저 삼켜 버리겠다는 듯 거침없는 행보를 하던 적멸대를 맞상대하는 상대의 실력에 꽤나 놀라는 중이었다.

그렇다고 패배 따위를 걱정하지는 않았다. 그저 의외의 상황에 조금 놀란 것뿐이었다.

범장과 묵하상의 싸움을 살펴보던 건위령의 고개가 그들 못지않게 치열하게 싸우고 있는 장로들에게 향했다.

"흠, 이쪽은 별문제가 없겠군."

박빙의 승부를 펼치고 있는 범장과는 달리 세 명의 장로와 두 명의 봉공은 한눈에 보아도 묵가의 원로들을 밀어붙이고 있었다. 다소 고전을 하는 사람도 있었으나 전체적인 양상은 크게 걱정할 정도가 아니었다.

"문제는 이쪽인데……."

건위령의 시선이 여전히 피 튀기는 싸움을 벌이고 있는 든 명에게 닿았다.

단숨에 묵성을 벨 것처럼 기세를 올렸던 그는 시간이 가면 갈수록 오히려 묵성의 저력에 조금씩 밀리는 듯한 모습을 보이더니만 결국엔 옆구리에 치명적인 부상을 입고 휘청거리고 말았다.

"멍청한 놈 같으니!"

보다 못한 건위령이 문명을 구하기 위해 걸음을 움직였다.

"크악!"

건위령이 움직이는 동선에 있던 묵가의 제자가 외마디 비명과 함께 목이 꺾여 쓰러졌다.

"커흑!"

또다시 짧은 비명성이 터졌다.

그것을 시작으로 건위령이 한 번씩 움직일 때마다 그와 유사한 비명이 사방에서 터져 나왔다.

그 누구도 예외는 될 수 없었다.

묵가의 제자들은 건위령의 손에 걸리는 족족 변변한 대항도 하지 못하고 황천길에 올랐다.

순간, 그토록 혼란스러웠던 장내가 쫘악 갈라지며 하나의 길이 만들어졌다.

그 길 끝에 피투성이가 된 상태로 죽음의 위기에 몰려 있는 문명이 있었다.

"크크, 이제 그만 죽어라."

묵성이 검을 높게 치켜 올리며 승리에 찬 웃음을 흘렸다.

온몸에 피칠갑을 한 것이 둘의 싸움이 얼마나 치열했는지 단적으로 보여주고 있었으나 결국 승리를 쟁취한 사람은 묵성이었다.

문명의 얼굴이 처참히 일그러졌다. 하나, 이미 치명적인 부상을 입고 쓰러진 그가 할 수 있는 일은 아무것도 없었다. 그저 다가오는 죽음을 기다리는 것뿐.

승리의 기쁨을 만끽하던 묵성의 검이 아래로 움직였다.

"멈춰랏!"

검날이 문명의 목을 치려는 순간, 건위령이 날린 장력이 묵성을 위협했다.

황급히 검을 거두고 물러난 묵성은 자신을 향해 다가오는 건위령을 보며 침을 꿀꺽 삼켰다.

한눈에 보아도 상대는 보통 고수가 아니었다.

검을 타고 손까지 이른 찌르르한 느낌, 그의 뒤로 펼쳐진 광경, 즐비하게 늘어선 시신들이 그런 느낌을 뒷받침해 주었다.

"쯧쯧, 멍청한 녀석."

코앞에 적을 두었음에도 신경도 쓰지 않고 오히려 문명의 상태를 살피는 건위령의 모습에 묵성의 얼굴이 하얗게 질렸다.

'싸우면 죽는다.'

전신의 세포가 경고음을 보내왔다.

문명을 상대하느라 만신창이가 된 몸으론 더더욱 상대가 될 수 없었다.

"죄, 죄송합니다."

문명이 간신히 몸을 가누며 고개를 떨궜다.

"알면 됐다. 한쪽으로 물러서 있거라."

가볍게 문명을 힐책한 건위령이 빙글 몸을 돌렸다. 그리곤 잔뜩 긴장된 표정으로 서 있는 묵성을 향해 입을 열었다.

"보자니 나름 괜찮은 실력을 지니고 있구나. 어디 내게도 한 수 보여……."

건위령의 말은 이어지지 못했다.

그의 말이 끝나기도 전에 빙글 몸을 돌린 묵성이 뒤도 안 보고 달아났기 때문이었다.

"허!"

건위령이 기도 막히지 않는다는 표정으로 헛바람을 뱉어 냈다.

소위 정파라 자처하는 놈들의 특징이 곧 죽어도 명예 어쩌구 하며 같잖은 점잔을 빼는 것이라 여기고 있던 그로선 싸워보지도 않고 등을 보이고 달아나는 묵성의 행동이 전혀 예상 밖이었기 때문이었다.

"영악한 놈이로군. 뭐, 그래도 그 덕분에 목숨을 살리게 되었구나."

졸지에 상대를 잃은 건위령은 입맛을 다시면서 실없는 웃음을 흘렸다.

"막천석지(幕天席地)!!"

터질 듯한 외침과 함께 묵하상이 들고 있던 검에서 무수한 검기가 하늘로 솟구치기 시작했다.

파스슛!!

날카로운 파공음과 함께 검에서 모습을 드러낸 수십의 검기가 한데 엉키며 범장을 향해 짓쳐들었다.

상대의 공격이 제법 강맹하다고 여긴 범장은 감히 무시하지 못하고 진기를 끌어올리며 추혼귀창을 회전시켰다.

휘류류룽!

창끝에서 시작된 회전이 주변으로 퍼져 나가며 묵하상의 검기를 완벽하게 흡수, 소멸시켜 버렸다.

이를 악문 묵하상이 재차 공격을 감행했다.

기기묘묘하게 놀리는 발걸음, 그때마다 손에 들린 검이 종횡으로 움직이며 십육로환상기검 중에서도 강맹하기로 으뜸인 만경창파(萬頃蒼波), 섬전섬풍(閃電閃風), 일이관지(一以貫之)를 거침없이 쏟아냈다.

연속으로 이어 펼쳐지는 십육로환상기검은 변초에 변초를 거듭하며 순간, 천지사방, 온 세상을 검기로 뒤덮어 버렸다.

황산을 덮은 운해처럼 모든 공간을 완벽하게 차단하며 수십, 수백 갈래로 뻗어나가는 검기의 무리에 범장의 안색이 딱딱하게 굳어졌다.

조금 전의 여유는 온데간데없었다.

범장이 다급히 추혼귀창을 움직였다.

끼요오오오!!

풍차처럼 회전을 하기 시작한 추혼귀창에서 귀곡성이 터져 나오고, 동시에 주변의 모든 경관이 핏빛 창영으로 물들었다.

화려하고 신비로우면서 그 안에 엄청난 위력을 지닌 운사요몽이었다.

가슴 한쪽을 뒤흔드는 귀곡성과 함께 자신이 일으킨 검기를 조금씩 집어삼키는 창영을 보며 묵하상의 이마에 주름이 깊게 패었다.

'밀리면 끝장이다!'

바로 지금이 승부처라 여긴 묵하상이 전신의 모든 힘을 끌어모아 십육로환상기검의 시작이자 마지막이라 불리는 만상생멸(萬象生滅)을 펼쳤다.

파류류류룽!

난데없는 폭풍이 장내에 휘몰아쳤다.

묵하상의 몸에서 시작하여 검으로, 그리고 사방으로 퍼져 나가던 폭풍은 사위를 휩쓸며 범장에게 향했다.

'위험하다!'

생각할 틈도 없이 본능적으로 몸이 반응했다.

범장이 묵하상을 향해 창을 찔렀다.

엄청난 회전이 걸린 추혼귀창은 찢어질 듯한 귀곡성을 뿌리며 거대한 폭풍을 뚫기 시작했다.

쿠쿠쿠쿵!!

폭풍과 광풍이 충돌하며 일으킨 굉음이 황산을 울렸다.

"윽!"

"크으!"

두 마디 비명과 함께 묵하상과 범장이 약속이라도 한 듯 튕겨져 나갔다.

충격의 여파로 중심을 잡지 못하고 비틀거리는 묵하상.

입가에 검붉은 피가 줄줄 흘러내렸고, 누더기로 변해 버린 옷은 이미 그가 흘린 피로 말이 아니었다.

맞은편에 선 범장의 상태도 가히 좋지는 않았다. 하지만 승리를 향한 의지만큼은 그가 더 강한 듯했다.

치미는 울혈을 억지로 집어삼킨 범장이 재차 도약을 했다. 그리곤 한껏 뒤로 젖힌 창을 타작하듯 내려쳤다.

섬전참풍이라는 초식이었다.

이전보다 훨씬 약해지기는 했어도 여전히 무시무시한 위력을 담은 창날이 묵하상의 머리 위로 떨어져 내렸다.

제대로 검을 들 힘조차 없던 묵하상은 아득함을 느끼며 간신히 검을 치켜 올렸다.

꽝!

창과 검이 허공에서 부딪쳤다.

"컥!"

추혼귀창에 담긴 힘을 감당하지 못한 묵하상이 외마디 비명과 함께 무릎을 꺾었다.

또다시 입에서 피분수가 뿜어져 나왔다.

손목이 부러졌는지 검을 들고 있는 팔이 덜렁거렸다.

몸이 양단되는 것을 면할 수는 있었으나 그것으로 그는 완전히 무장해제되었다.

그렇지만 회심의 공격을 했던 범장의 상태는 오히려 그보다 좋지 않았다.

"우웩!!!"

범장이 참았던 피를 토해내며 추혼귀창에 기대어 간신히 중심을 잡았다.

건위령이 염려한 대로 몸 상태가 완전하지 못한 상태에서 무리한 공격을 하다 돌이키기 힘든 내상을 당한 것이었다.

"좌상!"

멀리서 범장을 발견한 건위령이 기겁을 하며 달려왔다.

바로 그 순간, 묵가의 진영에서도 누군가 달려와 묵하상의 몸을 안고 내달리며 목이 터져라 소리쳤다.

"퇴각하라!!"

*   *   *

"어디 다녀와?"

장위(張威)의 물음에 손을 바지춤에 쓱쓱 문지르며 나타난 용소전(龍蘇錢)이 멋쩍은 웃음을 흘렸다.

"소변 좀 보느라고."

"이 상황에서 소변이 나오냐?"

"나오는 걸 어째. 별것도 아닌 것 가지고 너무 닦달하지 마."

"별것이 아니라니! 자리를 이탈하면 안 되잖아. 그사이 네가 책임진 구역에서 적이라도 나타나면 어쩌려고 그래?"

"적은 무슨… 다들 너무 심각하게 생각하는 거 아냐?"

"뭐가?"

"생각을 해봐. 어떤 미친놈이 서해대협곡을 지나 이곳으로 오겠느냐고? 길이라는 건 존재하지도 않고, 있는 건 절벽에, 절벽에, 절벽뿐이잖아. 게다가 일말의 여지라도 있는 북쪽과는 달리 이쪽 절벽은 아예 수직이라고. 족히 이백 장은 넘는 수직 절벽!"

사내 역시 동료의 생각과 다르지 않았다. 그래도 절대로 감시를 소홀히 해서는 안 된다는 명이 떨어진 이상 한시라도 경계를 흐트러뜨릴 수는 없었다.

"그래도 조심해야지. 위에서 그렇게 주의를 하라고 하는 것을 보면 다 그만한 이유가 있지 않을까? 게다가 적들이 밀려드는 상황에서도 대장로님과 대공자님께서 이곳에 와 계시는 것을 보면 알잖아. 괜한 경치지 말고 제대로 감시해."

장위가 대장로와 대공자란 이름을 거론하자 용소전은 자신도 모르게 움찔하며 주변을 둘러봤다.

"쯧쯧, 놀라긴. 그러니까 쓸데없는 짓 하지 말고 감시나 잘하자고."

"알았다. 알았으니까 그만 해. 자, 그럼 어디 날개라도 달린 놈이 퍼덕거리며 올라오나 볼까?"

입을 삐쭉 내밀고 툴툴거린 용소전이 절벽을 향해 걸어갔다. 그리곤 고개를 쭈욱 내빼며 아래를 살폈다.

짙게 깔린 구름이 뒤덮여 있어 제대로 보이지 않았지만 그 어떤 낌새도 느껴지지 않았다.

"있을 리가 없지."

그럴 줄 알았다는 듯 피식 웃음을 터뜨린 용소전이 굽혔던 허리를 펼 찰나였다.

쉬익!

날카로운 파공음과 함께 화살 하나가 구름을 뚫고 날아와 용소전의 목을 꿰뚫어 버렸다.

"꺼… 으."

용소전은 목을 부여잡고 그 자리에 주저앉고 말았다.

"왜 그래?"

용소전의 돌연한 행동에 깜짝 놀라 달려오던 장위는 쓰러진 용소전의 목에서 피가 뿜어져 나오는 것을 보며 순간 멈칫거리더니 뒤도 안 보고 내달리기 시작했다.

그의 임무는 적과 싸우는 것이 아니라 적을 발견하는 것.

지금 이 순간, 그 무엇보다 우선시되는 것은 용소전의 죽음이 아니라 사방에 퍼져 있을 아군에게 적의 침입을 알리는 것이었다.

용소전의 주검을 뒤로하고 달리는 장위가 목이 터져라 외치기 시작했다.

"적이다!"

쉭!

날카로운 파공음과 함께 또 하나의 화살이 그를 향해 날아갔다.

"적……."

재차 소리를 치려던 장위의 몸은 벼락보다 빠른 속도로 날아든 화살에 마치 작살 맞은 물고기처럼 펄떡 뛰어올라 처박히고 말았다.

"드디어 정상이군."

두 명의 경계병을 손쉽게 제압하고 조금 전, 용소전이 서 있던 곳에 우뚝 선 탁불승이 이마에 흐르는 땀을 닦으며 말했다.

그의 시선에 장위의 외침을 듣고 사방에서 모습을 드러내는 묵가의 무인들이 잡혔다.

"그리고 이제부터 시작이고."

"어디냐?!"

묵화성이 딱딱하게 굳은 얼굴로 물었다.

"옥녀봉(玉女峰) 쪽입니다."

"최악이로군!"

서해대협곡을 지키기 위해 움직인 대다수의 인원은 선인지로의 시작이라 할 수 있는 단하봉과 해심정 쪽을 지키고 있었다.

물론 적의 잠입이 예상된 곳곳마다 적지 않은 인원을 배치하기는 했어도 옥녀봉은 그야말로 인간의 힘으론 오를 수 없는 곳이라 여긴 서해대협곡에서도 사실상 논외가 되다시피한 곳이었다. 하지만 그것이 치명적인 실수가 되어 돌아온 것이었다.

"적이 얼마나 된다더냐?"

"모르겠습니다. 아직 파악된 것은 없습니다. 대장로님께서 우선 알리라고만 하셔서."

"대장로님께서 가셨느냐?"

"예."

"알았다. 너는 즉시 단하봉으로 달려가 언도에게 적의 침입을 알려라."

"알겠습니다."

명을 받은 사내가 묵언도가 지키고 있는 단하봉을 향해 부리나케 달리기 시작했다.

묵화성은 그의 뒷모습을 보면서 한숨을 내쉬었다. 그는 아직도 적이 옥녀봉을 넘었다는 것을 믿을 수가 없었다.

"반드시 막아야 한다. 이곳이 뚫리면……."

감히 상상하기도 힘든 결과에 고개를 흔드는 묵화성의 몸이 부르르 떨렸다.

"가자."

수하들에게 명을 내리는 묵화성의 몸은 벌써 옥녀봉으로 달리고 있었다.

"크악!"

비명은 옥녀봉을 휘감고 도는 운무를 헤치며 멀리 퍼져 나갔다.

가장 먼저 옥녀봉에 올라 벌써 일곱 명이 넘는 목숨을 끊은 탁불승의 화살은 거침이 없었다.

한 발에 한 명씩.

화살이 시위를 떠나는 순간, 누군가의 혼은 이미 저승 문턱에 다다르고 있었다.

"이놈!"

적의 침입을 알고 가장 먼저 달려온 묵가의 수뇌는 묵정곤이었다.

그는 탁불승에게 무참히 살육당하는 수하들을 보며 분기탱천하여 달려들었다.

묵정곤을 비롯하여 이십 명도 훌쩍 넘어 보이는 인원에 탁불승의 얼굴에 살짝 긴장의 빛이 흘렀다.

그를 비롯하여 옥녀봉을 밟은 사람은 고작 십여 명, 아직 삼분지 이가 넘는 인원이 절벽을 오르고 있었다. 그들의 안전을 확보하기 위해서라도 시간을 벌어야 했다.

"한소류."

탁불승이 바로 옆에서 연신 숨을 할딱이다 겨우 안정을 찾은 한소류를 불렀다.

"예, 단주님."

"반 각만 버텨라."

"예?"

한소류가 깜짝 놀란 눈으로 탁불승을 바라보았다.

명화대의 부대주로서 탁불승을 따른 지 벌써 십 년, 그 누구보다 자존심이 강한 탁불승이 적의 우두머리를 수하에게 양보하는 것을 본 적이 없었다.

"반 각이다. 죽을힘을 다해 버텨라!"

화살 하나를 날림으로써 묵정곤의 공세를 잠시 주춤하게 만든 탁불승이 재차 명을 내렸다.

머뭇거릴 틈이 없었다.

한소류는 그 즉시 묵정곤을 향해 달려들었다.

"네놈 따위가 낄 자리가 아니다. 당장 꺼져라!"

묵정곤은 자신을 향해 달려드는 한소류를 보며 코웃음을 쳤다. 하지만 명색이 명화대의 부대주인 한소류의 무공은 그가 코웃음을 칠 정도로 약하지 않았다.

"헛!"

간단히 그를 베어버리고 탁불승을 상대하려 했던 묵정곤은 자신의 공격을 손쉽게 흘려 버리고 이어지는 날카로운 반격에 깜짝 놀라 헛바람을 뱉어냈다.

"건방진 놈!"

한주먹거리도 되지 않을 것이라 여겼던 상대에게 걸음이 늦춰졌다고 생각한 묵정곤이 벌겋게 달아오른 얼굴로 한소류를 압박했다.

그가 펼치는 무공은 당연히 십육로환상기검이었다.

범장과 박빙의 싸움을 했던 묵하상과 비교해도 절대로 뒤지지 않는 성취였다. 아니, 노련함을 따지자면 오히려 몇 수위라 할 수 있었다.

범장도 감히 경시하지 못하고 동패구상을 하는 것에 만족했던 무공을 한소류가 감당한다는 것은 사실상 불가능했다.

처음 몇 번은 어찌어찌 하여 막아내기는 했어도, 금방 압도적으로 밀리는 상황이 되었다. 그저 그동안 쌓아온 실전 경험으로 간신히 위기를 넘길 뿐이었다.

그사이 탁불승은 죽을힘을 다해 덤벼드는 묵가의 무인들을 차례로 쓰러뜨리며 절벽을 오르는 수하들을 보호하는 데 온 힘을 기울였다.

"크으으."

한소류의 입에서 고통의 신음이 흘러나왔다.

반 각도 채 되지 않는 짧은 시간 동안 그가 입은 부상은 열 손가락으로 헤아리기가 힘들 정도였다. 팔다리는 물론이고 온몸에 크고 작은 상처가 가득했다.

"어리석은 놈!"

묵정곤이 비릿한 비웃음을 흘리며 한소류를 끝장내기 위해 검을 치켜 올렸다.

바로 그 순간, 탁불승의 전음이 날아들었다.

[준비해라. 단 한순간에 저 늙은이를 끝내야 한다.]

상당수의 수하들이 절벽을 오른 뒤에야 비로소 한시름을 논 탁불승이 한소류에게 은밀히 전음을 보내며 세 개의 화살이 걸린 활시위를 한껏 당겼다. 그리곤 전신의 모든 힘을 화살에 실어 묵정곤에게 날렸다.

핑~

쐐애액!

활시위가 튕겨지고 시위를 떠난 세 개의 화살이 대기를 찢어발기며 묵정곤을 향해 쏘아갔다.

"헉!"

때마침 한소류를 끝장내기 위해 움직이던 묵정곤이 온몸의 세포가 꿈틀대며 보내오는 경고음에 깜짝 놀라 고개를 홱 돌렸다. 그리고 자신을 향해 밀려오는 세 개의 화살을 발견할 수 있었다.

다수의 암기나 화살 등은 상대의 움직임을 줄이기 위해 몸

이곳저곳을 노리며 날아드는 것이 통상적이었다. 하나, 탁불승이 날린 화살은 그렇지 않았다.

짧지 않은 거리를 단숨에 좁히며 날아든 화살은 삼각형을 그리며 정확히 묵정곤의 가슴을 향해 짓쳐들었다.

다른 생각을 할 여유가 없었던 묵정곤이 그 즉시 좌우 사선으로 검을 교차하며 휘두르자 희뿌연 검기가 주저리주저리 뿜어 나오며 방어막을 쳤다.

꽈꽈꽈꽈꽝!

탁불승이 날린 화살이 검기막에 부딪치며 우레와 같은 소리를 만들어냈다.

"하아아압!"

묵정곤은 검기막에 부딪치고서도 힘을 잃지 않은 채 여전히 맹렬한 회전을 하며 접근하는 화살을 막기 위해 필사적으로 검을 휘둘렀다.

한 겹, 두 겹, 세 겹.

검의 움직임이 많아지면 많아질수록 화살에 맞서는 검기의 막은 두터워졌다. 그럼에도 불구하고 탁불승이 날린 세 개의 화살을 완전히 밀어낼 수는 없었다. 그저 전진하는 것을 막았을 뿐이었다.

[뭣 하느냐!]

멍하니 싸움을 지켜보는 한소류의 귓가로 탁불승의 불호령이 떨어졌다.

퍼득 정신을 차린 한소류가 검을 움켜잡았다. 그리곤 탁불 승과 대적하느라 사실상 무방비나 다름없는 묵정곤의 옆구리 에 찔러 넣었다.

"크으으."

한소류의 움직임을 보면서도, 그의 검이 자신의 옆구리에 다가옴을 알면서도 별다른 대책이 없었던 묵정곤은 이를 악 물며 겨우 몸을 비틀었다.

그게 현 상황에서 할 수 있는 거의 유일한 반응이었다.

하나, 혼신의 힘을 다하고서야 겨우 막고 있던 탁불승의 화 살이 그 틈을 노리며 파고들었다.

"헛!"

묵정곤이 다급한 숨을 내뱉으며 그 틈을 메꾸려 하였으나 한번 벌어진 틈을 다시 틀어막기란 보통 힘든 것이 아니었다. 오히려 시간이 가면 갈수록 그 틈은 더욱 크게 벌어져 버렸 다.

문제는 흑월단을 대표해서 수하들을 이끌고 온 낙종(珞從) 이 그들 주변을 완벽하게 차단해 버려서 묵정곤을 도와줄 사 람이 아무도 없다는 것.

한소류의 공격까지 이어지자 묵정곤은 더 이상 버틸 재간 이 없었다.

"커흑!"

허벅지에서 불에 댄 듯한 극통을 느낀 묵정곤이 자신도 모르게 몸을 휘청거렸다. 동시에 그의 몸을 보호하고 있던 검기의 막이 살짝 흐트러지고, 그 결과 여전히 그 힘을 잃지 않고 맹렬히 회전을 하며 파고들던 화살이 결국 방어막을 뚫어냈다.

"아!"

묵정곤은 자신이 펼친 방어막을 갈가리 찢어버리며 짓쳐드는 화살을 보며 두 눈을 질끈 감았다.

"컥!"

단말마의 비명과 함께 힘없이 무너지는 묵정곤의 가슴팍은 눈으로 보기 힘들 정도로 끔찍하게 뭉개져 있었다.

화살이 그의 몸을 관통하는 순간, 화살에 걸린 회전이 그의 내부를 완전히 헤집어 버렸기 때문이었다.

"괜찮으냐?"

탁불승이 비틀거리며 걸어오는 한소류를 보며 물었다.

"견딜 만합니다."

말은 그렇게 해도 오만상을 찌푸리는 것으로 보아 부상이 꽤나 심한 듯했다.

"고생했다. 네가 저 늙은이를 막아준 덕분에 다들 무사할 수 있었다. 아직 끝난 것은 아니지만 일단 교두보를 확보할 수 있었으니 이 모든 공이 다 네 것이다."

"당연히 해야 할 일이었습니다."

한소류가 약간은 멋쩍은 표정을 지으며 말했다. 하지만 말은 계속 이어지지 못했다.

어느 순간, 탁불승이 또다시 활을 들었기 때문이었다.

저 멀리 가장 앞서 달려오는 자를 향해 화살을 겨누던 탁불승이 조용히 읊조렸다.

"이번엔 제법 많군."

그의 활시위에 걸린 자는 다름 아닌 묵화성이었다.

쉬이익!

예의 강력한 파공성을 동반한 화살이 묵화성에게 날아갔다.

탁불승은 곧 달려오는 속도에 비례해 형편없이 곤두박질치게 될 묵화성의 모습을 생각하며 살짝 미소를 머금었다. 그러나 묵화성을 노리며 날아간 화살은 상대가 휘두른 검에 반토막이 나서 떨어지고 말았다.

게다가 화살만큼이나 빠르게 날아오는 것이 있었다.

묵화성이 달려오는 탄력에 힘을 실어 던진 검이었다.

쐐애애액!

파공음도 탁불승이 날린 화살에 비견될 정도로 강력했다.

"저놈이!"

헛바람을 내뱉은 탁불승이 자신에게 날아오는 검을 향해 연거푸 두 발의 화살을 날렸다.

첫 번째 화살은 검의 기세를 꺾지 못했지만 두 번째 화살은 검의 방향을 트는 데 성공을 했다. 그러나 잠시 방향을 튼 검이 재차 그를 향해 날아들었다.

"어린 놈이 제법이군!"

화살을 날릴 시간도 없이 파천혈궁으로 검을 쳐낸 탁불승이 묵화성의 무위에 감탄성을 내뱉었다.

"대장로님!"

묵화성이 묵정곤의 시신을 보며 놀라 부르짖었다.

"그렇게 가슴 아파할 것 없다. 네놈도 곧 따라가게 될 테니까."

그 소리에 묵화성이 고개를 홱 돌렸다. 순간, 그의 눈에서 야차와도 같은 살기가 뿜어져 나왔다.

"네놈 짓이냐?"

"어린 놈이 말버릇이 고약하구나! 그래, 내가 그랬다."

탁불승이 같잖다는 표정으로 콧방귀를 뀌었다.

"용서하지 않겠다."

"쯧쯧, 네놈들은 그래서 안 돼. 말이 너무 많아. 그런 소리를 지껄이기 전에 이미 달려들었어야지."

탁불승이 한껏 비웃으며 빈정거렸다.

"……."

"자, 그럼 시작을 해볼까?"

탁불승이 차갑게 웃으며 화살 하나를 시위에 걸었다.

평범하기 그지없어 보이는 화살이었으나 탁불승이 시위를 당겼다는 것 자체가 왠지 모를 공포를 느끼게 하였다.

핑!

한껏 당겨졌던 시위가 제자리를 찾으며 화살이 쏘아졌다.

단숨에 칠 장 정도의 거리를 좁히며 묵화성의 목덜미를 노리며 날아온 화살은 가히 인간의 눈으로 파악을 하기가 불가능할 정도로 빨랐다.

그러나 코앞까지 날아온 화살을 노려보는 묵화성의 눈엔 조금의 두려움도 보이지 않았다. 그저 슬쩍 몸을 비틀어 화살을 흘려보냈을 뿐이었다.

탁불승이 날린 화살은 손가락 하나 차이로 묵화성의 얼굴을 스쳐 지나가고 화살이 일으킨 바람에 머리카락이 흩날렸다.

"훗!"

대담하기 그지없는 묵화성의 태도에 짧은 웃음을 터뜨린 탁불승의 눈이 반짝였다. 순간, 빗나간 화살이 크게 회전을 하며 묵화성의 배후를 노렸다.

그러나 가볍게 숨을 몰아쉰 묵화성은 고개조차 돌리지 않고 손을 뻗어 화살을 낚아챘다.

"이따위 잔재주로 어떻게 대장로님을 쓰러뜨렸는지 모르겠군."

묵화성이 손에 잡힌 화살을 부러뜨려 집어 던지며 말했다.

"건방진 놈!"

조롱을 당했다고 생각한 탁불승이 입꼬리를 비틀며 다시

화살을 날렸다.

조금 전에 비해 오히려 느린 속도. 하나, 그에 실린 힘은 천양지차였다. 게다가 화살 주변에 형성되는 회오리가 장난이 아니었다.

묵화성의 표정이 살짝 굳었다.

'대단하군.'

단순한 화살에 그와 같은 위력이 담길 줄 미처 생각하지 못한 묵화성은 신중히 검을 들었다.

바로 그때, 날아오던 화살이 갑자기 다섯 개로 불어났다. 그리고 각각의 화살은 묵화성이 피할 수 있는 모든 방위를 차단하며 그의 각 요혈을 노렸다.

묵화성은 당황하지 않고 뒤로 물러나며 침착히 화살을 살폈다. 그러나 집요하게 쫓아오는 화살 중 어느 것이 진짜인지 도저히 판단이 서지 않았다.

그사이 화살은 시시각각 거리를 좁히며 그를 압박했다.

더 이상 판단을 미룰 수 없었던 묵화성의 입에서 힘찬 기합성이 터져 나오며 손에 들린 검이 현란하게 움직이기 시작했다.

사선으로 그어진 검에 허벅지를 노리며 날아온 화살이 흔적도 없이 사라지고, 다시 올려친 검에 의해 어깻죽지에 접근하던 화살도 사라졌다.

남은 화살은 세 개.

묵화성이 아무리 신묘하게 발을 놀려도 화살은 좀처럼 기운을 잃지 않고 그를 쫓았다.

그의 검이 또다시 춤을 추며 두 개의 화살을 더 소멸시켰다.

"이것이 마지막!"

바삐 놀리던 발걸음이 멈춰지고 묵화성이 마지막 남은 화살을 완벽하게 막아냈다.

그런데 다섯 개의 화살 모두를 막아낸 묵화성의 얼굴은 밝지 못했다. 아니, 오히려 조금 전보다 더욱 굳어졌다.

이유는 간단했다.

그가 막아낸 화살 중에 진짜는 하나도 없다는 것.

그것은 곧 그가 파악하지 못한 진짜 화살이 더 존재한다는 것을 의미했다.

쐐애액!

그의 생각이 정리되기도 전에 지면에 착 달라붙어 날아오는 화살 하나가 있었다.

"망할!"

자신도 모르게 욕설을 내뱉은 묵화성이 황급히 검을 내려쳤다. 하지만 화살은 기필코 그의 손목에 깊은 상흔을 남기고 말았다.

"운이 좋구나."

다시 화살을 시위에 거는 탁불승이 비릿한 미소를 흘리며 말했다. 하나, 그는 내심 무척이나 놀라고 있었다.

'설마하니 놈이 막아낼 줄이야.'

방금 그가 사용한 무공은 명주암투(明珠暗投)라는 것으로 많은 내공이 필요할 뿐만 아니라 시전하기가 꽤나 까다로운 것이었다. 그만큼 위력이 강력했고 지금껏 막아낸 사람이 몇 없는 절초였다.

그럼에도 묵화성은 막아냈다. 비록 손목에 부상을 입혔다지만 도저히 만족할 만한 성과는 아니었다.

'애 좀 먹겠군.'

탁불승은 칼날 같은 기도를 뿜어내며 다가오는 묵화성을 조금은 다른 눈으로 바라보기 시작했다.

결국 한소류와 연합하여 묵정곤을 쓰러뜨린 후, 거침없이 진격을 하려 했던 탁불승은 묵화성에 의해 그 걸음이 멈춰지고 말았다.

솔직히 묵화성 정도는 가볍게 요리할 수 있으리란 탁불승의 예상과는 달리 이후, 묵화성이 보여준 무위는 숨이 턱턱 막힐 정도로 엄청난 것이었다.

탁불승이 날린 화살은 몸 근처에도 가보지 못하고 모조리 잘려 나가거나 튕겨져 나왔고, 요혈을 찔러 들어가는 묵화성의 매서운 공격에 탁불승의 간담이 서늘했던 적이 한두 번이 아니었다.

그렇다고 승기를 잡은 것은 아니었다.

시간이 가면 갈수록 묵화성은 수세에 몰렸다. 하나, 수세에 몰리기는 했어도 탁불승의 전진을 막은 그것만으로도 묵화성은 이미 자신의 역할을 다하는 것이나 다름없었다.

"도대체 언제 저런 무공을!"

묵언도는 눈으로 쫓아가기도 힘들 정도로 예리하게 파고드는 화살들을 손쉽게 막아내는 묵화성의 무위를 보며 입을 다물지 못하고 있었다.

근래 들어 묵화성이 황산팔룡·중에서 단연 두각을 나타내고는 있었지만 묵언도는 내심 콧방귀를 뀌고 있었다. 묵화성이 아무리 명성을 날려봤자 자신이 지닌 진정한 실력에 비해선 부족함이 있다고 여긴 것이었다.

그런데 눈앞에서 탁불승과 싸우고 있는 묵화성의 실력은 그가 알고 있는, 자신이 숨기고 있는 실력과 비교해서도 압도적이었다.

"능구렁이 같으니라고! 그만한 무공을 숨기고 있으면서… 저, 저건!"

내심 불평을 늘어놓던 묵언도는 탁불승에게 쇄도해 들어가며 시전하는 묵화성의 검법을 보며 두 눈을 부릅떴다.

"마, 만상생멸?!"

그가 아는 한, 기묘하게 흔들리며 사위를 압도하는 초식은 오직 만상생멸뿐이었다.

묵언도는 혹여 자신이 잘못 본 것은 아닌지 의심하여 눈을 비볐다. 그러나 묵화성이 펼치는 무공은 십육로환상기검 중 최강의 초식이라 할 수 있는 만상생멸이 분명했다.

"형님이 어떻게!!"

십육로환상기검 중 일위관지와 만상생멸은 오직 가주와 그에 준하는 지위를 지닌 사람에게만 전해지는 초식이었다. 한데 그것을 묵화성이 펼치는 것이었다.

"제길, 그랬었군."

후계자 수업.

근래 들어 묵화성이 노가주 묵연작의 처소에 자주 불려 간다는 것을 떠올린 묵언도가 이를 악물었다.

"이미 정해졌단 말이지……."

온몸에 부상을 당해가며 힘겹게 탁불승을 막고 있는 묵화성을 바라보는 그의 눈빛이 차갑게 가라앉았다.

"형님! 여기는 저희들이 맡겠습니다. 어서 큰형님과 합공을……."

어찌어찌 버티고는 있지만 결국 한없이 밀리는 묵화성의 상황을 보다 못한 묵청(墨淸)이 묵언도의 곁으로 달려오며 소리쳤다.

"내가 왜?"

묵청은 싸늘하다 못해 냉기가 풀풀 풍기는 묵언도의 눈빛을 보며 입을 다물고 말았다.

자신도 모르게 소리친 묵언도는 곧 실언을 했음을 깨닫고 황급히 말을 바꿨다.

"저자를 막는 것도 중요하지만 전체적인 상황이 위급하다. 내가 어찌 자리를 비울 수 있겠느냐?"

"그야 그렇지만……."

묵청은 고개를 끄덕이며 수긍을 했으나 그의 표정엔 의구심이 가득했다.

'언도 형님이 어째서…….'

그런 의구심을 가질 사이도 없이 묵청은 밀려오는 적을 상대하기 위해 또다시 검을 휘둘러야 했다.

"막아랏!"

묵청은 아귀처럼 달려드는 흑월단 살수의 목을 날려 버리며 고래고래 소리쳤다.

선인지로가 뚫리면 묵가로서는 치명타가 된다는 것을 알기에 묵가의 제자들은 자신들의 목숨을 도외시하며 필사적으로 방어를 했다. 그들의 노력 덕분인지 옥녀봉에서 벌어지는 혈전은 아직 누가 우위에 있다고 할 수 없을 정도로 치열했다. 그러나 묵가의 인원은 점점 줄고 있었다.

[언도.]

스산한 눈빛으로 싸움을 지켜보던 묵언도의 귓가로 묵화성의 다급한 전음이 들려왔다.

[예.]

[더 이상은 버티기 힘들다. 합공을 하자꾸나.]

[…….]

[뭣 해? 빨리 지원을…….]

[본가에 우선 알려야 하는 것 아닙니까?]

[이쪽으로 오기 전에 이미 전령을 보냈다. 곧 지원군이 도착할 것이야.]

'지원군이?'

순간, 묵언도의 눈이 영활하게 움직였다.

[언도!]

묵화성의 다급한 음성이 계속 들려왔으나 묵언도는 무시를 해버렸다. 그리곤 오히려 고개를 돌려 본가로 통하는 길을 살폈다.

'혼자선 무리겠군.'

홀로 뚫고 나가기 힘들다고 여긴 묵언도가 묵청의 곁으로 다가왔다.

"묵청, 따라와라."

"예?"

"형님께서 이곳의 상황을 본가에 알리라고 하셨다."

"큰형님께서요?"

"그래. 지금 이곳을 뚫고 나갈 사람은 너와 나뿐이다. 더 늦기 전에 놈들의 침입을 알리고 지원군을 데려와야 한다."

"하지만 전령이 이미 떠난 것으로……."

"아직까지 아무런 움직임이 없는 것을 보면 아마 실패한

것 같다. 시간이 없다. 어서!'

"아, 알겠습니다."

매섭게 다그치는 묵언도의 말에 묵청은 더 이상 생각해 볼 여지도 없이 몸을 날렸다. 그리곤 묵언도와 함께 본가로 통하는 길을 뚫기 위해 미친 듯이 검을 움직였다.

적의 저항은 생각보다 완강했다. 하나, 묵언도와 묵청은 온몸에 크고 작은 부상을 당하면서도 결국 전장을 빠져나올 수 있었다.

"빨리 가서 지원군을 데려오너라."

묵언도가 가쁜 숨을 몰아쉬는 묵청에게 말했다.

"형님은?"

"나는 이곳에서 큰형님을 도와야지."

"형… 님."

사실상 사지라 할 수 있는 곳으로 다시 간다는 묵언도의 말에 묵청은 조금 전 일말의 의구심을 가졌던 자신을 부끄러워하며 고개를 숙였다.

"빨리 움직여라. 지원군이 와야 우리가 살 수 있다."

"알겠습니다. 조금만, 조금만 버텨주십시오."

묵청이 안타까운 눈으로 묵언도를 바라보다 몸을 돌렸다.

바로 그 순간이었다.

쉭!

날카로운 파공음과 함께 묵청의 몸이 휘청거렸다.

"크으으."

묵청은 자신의 아랫배를 뚫고 나온 검을 보며 이해를 하지 못했다.

묵청의 고개가 천천히 돌려지고 차갑게 웃음 짓는 묵언도를 볼 수 있었다.

"혀, 형님이……."

"미안하다."

그러나 말과는 달리 검을 쑥 빼는 묵언도의 얼굴은 조금도 미안한 표정이 아니었다.

"어… 어째서……."

힘없이 고꾸라진 묵청이 부릅뜬 눈으로 묵언도를 바라보았다.

"알려고 하지 마라. 알아봐야 좋을 것도 없으니까."

차갑게 외친 묵언도가 묵청의 몸을 한쪽 구석으로 집어 던졌다.

"묵가의 가주, 그건 내 것이다."

조용히 읊조리며 저 멀리 보이는 지원군을 향해 내달리는 묵언도의 입가엔 실로 사악한 미소가 걸려 있었다.

제56장

폭렬산화탄(爆裂散火彈)

"황산대로에서 철수했습니다."

보고를 하는 추건의 음성은 침울하기 그지없었다.

"어쩔 수 없겠지. 그래, 가주가 큰 부상을 당했다고?"

"예. 하지만 목숨을 걱정할 정도는 아닙니다."

"나한봉과 미모봉은 어떠한가?"

"그쪽도 철수를 하겠다는 전갈이 왔습니다. 어쩌면 이미 무너졌을지도 모르겠습니다."

"구룡폭은?"

침착히 질문을 하기는 해도 묵연작의 안색은 어둡기 그지없었다.

"필사적으로 버티고 있다고는 하지만 상황이 좋지 않은 모양입니다. 이미 전력의 팔 할 이상을 잃었다고 합니다."

"음."

묵연작의 입에서 짧고 굵은 신음이 흘러나왔다.

끝까지 막을 수 있을 것이란 예상을 하지는 않았으나 뚫리는 속도가 생각보다 너무 빨랐다.

"가장 큰 문제는 선인지로입니다."

"설마 그쪽도?"

묵연작이 깜짝 놀라 되물었다.

"방금 도착한 전령에 의하면 놈들이 옥녀봉을 통해 기습을 감행했다고 합니다. 일단 대장로와 대공자가 놈들과 맞서고는 있다고 하는데 결과가 어찌 될지 모르겠습니다."

"지원군은 보냈나?"

"예. 하나, 막을 수 있을는지……."

바로 그때였다.

대회당 안으로 뛰어드는 한 청년이 있었다.

"노가주님!"

대회당에 있던 모든 이들의 시선이 그 청년에게 향했다.

"현이가 아니더냐? 무슨 일이기에!"

묵연작 곁을 지키고 있던 장로 묵소기(墨昭奇)가 물었다.

"서, 서해대협곡이… 서해대협곡이 뚫렸습니다."

꽝!

묵현(墨賢)의 외침에 엄청난 충격이 대회당에 휘몰아쳤다.

"대장로는, 대공자는 어찌 되었느냐?"

추건이 다급히 물었다.

"적에게… 적에게……."

묵현은 차마 말을 잇지 못했다. 하나, 다들 그의 표정과 어투에서 어떤 상황이 벌어졌는지 모르지 않았다.

"화성이가……."

힘없이 눈을 감는 묵연작의 눈꺼풀이 파르르 떨렸다.

"지원군? 지원군은 어찌 된 것이냐?"

묵소기가 벌떡 일어나며 물었다.

"지원군이 도착하기 전에 이미 상황이 끝난 것으로 압니다."

묵현이 울먹이는 음성으로 대답했다.

"하면 생존자가 아무도 없다는 말이더냐?"

"오직 언도 형님만이 놈들의 포위망을 뚫고 생환했습니다. 온몸에 피칠갑을 한 것이……."

온몸에 부상을 당한 묵언도를 직접 보았던 묵현은 당시의 치열한 상황을 겪은 듯 몸서리를 쳤다.

"지원군은 지금 어디 있는가?"

추건이 물었다.

"운곡암(雲谷庵)에 진을 치고 놈들을 기다리고 있습니다."

묵현의 대답에 추건의 고개가 여전히 눈을 감고 있는 묵연작에게 향했다.

"운곡암이면 이곳과 지척입니다. 그곳마저 뚫리면 끝장입니다. 무슨 일이 있더라도 막아야 합니다."

"제가 가겠습니다."

묵소기가 벌떡 일어나며 말했다.

"저도 가겠습니다."

노가주의 호위를 책임지고 있는 묵도광이 한광을 흘리며 나섰다.

"너는 여기 있거라. 내가 간다."

묵정곤 다음가는 위치의 장로 묵오(墨烏)가 소리쳤다.

"부탁하네."

눈을 뜬 묵연작이 고개를 끄덕였다.

묵오와 묵소기는 굳은 표정으로 고개를 끄덕이며 대회당을 나섰다.

그들의 뒷모습을 보며 추건은 나직이 한숨을 내쉬었다. 그렇잖아도 부족한 병력이 자꾸만 엉뚱한 곳으로 빠지기 때문이었다.

"이보게, 추 가주."

"예, 노가주님."

"더 이상 피해를 두고 볼 수만은 없는 노릇. 모두 철수하라고 해. 이곳에서 끝장을 보세나."

"알겠습니다."

"놈들을 맞을 준비는 다 끝난 것이겠지?"

"그렇습니다."

"마지막으로 한 번 더 점검을 해보게나."

"예."

고개를 숙인 추건이 무거운 발걸음으로 대회당을 나섰다.

"아우… 화성아…….."

졸지에 묵가 내에서 가장 아끼는 두 사람을 잃은 묵연작의 얼굴은 그 짧은 시간 동안에 십 년은 더 늙어버린 듯했다.

*　　　　*　　　　*

"철수를 했다고?"

건위령의 물음에 각 공격로에서 날아오는 전갈을 받아브던 하록이 고개를 끄덕였다.

"그렇습니다. 미모봉과 나한봉은 물론이고 완강히 저항하던 구룡폭에서도 놈들이 후퇴를 했다고 하는군요."

"허허허, 다른 곳은 둘째 치고 구룡폭은 꽤나 고생할 줄 알았건만 감 장로가 제대로 활약을 한 모양이군."

건위령이 구룡폭 공략에 책임을 떠맡았던 감태원을 떠올리며 미소 지었다.

"어디 감 장로님뿐이겠습니까? 철마대의 무위는 광명단에서도 으뜸입니다."

"하긴, 그 녀석들을 보고 있으면 나도 기가 질릴 정도니까. 아무튼 생각보다 빨리 뚫었군. 잘된 일이야."

"하지만 싸움은 이제부터입니다. 묵가로 숨어든 놈들을 끝장내기는 결코 쉽지 않을 것입니다. 게다가 묵가 주변에 묘한 기운이 흐르는 것 같아서……."

"진법 말이냐, 네가 일전에 얘기했던?"

"그렇습니다."

"뭔 걱정이냐? 이미 준비를 한 것으로 아는데."

순간, 하록의 입가에 기이한 미소가 흘렀다.

"쓸데없는 공격으로 엉뚱한 피해를 당하지 말고 일단 이쪽으로 모이라고 해. 전열을 가다듬고 묵가를 둘러싸고 있는 진을 파훼한 후, 대대적인 공격을 감행할 테니까."

"존명!"

하록이 힘찬 음성으로 명을 받았다.

*　　　　*　　　　*

"지, 지원군입니다."

한소류가 엉망이 된 몸을 이끌고 다가오며 말했다.

"알고 있다."

이미 한 무리의 인원이 달려오는 것을 바라보고 있던 탁불숭이 다소 어두운 표정으로 고개를 끄덕였다.

생각보다 쉽게 옥녀봉을 돌파하여 운곡암까지 밀고 내려온 탁불승은 그곳에서 대기하고 있던 또 다른 적들과 치열한 접전을 펼치는 중이었다.

그사이 절반이 넘는 인원이 목숨을 잃어 지금 그의 주변에 남아 있는 인원은 이십이 채 안 됐다.

문제는 운곡암에 남아 있는 인원과 밑에서 올라오는 적의 수를 합하면 오십이 훨씬 넘는다는 것과 지금까지의 싸움으로 인해 수하들이 지칠 대로 지쳤다는 것.

탁불승의 뇌리에 숨이 끊어질 때까지 포기하지 않고 저항을 했던 묵화성의 모습이 떠올랐다. 덕분에 생각지도 않았던 부상을 당하기까지 한 상태였다.

'그놈 때문에……'

묵화성에게 당한 오른쪽 옆구리에서 통증이 밀려들었다.

탁불승은 지그시 눈을 감고 심호흡을 했다.

그사이 지원군을 이끌고 당도한 묵오가 탁한 음성으로 소리쳤다.

"네놈이 탁불승이냐?"

감겼던 탁불승의 눈이 떠졌다.

'고수.'

한눈에 보아도 눈앞에 서 있는 두 노인이 만만치 않은 고수라는 것을 알 수 있었다.

노인들과의 싸움에 진다는 생각은 눈곱만치도 하지 않았

다. 하나, 그가 시간을 끌면 끌수록 지치고 지친 수하들의 피해는 커지기 마련이었다. 그리되면 서해대협곡을 넘어 묵가의 배후를 친다는 계획에 차질이 생길 것은 분명했다.

'속전속결(速戰速決), 시간을 끌면 안 된다.'

파천혈궁을 움켜쥐는 손에 그의 힘이 실리기 시작하고 동시에 주인의 의지에 동한 파천혈궁이 은은히 떨리기 시작했다.

"한 방에 끝낸다."

두 노인에게 들으라는 것인지 아니면 스스로에게 다짐하는 것인지 모를 말을 내뱉은 탁불승이 서서히 기운을 끌어올리기 시작했다.

휘류류류룽!

그의 몸 주변으로 공기가 밀려들더니 곧 엄청난 회오리가 사방으로 몰아치기 시작했다.

"여, 염왕현신(閻王現身)!"

탁불승을 지켜보던 한소류가 기겁을 하며 뒤로 물러났다. 그리곤 수하들을 향해 소리치기 시작했다.

"피해랏!"

일찍이 탁불승을 모셔왔던 광명단원들은 그 즉시 물러났지만 흑월단의 살수들은 한소류의 말을 이해하지 못했다.

"빨리 물러나라고!"

한소류가 어물쩡거리는 흑월단의 살수들에게 재차 소리

쳤다.

영문을 몰라 하며 엉거주춤 물러나는 흑월단의 살수들.

그들이 물러서기가 무섭게 탁불승의 기세가 일변했다.

휘류류류륭!

매서운 회오리가 몰아치는 것은 변함없었지만 어느 순간부터 파천혈궁에서 묵기가 피어오르기 시작했다.

파천혈궁에서 피어오른 묵기는 곧 파천혈궁을 덮고, 탁불승의 몸을 휘감아 올라 머리끝에 이르더니 마침내 하나의 형상을 만들어냈다.

"악… 귀?!"

묵오가 탁불승의 머리 위에서 넘실대는 묵기의 형상을 보며 경악성을 내뱉었다.

"조심하게!"

묵오가 잔뜩 긴장한 어조로 묵소기에게 소리쳤다.

이미 위험을 감지한 묵소기는 적의 공격을 기다리는 것보다 선공을 취하는 것이 우선이라는 생각에 검을 휘둘렀다.

파스스스.

날카롭기가 하늘을 찌르는 검기가 땅을 가르며 탁불승에게 밀려들었다. 하나, 그가 뿜어낸 검기는 탁불승의 몸에 접근하지도 못하고 소멸되고 말았다.

"이럴 수가!"

묵소기가 망연자실한 눈으로 묵오를 바라보고 묵오 역시

딱딱하게 굳은 얼굴로 고개를 끄덕였다.

"타핫!"

"하아아!"

묵소기와 묵오의 합공이 시작됐다.

왠지 모를 불안감이 자존심이 하늘을 찌르는 그들로 하여금 합공을 하게 만든 것이었다.

순간, 감겼던 탁불승의 눈이 번쩍 떠졌다.

핏빛으로 물든 눈빛은 야수와 같았고, 뿜어져 나오는 혈기(血氣)가 오금을 저리게 했다.

"크크크크."

탁불승의 입에서 도저히 인간의 것이라고는 생각되지 않을 괴음이 흘러나오고 머리 위에서 꿈틀대던 묵기의 형상도 더불어 미소 짓는 듯했다.

꽈꽈꽝!

묵오와 묵소기가 만들어낸 검기가 탁불승을 강타했다. 아니, 강타한 것으로 보였다. 그러나 소리만 요란했을 뿐 그들이 일으킨 검기는 파천혈궁이 뿜어내는 묵기에 막혀 별다른 소득을 얻지 못한 채 사라졌고 탁불승은 건재했다.

드드드드.

시위가 당겨지는 소리가 섬뜩하리만큼 선명히 들려왔다.

화살은 없었다.

하지만 그 어떤 화살보다 강력한 무엇인가가 있었다.

꽝!

활시위가 제자리를 찾으며 거대한 묵기가 날아들었다.

탁불승의 머리 위에 있던 형상도 그 기운에 몸을 실어 움직였다.

막지 못하면 끝장이라는 위기감을 느끼고 있던 묵오과 묵소기가 혼신의 힘을 다해 검을 움직였다.

파스스스스.

둘이 일으킨 검기가 하늘을 가릴 만큼 화려하게 주변을 수놓았으나 부질없는 짓이었다.

이미 온 세상을 어둠으로 물들인 묵기는 그들이 감당할 수준이 아니었다.

단숨에 검기막을 찢어발긴 묵기가 그들을 강타했다.

"크악!"

묵소기가 외마디 비명을 지르며 무려 칠 장이나 날아가 힘없이 처박혔다.

절명한 그의 가슴은 마치 바위에 짓이김을 당한 듯 처참히 뭉개져 있었다.

그나마 버텨낸 묵오의 형편도 묵소기와 다를 바 없었다.

가슴을 보호하기 위해 끌어당긴 검은 형체도 없이 사라져버렸고, 검을 들었던 팔은 야수에게 찢긴 듯 무참히 잘려 나갔다.

"커흑!"

묵오가 몸을 꺾으며 검붉은 피를 토해냈다.

그 피 속에서 잘게 잘린 내장 조각이 모습을 보였다.

막기는 하였으되 그 충격으로 내부 장기가 산산이 조각난 것이었다.

"이, 이런 말도 안 되는……."

묵오는 자신이 뱉어낸 장기 조각들을 보며 두 눈을 부릅떴다. 그리곤 묵소기와 마찬가지로 바닥에 얼굴을 처박으며 그대로 목숨을 잃고 말았다.

그것은 시작에 불과했다.

묵오와 묵소기를 끝장낸 묵기는 조금 전, 탁불승의 머리 위로 치솟은 악귀 형상을 하더니 곧 수십 갈래로 퍼지며 다음 목표를 찾아 움직이기 시작했다.

멍한 눈으로 싸움을 지켜보던 묵가의 제자들은 스멀스멀 다가오는 악귀의 형상을 보며 공포에 사로잡혔다.

사방에서 끔찍한 비명이 터져 나오기 시작했다.

"크악!"

"으아아악!"

머리가 박살난 사람, 가슴이 뭉개진 사람, 사지가 끊어져 나가는 사람…….

묵기가 스쳐 지나간 곳에 제대로 서 있는 이는 아무도 없었다.

각 갈래로 나뉘어진 묵기에 얼마나 강력한 힘이 깃들어 있는지 스치는 것만으로도 다들 중상을 면키 힘들었다.

"크악!"

마지막 비명을 끝으로 더 이상 비명은 들려오지 않았다. 대신 곳곳에서 이어지는 고통의 신음 소리가 운곡암을 뒤덮었다.

"후~"

단 한 번의 공격으로 두 명의 장로와 무려 이십이 넘는 인원을 격살한 탁불승이 기나긴 탄식과 함께 파천혈궁을 늘어뜨렸다.

워낙 많은 진기를 소모해서 그런 것인지 그는 몸도 제대로 가누질 못했다.

"단주님!"

한소류가 황급히 달려와 그의 몸을 부축했다.

"역시… 힘들군. 파천혈궁에 꼭 내 영혼을 저당 잡힌 느낌이야."

탁불승이 축 늘어진 몸을 한소류에게 기대며 고개를 흔들었다.

"호법을… 부탁한다."

짧게 내뱉은 탁불승이 가부좌를 틀고 앉았다.

탁불승이 염왕현신이란 무공을 사용할 때부터 이미 그와 같은 일을 짐작했던 한소류는 살아남은 이들 중 가장 강한 무공을 지닌 수하 다섯을 불러모아 탁불승을 에워쌌다.

"그 누구의 접근도 허락해서는 안 된다. 목숨으로 단주님을 지켜야 할 것이야. 이보게, 낙종."

한소류의 외침에 흑월단을 지휘하고 있던 낙종이 고개를 돌렸다.

"지금일세. 당장 놈들을 끝장내 버리게. 이번엔 절대로 한 놈도 살려 보내선 안 될 것이야."

낙종 역시 지금이 더없이 좋은 기회라는 것을 알고 있었기에 그 즉시 몸을 날렸다.

그의 뒤로 흑월단의 살수들과 탁불승을 보호하기 위해 빠진 인원을 제외하고 모두가 달려나갔다. 비록 숫자는 열서넛에 불과했지만 그들의 기세는 가히 폭풍과 같았다.

*　　　*　　　*

꽝!

꽈꽈꽈꽝!!

천지를 뒤흔드는 폭음에 전장으로 향하던 묵연작이 깜짝 놀라 걸음을 멈췄다.

"이게 무슨 소리더냐?"

하지만 대답을 해줄 수 있는 사람은 아무도 없었다.

그의 곁을 지키고 있던 묵도광이 눈짓을 하자 소리를 쫓아 누군가 바람과 같이 달려갔다.

하나, 갈 필요도 없었다.

전장 쪽에서 이미 전령이 달려오고 있기 때문이었다.

"무슨 일이냐?"

묵도광이 한발 앞서 나가며 물었다.

"지, 진이… 진법이 뚫렸습니다."

"무슨 소리를 하는 것이냐! 진법이 뚫리다니?!"

묵연작이 기겁을 하며 되물었다. 그러나 전령에게서 보다 자세한 설명을 들을 수는 없었다.

"가자."

묵연작이 전장을 향해 내달리기 시작했다.

"후～ 강력한걸."

건위령이 주변을 완전히 뒤덮은 흙먼지에 고개를 절레절레 흔들었다.

"이거야 원 한없이 쏟아지니……."

구룡폭의 방어막을 뚫고 본진에 합류한 감태원이 오만상을 찌푸리며 머리와 옷에 묻은 먼지를 털어냈다.

아닌 게 아니라 하늘 높은 줄 모르고 치솟은 흙먼지는 한참이 지나도 좀처럼 사그라들 줄을 몰랐다.

"그래도 그것이 아니었다면 고생깨나 했을 것이네. 어쩌면 뚫지 못했을 수도 있고. 미리 준비했기에 망정이지."

건위령의 말에 감태원이 궁금하다는 표정으로 물었다.

"폭렬산화탄(爆裂散火彈), 저 괴물 같은 물건은 도대체 어디서 구하신 겁니까?"

"나도 모르지."

고개를 흔든 건위령이 하록을 향해 시선을 던졌다.

건위령과 감태원의 시선을 한꺼번에 받은 하록이 멋쩍은 웃음을 흘리며 말했다.

"묵가의 주변에 절진이 펼쳐 있다는 첩보를 접하고 미리 구입한 것입니다."

"구입을 해?"

"관부의 썩은 관리 한둘 구워삶는 것은 문제도 아니지요."

한마디로 관부를 통해 구했다는 말이었다.

"그래도 저런 물건은 구하기가 쉽지 않았을 텐데?"

"예. 워낙 위험한 물건이라 고생깨나 했습니다. 비용도 만만치 않았지요. 고작 다섯 개를 얻는 데 들어간 비용이 황금 백 냥이 넘습니다."

"허!"

황금 백 냥이란 어마어마한 거액에 건위령과 감태원의 입이 쩍 벌어졌다.

놀라 말을 잇지 못하는 그들의 뒤에서 범장이 모습을 드러냈다.

"그래도 그만한 성과가 있었으니 충분히 제값을 한 셈이로구나."

"괜찮으십니까?"

하록이 걱정스런 얼굴로 물었다.

"괜찮아."

그렇게 말을 하였으나 거듭되는 부상의 여파로 인해 범장의 안색은 창백하기 그지없었다.

"쯧쯧, 이곳은 나에게 맡기라니까."

건위령이 혀를 차며 말했다.

"나는 괜찮네."

좌중의 걱정을 한마디로 잘라 버린 범장이 하록에게 물었다.

"주변에 설치된 진은 모두 파괴한 것이냐?"

"완전하지는 않지만 놈들을 공략하는 데 전혀 무리는 없습니다."

"지독한……."

"허~"

한 개만 사용해도 반경 오 장을 초토화시킨다는 폭렬산화탄을 무려 다섯 개나 사용했음에도 설치된 진을 완벽히 파괴시키지 못했다는 말에 범장은 물론이고 주변에 있던 이들 모두 놀라움을 감추지 못했다. 아울러 아무런 준비도 없이 절진에 맞섰을 때의 피해를 생각하자 온몸에 전율이 일었다.

"홋, 어쨌든 이것으로 놈들의 최후가 가까워진 셈이로군."

범장이 선언하듯 말했다.

"자, 시작해 볼까? 누가 선봉에 서겠느냐?"

범장의 말에 철마대주 열목하가 쩌렁쩌렁 울리는 소리로 웅대했다.

"제가 선봉에 서겠습니다!"

"가거라!"

범장의 명을 받은 열목하와 철마대는 점점 옅어지는 흙먼지를 헤치며 질주하기 시작했다.

*   *   *

"서해대협곡!"

묵조영이 웅장하게 펼쳐진 봉우리들을 보며 침을 꿀꺽 삼켰다.

멀리서 볼 때도 그랬지만 막상 가까이에 와보니 그 높이며 수직으로 깎인 절벽이 살벌하기 그지없었다.

"그래도 시간을 단축하려면 이곳을 통과해야 한다."

서해대협곡을 우회해 묵가로 가려면 적어도 세 배 이상의 시간을 더 들여야 한다는 것을 알고 있던 묵조영은 위험하지만 정면 돌파를 감행하기로 마음을 굳혔다.

"갑시다, 마 공. 험하기가 다시없는 길이니 꽤나 조심해야 할 겁니다."

묵조영은 별 의미 없는 경고를 한 후, 서해대협곡의 시작을
알리는 운제봉(雲除峰)을 오르기 시작했다.

                    *   *   *

"으아악!"

"공격!"

"죽여라!"

피가 튀고 살이 찢긴다.

엄청난 함성과 병장기 부딪치는 소리가 들리고, 무수히 많
은 인원들이 한데 뒤엉켜 싸우고 있는 묵가의 연무장은 가히
아수라장이라 할 수 있었다.

주변을 둘러싸고 있던 절진이 폭렬산화탄에 의해 순식간
에 파괴된 이후, 정문으로 돌진한 광명단은 사기가 오를 대로
올라 있었다.

기가 꺾인 적을 거침없이 베어내며 괴성을 질러대는 그들
의 모습은 이미 사람이 아니었다.

오직 살의에 따라 움직이며 죽이고, 또 죽이는, 지옥에서
기어나온 야차의 모습과 같았다.

"컥!"

외마디 비명과 함께 정문을 지키고 있던 일차 수비진이 완
벽하게 무너졌다.

"전열을 정비하라!"

더 이상 저항을 하는 이가 없자 범장을 대신해 광명단을 이끌고 있는 건위령이 웅후한 음성으로 명을 내렸다.

"보고해라."

명령이 떨어지자 삽시간에 피해 상황을 취합한 하록이 입을 열었다.

"사망자 일곱, 부상자 열하나입니다. 적은……."

건위령이 말을 잘랐다.

"놈들이 어떤지는 알 필요 없다. 일곱이라… 생각보다 피해가 적군."

"예."

"단숨에 놈들을 몰아붙인다. 놈들의 저항도 더욱 거세질 것이다. 모두들 정신을 똑바로 차리도록! 자, 가라!"

"와아!"

"공격!"

건위령의 명령에 저마다 함성을 지르고 무기를 곧추세운 광명단의 무인들이 일사불란하게 이동을 시작했다.

"놈들이 무슨 방법으로 진을 뚫었는지 그 이유는 알아냈는가?"

묵연작이 물었다.

"화탄(火彈)을 사용했습니다."

"화… 탄?"

"종류는 정확하게 알 수 없지만 저 정도 폭발력이라면 아무래도 관부에서 사용하는 폭렬산화탄 같습니다."

"그것을 놈들이 어찌……?"

"세가 주변에 절진이 펼쳐져 있는 것을 눈치 채고 준비한 것이겠지요."

추건이 쓴웃음을 지으며 말했다.

"……."

묵연작은 적의 용의주도함에 할 말을 잃었다.

그들을 지켜주어야 할 진법이 사라진 이상 이제 남은 것은 진정한 실력 대결뿐이었다.

"오는군."

거대한 함성과 함께 구름처럼 피어오르는 먼지를 보며 묵연작이 조용히 말했다.

"철마대 놈들입니다."

적의 선봉이 이미 구룡폭에서 일전을 겨룬 철마대라는 것을 알아본 매율현이 이를 갈며 소리쳤다.

"그럼 무엇을 망설입니까, 형님. 설욕을 해야지요!"

추건의 외침에 매율현이 고개를 끄덕였다.

"그렇지 않아도 그럴 생각이었어."

하늘을 찌를 듯한 살기를 내뿜으며 달려드는 적을 맞기 위해 주작매가가 나섰다.

"크하하하! 누군가 했더니 쥐새끼들처럼 도망갔던 바로 그 놈들이구나!"

열목하가 주작매가를 진두지휘하는 매율현을 보며 야유를 보냈다.

"꼬리를 말고 도망가더니 어째서 다시 나왔느냐?"

"건방진 산돼지! 네놈의 기고만장함도 여기까지다. 지금 이 자리에서 뼈와 살을 분리시켜 주마!"

분기탱천한 매율현이 피로 얼룩진 칼을 들고 그에게 달려들었다.

"쳐랏!"

열목하의 명에 철마대원들이 일제히 화답을 했다.

"와아아!"

"공격!"

주작매가와 철마대의 싸움이 시작되자 묵연작이 묵성에게 소리쳤다.

"네가 지원을 해라."

"예, 아버님."

명을 받은 묵성이 뒤를 돌아보며 소리쳤다.

"우리도 간다."

묵성이 부친으로부터 받은 보검을 들고 내달리자 그 뒤를 묵가의 정예들이 따랐다.

그들은 곧 한데 뒤엉켜 넓디넓은 연무장에 한바탕 광풍을 일으키기 시작했다.

"흠, 역시 만만치 않겠군."

전황을 차분히 주시하는 건위령이 입술에 침을 살짝 묻히며 말했다.

가장 문제가 될 수 있었던 절진을 파괴하고 삽시간에 정문 수비진을 궤멸시킨 이후, 건위령은 비교적 손쉬운 승리를 예상했다.

오랜 싸움에 지친 묵가보다 거듭된 승리에 수하들의 사기는 오를 대로 올라 있었고 거친 삶을 살아온 그들이 온실 속의 화초라 할 수 있는 적에 비해 수준 자체가 다르다고 생각했었기 때문이었다.

하지만 막상 싸움이 벌어지자 건위령은 자신의 생각을 조금은 수정하지 않을 수 없었다.

정문이 무너진 이상, 더 이상 밀리면 그야말로 끝장이라는 생각에 죽음을 두려워하지 않고 악착같이 덤비는 묵가, 그리고 사대세가의 무인들은 평소 이상의 힘을 내고 있었다.

그간 음지에서 묵묵히 힘을 기른 묵가의 저력은 생각 이상이었다. 물론 승리를 거두는 데 이상은 없겠지만 그만큼 광명단의 피해도 점점 커질 수밖에 없었다.

"빨리 끝내야겠네."

건위령이 주변을 지키고 있는 장로들과 봉공들을 둘러보며 말했다.

"그렇잖아도 가려 했습니다."

감태원이 웃으며 걸음을 옮기고 장로들과 봉공, 호법들이 그 뒤를 따라 움직였다.

그러자 그에 맞서 묵가에서도 묵연작의 명을 받은 원로들이 그들을 상대하기 위해 달려나오기 시작했다.

"저들이 잘해주어야 할 텐데."

묵연작이 전장으로 향하는 원로들을 보며 다소 염려스런 표정을 지었다.

마음 같아선 당장에라도 검을 들고 뛰쳐나가고 싶었지만 묵화성에게 상당한 내력을 물려준 이후, 묵연작은 과거의 그가 아니었다.

"너무 걱정하지 마십시오. 잘해내실 것입니다."

추건이 염려하지 말라는 듯 강한 어조로 대꾸했다.

바로 그때였다.

서문 쪽을 수비하고 있는 청룡임가에서 보내온 전령이 한참 싸움을 지휘하고 있던 묵연작에게 달려와 다급히 외쳤다.

"노가주님!"

"무슨 일이냐?"

추건이 황급히 물었다.

"서문이 위험합니다."

"얼마나?"

"일각을 버티기가 힘들 것이라 했습니다."

그러자 묵연작이 착 가라앉은 음성으로 말했다.

"지원군을 보내겠다. 최대한 버텨보라고 해."

"옛."

대답과 함께 전령이 사라지자 묵연작이 곁에 있던 추건에게 말했다.

"추 가주."

"예."

"그쪽으로 돌릴 수 있는 병력이 있는가?"

"힘은 들겠지만 가능은 할 것 같습니다."

"그럼 지원군을 보내도록 하게."

"알겠습니다."

바로 그때였다.

또 다른 전령이 그들에게 달려왔다.

"동문이 뚫렸습니다."

"뭣이! 동문이 뚫려?"

서문이야 그렇다 쳐도 백호엽가가 지키는, 그래서 나름 믿고 있었던 동문이 그리 쉽게 뚫렸다는 말에 묵연작이 깜짝 놀라 되물었다.

"피해는, 피해는 어느 정도이더냐?"

"대다수가… 전멸했습니다."

"저, 전멸?!"

"예. 동문을 책임지던 엽천천 가주님이 목숨을 잃으셨고,

엽응걸(葉鷹杰) 소가주도 치명상을 당했습니다. 다들 목숨을 걸고 용감히 싸우기는 하였지만…….

전령은 차마 말을 잇지 못했다.

그 뒤의 말을 짐작한 묵연작의 표정이 씁쓸하게 변했다.

"제가 지원군을 이끌고 가겠습니다."

묵도광의 말에 묵연작이 힘없이 고개를 끄덕였다.

"무리하게 막으려 하지 말게. 피해를 최소한으로 하고 놈들의 움직임을 지연시키게. 이후, 기관을 적절히 이용하면 놈들의 발목을 잡을 수 있을 것이야. 곧 지원군을 보내주겠네."

추건이 묵도광의 팔을 잡고 힘주어 말했다.

"노력해 보겠습니다."

묵도광이 짧게 대답을 하고 동문 쪽으로 달려갔다.

"후~"

묵연작의 몸이 휘청거렸다.

묵가 내에서도 손꼽히는 고수이자 수십 년 동안 자신을 충실히 보필했던 수하이자 친우였던 엽천천이 목숨을 잃었다는 말에 묵연작은 꽤나 큰 충격을 받은 모습이었다.

"노가주님!"

추건이 깜짝 놀라 그를 부축했다.

"괜찮아."

이마를 지그시 누르며 중심을 잡은 묵연작이 조금씩 밀리는 전장을 바라보며 허탈한 음성으로 말했다.

"상황이 너무 좋지 않은 쪽으로 진행이 되는군."

"믿었던 진법이 너무도 허망하게 뚫리는 바람에……."

마치 그것이 자신의 잘못인 양 추건은 고개를 들지 못했다.

"후~ 예상은 했지만 이건 너무 빠르지 않은가. 그 많은 인원이 고작 반 시진을 버티지 못하고 무너지는 상황이라니……."

"그만큼 적의 전력이 강하다는 것이라 할 수 있습니다. 그래도 아직 끝난 것은 아닙니다. 곳곳에 설치되어 있는 기관매복이 놈들의 발목을 잡을 수 있을 겁니다."

"그리되면 다행이긴 하지만……."

묵연작이 다소 회의적인 표정을 지으며 한숨을 내쉬었다. 그리고 그의 불안감은 곧 현실이 되어 나타났다.

"노가주님!"

다급한 외침과 함께 한 사내가 달려왔다.

그가 서해대협곡의 정황을 살피러 간 전령이라는 것을 알아본 추건의 안색이 확 변했다.

"무슨 일이냐!"

"놈들이… 놈들이……."

"설마하니 서해대협곡이 뚫린 것이냐!"

추건이 그의 멱살을 붙잡고 물었다.

사내는 입을 열지도 못하고 고개를 끄덕이는 것으로 대답을 대신했다.

"그리로 간 장로들은 어찌 되었느냐?"

사내가 다급히 달려올 때부터 이미 어느 정도 각오를 한 듯 묵연작이 착 가라앉은 음성으로 물었다.

"모르겠습니다. 하지만 놈들이 그곳을 지난 것으로 보아……."

사내가 피눈물을 흘리며 고개를 떨궜다.

"그들… 마저……."

아득함이 밀려오는지 묵연작은 자신도 모르게 눈을 감고 말았다.

"노가주님!"

추건의 외침에 감겼던 묵연작의 눈이 번쩍 떠졌다. 그리곤 추건이 가리키는 곳으로 고개를 돌렸다.

흰 연기와 함께 불길이 보였다.

"수강전(修講殿) 근처입니다."

"나도 보이네."

"놈들이… 이미 세가로 잠입한 모양입니다."

"배후가 뚫린 것인가? 후~ 최악의 결과로군."

"……."

연거푸 병력을 투입하고도 방어하는 데 실패한 추건은 차마 입을 열지 못했다.

"추 가주."

조금씩 번져 가는 불길을 묵묵히 바라보던 묵연작이 조용히 입을 열었다.

"예."

"결국 이렇게 되고 말았네."

"죄송합니다."

"자네가 죄송할 것은 없네. 놈들이 우리보다 강했을 뿐. 자네는 최선을 다했어."

"노가주님……."

"어쩔 수 없이 마지막 수단을 선택할 수밖에 없겠군. 준비하게."

"알겠… 습니다."

"어느 정도의 시간이 걸릴 것 같나?"

"삼각 정도면 충분할 것입니다."

"그때까지는 버틸 수 있겠지?"

"기관을 작동시켰으니 충분합니다."

"그래야겠지. 우선 결정 사항을 모두에게 알리게. 그리고 최대한 놈들이 눈치 채지 못하게 은밀히 철수를 하라고 전하게."

"존명!"

명을 받은 추건이 전령들을 각지로 보내기 시작했다.

제57장

왔느냐?

"이동이 모두 끝났습니다."

추건의 말에 묵연작이 고개를 끄덕이며 물었다.

"남겨진 인원은 모두 얼마인가?"

"대회당 밖에서 적을 막는 인원 삼십에 거동이 불편한 환자와 병자를 포함하면 모두 백 명 남짓입니다."

"너무 많지 않습니까, 노가주님? 지금이라도 재고를 하십시오. 그들을 버려선 안 됩니다."

태상호법 매규염이 노안을 부르르 떨며 소리쳤다.

그러나 묵연작의 태도는 단호했다.

"어쩔 수 없는 일이오. 지금 우리는 단순한 이동이 아니라 필사적으로 도망을 쳐야 하는 신세. 그들 모두를 데리고 갈 수는 없는 노릇이오. 자칫하면 놈들에게 덜미를 잡힐 수 있소. 그리되면 더욱 끔찍한 상황이 벌어지게 될 터."

"그래도 그들 모두가 세가를 위해 평생을 바친 사람들입니다."

"대를 위한 소의 희생은 불가피하오."

"정녕, 정녕 이대로 그들을 버리시겠다는 말씀입니까?"

매규염이 절망스런 표정으로 물었다.

"그만 합시다. 나라고 쉬운 결정은 아니었소. 하나, 그들을 살리고자 모두를 죽일 수는 없는 노릇이라오."

묵연작의 결심이 바뀌지 않으리라 여긴 매규염이 탄식을 터뜨리며 말했다.

"훗날, 오늘의 결정을 후회하실 수 있을 겁니다."

"……."

묵연작은 묵묵히 침묵을 지켰다.

"태대장로님은?"

매율현이 추건에게 넌지시 물었다. 그러자 추건이 씁쓸한 표정으로 고개를 흔들었다.

둘의 대화를 애써 모른 척한 묵연작이 무표정한 얼굴로 서 있는 묵수록에 다가가 그의 어깨를 두드렸다.

"부탁한다."

"걱정하지 마십시오, 백부님."

묵수록이 살짝 웃는 표정으로 고개를 끄덕였다.

"나는, 우리 묵가는 너를… 그리고 저들을 잊지 않을 것이다."

묵연작이 대회당 밖에서 노도처럼 밀려드는 적을 맞이해 필사적으로 대항하는 이들의 외침을 들으며 고개를 떨궜다.

"후~"

기나긴 탄식을 내뱉은 묵연작이 컴컴한 비밀 통로 속으로 천천히 몸을 감췄다.

그의 뒤를 따라 대회당에 남아 있던 이들이 줄줄이 비밀 통로로 들어섰다.

그 모습을 담담히 지켜보던 묵수록이 대회당 곳곳에 불을 지피기 시작했다.

불은 삽시간에 대회당 전체를 태우기 시작했다.

'지산아…….'

그 불을 보며 검지에서 먼저 간 아들 묵지산을 잠시 떠올린 묵수록이 빙글 몸을 돌리며 창문을 깨고 밖으로 뛰쳐나갔다. 그리곤 마지막 항전을 하기 위해 적을 향해 뛰어들었다.

"불이라니!"

대회당 밖에서 마지막 승리의 순간을 기다리던 범장이 난데없는 불길에 당황하여 소리쳤다.

"스스로 자멸하는 것인가?"

건위령이 약간은 허탈한 음성으로 말했다.

"항복 대신 자폭이라… 자존심이 무엇인지 아는 놈들이군요."

감태원이 짐짓 감동했다는 표정으로 불길을 응시했다.

"하지만 뭔가 이상합니다."

탁불승이 찜찜한 표정으로 고개를 갸웃거렸다.

"뭐가 말이냐?"

"조금 전만 해도 죽어라 덤비던 놈들이 갑자기 모든 것을 포기하고 죽음을 택했다는 것이 이해가 되지 않습니다. 게다가 주변 어디에도 묵가의 식솔들이 보이지 않습니다. 그 수가 꽤나 될 텐데요."

"아주 없는 것은 아니었습니다."

하록의 말에 탁불승은 고개를 흔들었다.

"그렇지 않다. 눈에 띈 대다수가 허드렛일을 하는 하인들이었어. 아니면 거동하기가 힘들 정도로 큰 부상을 당한 자들이거나."

"그러고 보니 이상하군. 그 많은 인원이 어디 도망칠 구석도 없는 이곳으로 모여든 것도 그렇고."

건위령도 고개를 갸웃거리며 말했다.

"일리가 있는 말일세."

범장도 비로소 뭔가를 의심하는 표정이었다.

"일단 저놈들부터 제압하고 불을 끄든지 해야겠습니다."

탁불승이 여전히 필사적으로 대항하는 묵가의 제자들을

가리키며 말했다.

그 수는 이십여 명 남짓. 하나같이 적과 자신들의 피로 인해 지옥의 악귀와도 같은 모습이었다.

"최대한 빨리 제거해라."

탁불승의 명을 받은 하록이 전장으로 뛰어갔다.

옆에서 지켜보고 있던 여타 다른 수하들까지 싸움에 참여하자 마지막까지 대항하던 묵가의 제자들은 곧 하나둘 목숨을 잃었다.

"컥!"

수하들을 지휘하며 끝까지 버티던 묵수록은 쩍 벌어진 가슴을 지그시 누르며 대회당을 향해 천천히 고개를 돌렸다.

'여기까지인 것 같소. 다들 무사하시길……'

묵수록을 끝으로 더 이상 살아 있는 묵가의 무인은 없었다.

불길은 이미 걷잡을 수 없이 번져 나가 대회당 전체를 활활 태우고 있었다.

"제길, 이제는 불을 끄는 것보다는 차라리 빨리 타기만을 바라는 것이 좋겠군."

탁불승이 하늘 높은 줄 모르고 타오르는 불길을 바라보며 발을 굴렀다.

맹렬히 타오른 불길은 거의 반 시진이나 지나고서야 서서히 가라앉았다. 때를 같이하여 미리 준비된 물이 사방에서 뿌려지기 시작했다.

하나, 워낙 큰불인 데다가 동원할 수 있는 물의 양이 얼마 되지 않아 불길을 잠재우는 데만 해도 또다시 오랜 시간을 허비하고 말았다.

"뒤져라."

어느 정도 불이 꺼졌다는 것을 확인한 탁불승이 명을 내리자 수하들이 잿더미로 변한 대회당을 휘젓기 시작했다.

타다 남은 기둥이며 서까래가 먼지를 풍기며 치워지고, 곳곳에서 다시 불길이 모습을 보였다.

"뭔가 발견한 것이 있느냐?"

범장이 참지 못하고 물었다.

얼굴이 숯 검댕이로 변한 하록이 멀리서 대답을 했다.

"이상합니다."

"뭐가?"

"놈들의 흔적이 없습니다."

"역시!"

탁불승이 이를 꽉 깨물었다.

"좀 더 뒤져 봐."

그의 말이 끝나기가 무섭게 누군가의 입에서 다급한 외침이 터져 나왔다.

"부단주님!"

하록이 부리나케 달려갔다.

탁불승과 범장 등도 소리를 따라 움직였다.

"비밀… 통로입니다."

하록이 대리석으로 닫힌 문을 보며 신음을 내뱉었다.

"쥐새끼 같은 놈들!"

탁불승이 참지 못하고 대리석을 후려쳤다.

꽝!!

요란한 소리와 함께 대리석이 힘없이 박살이 나자 하록이 그 즉시 뛰어들었다. 그러나 그는 얼마 가지 못하고 다시 밖으로 나오고 말았다.

"막혔습니다."

"교토삼굴(狡兎三窟:교활한 토끼는 세 개의 굴을 가지고 있음)이라… 하긴, 이만한 대비는 하고 있었겠지."

건위령이 씁쓸한 웃음을 흘리며 고개를 흔들었다.

어처구니없다는 표정을 짓고 있던 감태원도 한마디 덧붙였다.

"너무 안일하게 생각한 것 같습니다."

"그래도 한없이 굴을 팔 수는 없는 노릇. 멀리 도망치지는 못했을 것이다."

범장이 탁불승을 바라보며 말했다.

"하록!"

"예, 단주님."

"좌상 어르신의 말씀이 옳다. 찾아라. 멀리 도망가지는 못했을 것이다."

"예."

명을 받은 하록이 부리나케 달려가고, 승리감에 도취되어야 할 광명단의 무인들도 사방으로 흩어져 도주한 적을 찾기 시작했다.

흔적은 정확히 일각 만에 발견되었다.

"비밀 통로를 발견했습니다."

하록의 보고에 탁불승이 주먹을 불끈 쥐었다.

"어느 쪽이냐?"

"동쪽으로 삼백여 장 밖입니다."

순간, 좌우에서 탄성이 터져 나왔다.

"허!"

"이거야 원!"

그들은 실로 엄청난 거리의 땅을 파 도주로를 확보한 묵가의 치밀함에 혀를 내둘렀다.

"동쪽이면……."

탁불승의 물음에 하록이 주저없이 대답했다.

"비취곡입니다."

"빌어먹을!"

욕설을 내뱉은 탁불승이 범장을 향해 고개를 돌렸다.

"쫓아야겠습니다."

"당연히. 이참에 놈들의 씨를 말려야 할 것이다."

"예. 패잔병 놈들을 쫓는 데 좌상께서 나서실 필요까지는 없을 것 같습니다. 놈들은 제가 맡겠습니다."

그의 말속에서 싸움은 끝났으니 그만 쉬라는 뜻을 읽은 범장이 짐짓 노한 표정을 지으며 물었다.

"이제 부상당한 늙은이는 뒤처리나 하라는 것이냐?"

"아, 아닙니다."

당황한 탁불승이 손을 내젓자 범장이 피식 웃음을 터뜨렸다.

"되었다. 어차피 끝난 싸움인데 나까지 나설 필요는 없겠지. 그렇잖아도 조금 피곤한 참이었어."

"죄송합니다."

탁불승이 멋쩍은 웃음을 흘리며 고개를 숙였다. 그리곤 이번 싸움에서 가장 고생을 하고 끝까지 살아남은 흑월단원들과 철마대원들에게 명을 내렸다.

"너희들이 남아서 어르신을 모셔라."

"존명!"

우렁찬 대답을 들으며 탁불승이 몸을 돌렸다.

"다녀오겠습니다."

"고생해라."

탁불승이 수하를 이끌고 자리를 뜨자 건위령을 비롯하여 장로들도 하나둘 그의 뒤를 따르기 시작했다.

"금방 끝내고 올 테니 쉬고 있게."

헛헛한 웃음을 보이며 사라진 건위령을 끝으로 장내에 남아 있는 인원은 범장을 비롯하여 사십이 채 되지 않았다.

하지만 그들이 떠난 후, 범장은 쉬지 않았다. 오히려 더욱 정력적으로 수하들을 지휘하기 시작했다.

"뭣들 하느냐? 포로들을 한쪽으로 몰아라. 행여 쥐새끼처럼 숨어 있는 놈들이 있을 수 있으니 철저히 수색해야 할 것이다."

"존명!"

이후, 범장의 명을 받은 열목하와 철마대원들이 눈을 부라리며 묵가를 닥치는 대로 뒤지기 시작했다.

*　　　*　　　*

"후아~"

마침내 험준한 서해대협곡의 절벽들을 뛰어넘어 단하봉에 올라선 묵조영은 이마를 타고 줄줄 흐르는 땀을 닦아내며 심호흡을 했다.

"갑시다."

마상이 절벽 위로 오르기를 기다린 묵조영이 가히 바람같이 내달리기 시작했다.

비래석, 해심정을 지나던 묵조영의 걸음이 멈춰진 것은 옥녀봉 정상.

늘어진 시신을 보는 묵조영의 얼굴이 딱딱하게 굳어졌다.

"설마하니 적이 이곳을, 서해대협곡을 통과했단 말인가?"

그로선 상상도 해보지 못한 일이었다.

옥녀봉에 널려진 시신은 어림잡아도 오십 구가 넘어 보였다. 대다수가 안면이 없는 사람들이었지만 그들 모두가 묵가와 연관이 있을 터.

혹여 생존자가 없는지 살피는 묵조영의 안색은 어둡기 그지없었다.

어느 순간, 그의 몸이 석상처럼 굳어져 버렸다.

"작은할아버지……."

그는 참담한 모습으로 쓰러져 있는 묵정곤의 모습을 보며 어찌할 바를 몰랐다.

비록 어려서 많은 사랑을 받은 것은 아니지만 그래도 피를 나눈 집안의 어른이었다.

묵조영이 이를 악물었다.

꽉 다문 입술 사이로 가느다란 핏줄이 흘러나왔다.

그의 분노는 눈을 부릅뜬 채 쓰러져 있는 묵화성의 시신을 발견했을 때 최고조에 이르렀다.

"형님……."

그가 본 가에서 온갖 핍박을 받을 때 또래 중 거의 유일하게 자신을 옹호하고 감싸준, 따뜻한 시선으로 자신을 보고 딛어줬던 단 한 사람이 바로 묵화성이었다.

그런 묵화성이 시신도 제대로 보전하지 못한 채 차디찬 암석 위에 쓰러져 있었다.

사지 중 멀쩡한 것은 오른쪽 팔 하나뿐이었고 나머지는 흔적도 찾을 수 없었다.

갈가리 찢어지다시피 한 몸에서 그가 죽음에 이르기까지 어떤 고통을 받았을지 절절히 느껴졌다.

그럼에도 죽어서까지 세가를 지키고자 한 그의 의지는 끝까지 검을 놓치지 않았다는 것이 반증하고 있었다.

"형… 님."

묵조영이 묵화성의 주검 앞에 무릎을 꿇었다.

묵화성의 충혈된 두 눈이 그의 동공을 파고들었다.

묵조영은 그의 눈동자에서 분노와 안타까움, 고통, 절망, 간절한 바람 등을 느낄 수 있었다.

더 이상 그 눈을 바라볼 수 없었던 묵조영이 떨리는 손으로 그의 눈을 감겼다.

"형님이 바라는 것… 제가 한번 해보겠습니다."

묵조영이 한 손으로 바닥을 짚고 힘겹게 일어나며 말했다.

"나중에 편히 모시겠……."

조용히 읊조리던 묵조영의 눈이 번쩍 떠지며 신형이 허공을 갈랐다.

아래쪽으로 삼십여 장을 달리던 묵조영은 숲에서 신음하고 있는 묵청을 발견했다.

"이봐!"

묵조영이 묵청을 안아 들며 소리쳤다.

"이봐!"

몇 번을 부르고 뺨을 때리며 깨우자 굳게 감겼던 묵청의 눈이 천천히 떠졌다.

"정신이 드나?"

묵청은 초점 없는 눈으로 한참 동안이나 묵조영을 바라보다 느닷없이 피를 토해냈다.

"웩! 우웩!"

몇 차례 피를 토하자 잠시 정신이 드는지 흐렸던 눈에 생기가 돌았다.

"괜찮은가?"

"조… 영 형… 님?"

묵청이 반가운 표정으로 묵조영을 불렀다.

오히려 깜짝 놀란 묵조영이 되물었다.

"나를 아는가?"

묵청이 힘없이 고개를 끄덕였다.

"항… 주에서 뵌 적이… 있습니다."

"항주라면… 아!"

묵조영도 그가 묵성을 따라 검지를 찾아 나섰던 묵가의 식솔이라는 것을 기억해 냈다.

"묵… 청이라 했던가?"

"예."

"적에게 당한 것이냐?"

묵청이 이를 꽉 깨물었다.

그리곤 어느 순간, 그의 입에서 노기 어린 외침이 터져 나왔다.

"저는… 적에게 당… 한 것이 아닙니다."

"무슨 소리냐? 적이 아니라니?"

"저는 언… 도, 언도… 형님이 저를 이리……."

순간, 묵조영은 쇠망치로 뒤통수를 맞는 충격을 느꼈다.

"언도라면… 묵언도? 그놈이 너를 이리 만들었단 말이냐?"

"그렇… 습니다."

"뭣 때문에? 도대체 놈이 무슨 이유로 너를 이리 만든 것이냐?"

"잘은… 모르겠습니다. 적이 워낙 강해 지원… 군을 요청하려 했는데 갑자기… 하지만 언… 도 형님이 이곳을 떠나며 한 말은 똑똑히 기… 억하고 있습니다."

"뭐라고, 뭐라고 했느냐?"

숨을 쉬기가 몹시 힘든지 묵청은 잠시 뜸을 들였지만 곧 힘이 없는 음성으로, 그러나 명확한 어조로 묵언도가 읊조렸던 말을 전했다.

"묵… 가의 가… 주는 자… 신의 것이라고……."

쾅!

묵조영이 분노를 참지 못하고 주먹을 휘둘렀다.

그의 주먹에 맞은 바위 하나가 산산조각이 나버렸다.

"죽일 놈!"

묵청의 한마디에 묵조영은 당시에 어떤 일이 벌어졌는지 단번에 알 수 있었다.

"한낱 가주 자리가 탐이 나 형제들을 죽인단 말이냐!"

그의 눈에서 감당하기 힘든 살기가 뿜어져 나왔다.

"적이… 서해대… 협곡을 넘었습니다. 게다가 너무… 강… 합니다. 세가가… 세… 가가 어찌 될지……."

묵청의 음성이 급격히 작아지고 있었다.

"정신 차려라!"

묵조영이 그를 안고 흔들었다. 하지만 꺼져 가는 그의 생명을 다시 살릴 수는 없었다.

"세가를… 지켜… 주십시오. 세… 가를… 형… 님… 세가를…….."

묵청은 마지막 말을 채 잇지도 못하고 고개를 떨구고 말았다.

"청아! 청아!"

묵조영이 그를 부둥켜안고 불렀으나 묵청은 대답하지 않았다.

"묵.언.도! 이 개새끼만도 못한 자식! 내 네놈만큼은 절대 가만두지 않겠다."

분노에 몸을 떠는 묵조영의 눈에서 지옥의 염화와도 같은 불길이 치솟았다.

"갑시다!"

묵청을 바로 누인 묵조영이 마상을 향해 소리쳤다. 그리곤 묵가를 향해 미친 듯이 뛰기 시작했다.

＊　　　＊　　　＊

"다 잡아들였느냐?"

범장이 바삐 움직이는 열목하를 보며 물었다.

"잡아들일 것도 없었습니다. 남아 있는 놈들이라 봐야 허드렛일하는 하인들 몇 놈과 부상을 당해 움직이기 힘든 놈들뿐입니다."

"쯧쯧, 아무리 부상을 당했다지만 같이 싸웠던 식구를 버리고 꽁무니를 빼다니……."

범장이 한심하다는 듯 혀를 찼다.

"참, 그래도 제법 쓸 만한 늙은이를 하나 잡은 것 같습니다."

"쓸 만한 늙은이?"

"예. 데려오너라."

열목하의 명을 받은 수하들이 어느 곳으로 달려가더니 커다란 이불을 이용해 한 인물을 들고 왔다.

이불 위에 누워 있는 인물은 오랫동안 병마와 싸우고 있던 태대장로 묵설군(墨雪君)이었다.

"누구냐?"

범장이 호기심에 찬 눈으로 물었다.

"처음엔 그저 그런 늙은인 줄 알았는데 하인 놈들을 다그쳐 보니 묵가의 태대장로라고 합니다."

"태… 대장로?"

"예. 이름이 묵설군이라던가… 아마 그랬을 겁니다."

"묵설군!"

깜짝 놀란 범장이 부리나케 이불 위에 죽은 듯이 누워 있는 묵설군을 바라봤다.

"허! 세상에……."

범장은 벌어진 입을 다물지 못했다.

비록 서로 안면은 없었지만 황산비호(黃山飛虎)라 불리었던 묵설군의 명성을 예부터 듣고 있던 터. 설마하니 그런 인물이 저처럼 볼품없는 모습으로 사로잡힐 줄은 꿈에도 몰랐던 것이었다.

"치졸한 놈들이로구나! 아무리 제 목숨 살리기에 바빴다지만 명색이 가문의 어른을……."

범장은 알 수 없는 분노를 느끼며 탄식을 터뜨렸다.

"한데 이들을 어찌 처리해야 합니까?"

열목하가 오들오들 떨고 있는 포로들을 가리키며 물었다.

범장의 시선이 포로들에게 향했다.

지금의 그들에게 부상당한 포로 따위는 필요없었다. 비록 대다수가 부상자에 무공도 모르는 하인들뿐이라는 것이 마음에 걸리기는 하나 항복을 하지 않고 끝까지 대항한 적에겐 어떠한 대가가 기다리고 있는지 만방에 알릴 필요도 있었다.

　"포로는 필요없다. 모조리 없애라."

　"존명!"

　허리를 꺾어 명을 받은 열목하가 스산한 웃음을 흘리며 포로들을 바라보았다.

　부상을 당한 무인들은 이미 체념한 듯 대부분 눈을 감고 있었지만 하인들은 온몸을 부들부들 떨며 겁에 질려 있었다.

　열목하가 오만한 표정을 입가에 지으며 포로들을 살폈다.

　그와 눈을 맞추지 않기 위해 다들 고개를 숙였다.

　"훗!"

　피식 웃음을 터뜨린 열목하가 고갯짓을 하고 기다렸다는 듯 철마대원들의 칼질이 시작됐다.

　"크악!"

　"으아악!"

　"사, 살려… 컥!"

　눈 깜짝할 사이에 십여 명의 목숨이 떨어졌다.

　그들이 내지르는 비명을 들으며 오만상을 찌푸린 범장이 열목하에게 소리쳤다.

　"장난치지 말고 최대한 조용히 처리해라."

"아, 알겠습니다."

범장의 호통에 자라목이 된 열목하가 다시 명을 내리려는 찰나, 지금껏 정신을 잃고 있던 묵설군이 천천히 눈을 떴다.

"멈추시게……."

범장의 시선이 묵설군에게 향했다.

묵설군은 어느새 이불 위에 단정히 앉아 있었다.

'회광반조.'

범장은 한눈에 묵설군의 상태를 알 수 있었다.

"멈추라고 했소?"

범장이 물었다.

"이미 끝난 싸움이 아닌가? 무의미한… 피를 볼 필요는 없… 다고 보네. 그냥… 그들을 살려주시게."

음성엔 힘이 없었다. 하나, 마지막 혼을 불태우는 눈빛만큼은 과거 황산비호라는 이름으로 불릴 때의 그것과 같았다.

"미안하지만 그럴 수는 없소."

"부탁… 하겠네. 그들은 묵가에서조차 버림을 받은 불쌍한 사람들일세. 아량… 을 베풀어주시게."

"……."

범장은 아무런 대답도 하지 않고 물끄러미 묵설군을 바라보았다.

새하얀 머리카락은 남은 것이 없었고, 뼈에 붙은 살은 가죽밖에 남지 않은, 그마저도 쩍쩍 갈라져 참으로 볼품없는 모습.

'나도 언젠가 저리 늙어가겠지.'

범장은 묵설군의 모습에서 문득 세월의 덧없음을 느꼈다.

"후우~"

범장의 입에서 긴 탄식성이 흘러나왔다.

그의 한숨을 불편함으로 전해 들은 열목하가 눈을 부라리며 달려들었다.

"닥쳐라, 늙은이! 네 말마따나 버림받은 주제에 어디서 헛바닥을 놀려! 목숨 구걸은 염라대왕 앞에서나 해라!"

한껏 비웃음을 흘린 열목하가 단번에 그의 목을 베어버리겠다는 듯 위협의 몸짓을 했다.

열목하가 범장에게 시선을 돌렸다.

독설을 퍼붓기는 했어도 아무래도 독단으로 목을 베기엔 묵설군의 존재감이 마음에 걸린 탓이었다.

복잡한 표정으로 묵설군을 살피던 범장이 살짝 고개를 끄덕였다. 그리곤 조용히 한마디 말을 덧붙이는 것을 잊지 않았다.

"한때는 산천초목을 떨게 만든 인물이었다. 늙은 호랑이도 호랑이는 호랑이. 배려를 해주어라."

그 한마디에 열목하가 안색을 싹 바꾸며 대답했다.

"알겠습니다."

열목하가 진지하게 칼을 잡으며 자세를 잡았다.

묵설군은 눈 하나 깜짝하지 않았다.

언제 병석에 누워 있었냐는 듯 꼿꼿이 허리를 세우고 당당히 죽음을 맞이했다.

"하앗!"

힘찬 기합성과 함께 열목하의 칼이 묵설군의 목을 취하기 위해 움직였다.

바로 그때였다.

쐐애애액!

엄청난 파공성과 함께 장내로 날아오는 물체가 있었다.

"조심해랏!"

범장이 물체의 존재를 알아차리고 경고를 보냈다.

화들짝 놀란 열목하가 고개를 돌리고, 자신을 향해 어마어마한 속도로 날아오는 물체를 보며 본능적으로 칼을 휘둘렀다.

하지만 열목하를 노리며 날아든 물체는 그의 칼을 산산이 부숴 버리며 그의 몸을 꿰뚫어 버렸다.

꽝!!!

열목하의 가슴을 비스듬히 뚫고 지나간 물체가 뒤쪽 땅바닥에 박히며 요란한 소리를 냈다.

열목하는 두 눈을 부릅뜨며 절명을 했다.

한껏 커진 눈동자는 도대체 자신에게 어떤 일이 벌어졌는지 알 수 없다는 기운을 품고 있었다.

열목하의 몸이 힘없이 무너지면서 그의 몸을 꿰뚫어 버린 물체의 정체가 드러났다.

낚싯대, 다름 아닌 천마조였다.

"우우우우!"

장대한 사자후를 토해내며 천마조를 던져 묵설군을 위기에서 구한 묵조영이 마상과 함께 저 멀리, 북쪽 전각을 넘어 단숨에 달려왔다.

걸음을 멈춘 묵조영이 사위를 둘러보았다.

가장 먼저 처참하게 목숨을 잃은 자들의 주검이 보였다.

그는 자신도 모르게 지그시 입술을 깨물었다.

"대장로님……."

묵조영이 떨리는 음성으로 묵설군을 부르며 그를 향해 천천히 걸음을 옮겼다.

"놈을 잡아랏!"

범장이 분노에 찬 음성으로 소리쳤다.

졸지에 대주를 잃은 철마대원들이 살기를 풀풀 풍기며 묵조영을 향해 다가갔다. 하나, 누구 하나 함부로 덤비는 사람이 없었다.

묵조영의 전신에서 발출되는 칼날 같은 기운, 거기에 마상에게서 풍기는 기운에 지레 겁을 먹은 것이었다.

"뭣들 하느냐! 공격해랏!"

범장이 불같이 화를 내며 수하들을 다그쳤다.

순간, 퍼뜩 정신을 차린 철마대원들과 혹월단의 살수들이 묵조영과 마상을 향해 일제히 달려들었다.

묵조영은 발길질로 자신을 향해 달려오는 사내의 무릎을 뭉개 버리고 그 탄력을 이용하여 사내를 뛰어넘더니 단숨에 묵설군 앞까지 도착했다.

"대장로님."

묵조영이 묵설군 앞에서 무릎을 꿇었다.

"왔느냐?"

묵설군은 마치 외출하고 돌아온 손자를 반기는 양 부드러운 웃음으로 그를 맞이했다.

"예, 이제야 왔습니다. 죄송합니다."

파르르 떨리는 묵조영의 눈에서 한줄기 눈물이 비쳤다.

"왔으면 된 것이지."

묵설군이 웃으며 손을 뻗었다.

고목 나무의 그것보다 더욱 앙상하게 메마른 그의 손을 잡는 묵조영의 가슴 한 켠에서 뜨거운 것이 치밀었다.

"좋아… 보이는구나."

"대장로님께서 걱정해 주신 덕분입니다."

"녀석……"

묵설군은 빙긋이 미소를 지으며 묵조영의 머리를 쓰다듬었다.

"어찌 된 것입니까? 다른 사람들은?"

묵조영이 주변을 둘러보며 물었다.

순간, 묵설군의 눈빛에 아픔이 떠올랐다.

"모두… 떠났다."

"떠나… 다니요? 하면 세가를 버리고……."

묵설군은 한숨으로 대답을 대신했다.

"한데 대장로님께선 어찌 이곳에 계신 겁니까? 그리고 저들은 어찌……."

고개를 돌려 두려움에 떨고 있는 포로들을 살피던 묵조영은 그들에게서 금방 한 가지 공통점을 찾을 수 있었다.

몇몇을 제외하고는 대다수가 부상자에 병자라는 것.

생각하는 것만으로도 감히 불경스러워 떠올릴 수 없는, 도저히 있을 수 없는 생각이 묵조영의 뇌리를 스쳤다.

그러나 더 이상 생각이 이어질 수는 없었다.

홀로 적을 상대하는 마상이 포위 공격을 당하며 위험에 빠진 것을 봤기 때문이었다.

"잠시만 계십시오. 조금 소란스러울 것입니다."

묵조영이 벌떡 자리에서 일어나더니 열목하의 몸을 꿰뚫고 땅에 박힌 천마조를 움켜잡았다.

쿵.

지지대를 잃은 열목하의 시신이 힘없이 땅으로 쓰러지며 먼지를 일으켰다.

"용서하지 않는다."

사위를 둘러보며 차갑게 외친 묵조영이 천마조를 휘두르기 시작했다.

취리리릿!

쫙 펴진 천마조가 주변을 휩쓸며 내는 소리가 날카롭기 그지없었다.

천마조에 앞서 낚싯줄이 마상을 공격하던 이들의 발목을 스치며 지나가고 낚싯줄에 걸린 자들 대부분이 외마디 비명과 함께 다리를 붙잡고 쓰러졌다.

"네 이놈!"

순식간에 십여 명의 수하를 잃은 범장이 추혼귀창을 휘두르며 달려들었다.

하지만 묵조영은 그를 상대하지 않고 훌쩍 몸을 피하더니 재차 천마조를 움직였다.

어느새 휘감았는지 낚싯줄에 날카로운 칼 하나가 매달려 있었다.

묵조영은 채찍을 휘두르듯 마음껏 천마조를 휘둘렀다.

핏핏.

낚싯줄에 매달린 칼은 요상한 소리를 동반하며 미친 듯이 꿈틀대기 시작했다.

왼쪽에서 들이닥치는가 싶으면 오른쪽에서 춤을 추고, 위에서 내리꽂히는가 싶어 막으면 지면에서부터 치고 올라오는 것이 좀처럼 그 움직임을 파악하기 힘들었다.

게다가 낚싯줄을 타고 흐르는 묵조영의 기운이 칼의 힘을 더욱 강력하게 만들었다.

"타핫!"

낚싯줄에 매달린 칼이 한 사내의 몸에 박혀 잘 빠지지 않자 묵조영은 그 칼을 버리고 낚싯줄을 회수하며 힘찬 기합성과 함께 허공으로 뛰어올랐다. 그리곤 매타작이라도 하려는 듯 천마조를 아래로 내려쳤다.

"으악!"

"크아아악!"

무시무시한 파공성을 동반한 천마조에 걸린 자들은 스치기만 해도 온몸의 뼈마디가 바스라지는 듯한 고통을 느끼며 땅바닥에 나뒹굴었다.

"이~ 노옴! 비겁하게 피하지 말고 나와 싸우자!"

묵조영의 움직임을 잡지 못한 범장이 악을 쓰며 달려들었다.

그러나 묵조영은 여전히 그를 피해 철마대원들 사이를 헤집고 다니며 그들을 도륙했다.

천마조가 한번 꿈틀댈 때마다 서너 명의 목숨이 끊어졌다.

죽어라 대항을 하던 철마대원들은 묵조영의 강력한 공세에 어찌할 바를 모르고 허둥댔다.

더구나 패도적이기 그지없는 마상의 공격까지 이어지자 순식간에 공황 상태에 빠져들었다.

싸움이 벌어진 이후, 고작 반 각 만에 삼분지 이 이상의 인원이 차가운 시체로 변해 버리자 철마대원들은 더 이상 대항할 엄두를 내지 못하고 뒷걸음질치기 시작했다.

범장이 묵조영을 쫓으며 그들을 독려하고 질책했으나 이미 그들의 공포심은 이성적인 판단을 마비시켰다.

"크악!"

단말마의 비명.

그리고 힘없이 떨어지는 머리.

묵조영은 자신의 발아래로 굴러오는 머리를 힐끗 살피며 그제야 움직임을 멈췄다.

그는 굳이 도망가는 적을 쫓지는 않았다. 그러나 포로 뒤에 숨어 목숨을 구걸하려 하거나 그들에게 칼을 들이대며 위협을 가한 자들은 단 한 사람도 용서하지 않았다.

"네, 네놈이 감히!"

범장이 이를 부득부득 갈며 묵조영에게 다가왔다.

묵조영이 싸늘히 웃으며 범장을 향해 천마조를 겨누었다.

"감히라는 말을 함부로 쓰지 마시구려. 자신들의 야욕에 못 이겨 묵가를 침범한 자가 그딴 망발을 내뱉는 것이 말이 되오? 그 말은 오히려 내가 써야 하는 것이오."

휘류류류륭.

천마호심공을 운용하는 묵조영의 주변에서 서서히 광풍이 일어나기 시작했다.

범장도 지지 않고 한껏 기세를 끌어올렸다.

하나, 묵하상과의 싸움에서 상당한 부상을 당하고 미처 회복을 하지 못한 그의 기세는 과거와 상당한 차이가 있었다.

'놈! 더 강해졌구나.'

범장의 얼굴이 딱딱하게 굳었다.

아직 본격적인 충돌을 한 것도 아니고, 단지 기세 싸움을 시작했을 뿐인데도 전신에 밀려오는 압박감이 장난이 아니었다.

공격은 고사하고 가히 칼날과도 같은 날카로움으로 짓쳐드는 기운을 감당하기에도 벅찼다.

"각오하시오!"

한마디 말을 차갑게 내뱉은 묵조영이 천마조를 횡으로 움직였다.

중간 마디가 접근하고, 그 뒤를 이어 끝마디가 따라붙었다.

범장이 추혼귀창으로 천마조를 후려쳤다.

꽝!

요란한 굉음과 함께 천마조가 튕겨져 나갔다.

좌우로 크게 흔들린 천마조가 또다시 범장의 옆구리를 노리며 접근했다.

단 한 번의 충돌에도 전신에 극한 통증을 느낀 범장은 감히 부딪치지 못하고 급히 몸을 숙여 피했다.

"훗! 의외요!"

묵조영이 정면 대결을 피한 범장을 비웃으며 천마조를 몸 옆에 세웠다. 그리곤 조그만 나무를 흔들 듯 손목을 이용해 천마조를 빙글빙글 돌리기 시작했다.

쉬익. 쉬익.

스산한 바람 소리를 내며 천마조가 회전을 시작했다.

낚싯대의 특징상 아랫부분보다 탄력이 강한 윗부분에 걸 린 회전이 훨씬 강했고 움직이는 반경 역시 클 수밖에 없었 다.

범장은 차분히 가라앉은 눈으로 천마조를, 아니, 엄밀히 말 하자면 묵조영의 머리 위에서 거대한 회전을 하고 있는 낚싯 줄을 바라보았다.

한 가닥. 두 가닥. 세 가닥.

너무도 미세하여 잘 보이지는 않았지만 낚싯줄은 틀림없 이 늘어나고 있었다.

'두 번은 없다. 오직 일초!'

범장은 단 한 번의 공격에 모든 것을 걸고자 전신의 힘을 끌어모아 추혼귀창에 실었다. 그리곤 우렁찬 기합성과 함께 혼신의 힘을 다해 추혼귀창을 던졌다.

망혼귀환비(亡魂歸還飛).

뒤도 없는, 오직 공격만을 위한 추혼창법의 마지막 초식.

극고의 위력이 있지만 그 한 번의 공격으로 상대를 쓰러뜨 리지 못할 경우 오히려 시전자에게 치명타를 입히는 양날의 검과 같은 공격이기에 죽음의 위기가 아니면 결코 쓰지 않는 최후의 절초가 바로 그것이었다.

휘류류류류류릉!!

끼요요오오오.

맹렬히 회전하며 밀려드는 강기의 폭풍과 귀곡성을 접하면서도 묵조영의 움직임엔 변화가 없었다.

꽈꽈꽈꽈꽝!

금빛 강기의 소용돌이의 보호를 받으며 움직인 추혼귀창이 땅거죽을 뒤집고, 주변의 모든 사물을 파괴하며 묵조영에게 접근했다.

"아!"

"아, 안 돼!"

둘의 싸움을 초조하게 지켜보던 포로들이 너무도 위력적인 범장의 공격에 저마다 안타까운 탄성을 내뱉었다.

그들의 걱정을 한 몸에 받으면서도 침착하기만 했던 묵조영의 눈빛이 살짝 변했다.

우우우웅.

웅후한 떨림과 함께 천마조에 새겨진 용 무늬가 금빛 강기로 형상화가 되어 나타났다. 하지만 그것은 묵조영의 주변을 에워싸며 신비로운 자태를 뿜어낼 뿐, 별다른 움직임을 보이지 않았다.

추혼귀창을 맞이해 움직이기 시작한 것은 어느 순간, 온 허공을 점령해 버린 백룡들이었다.

묵조영이 손목을 앞쪽으로 내밀며 움직임을 딱 멈췄다.

때를 같이하여 머리 위에서 춤을 추던 백룡들이 일제히 앞으로 날아갔다.

파파팍!

추혼귀창이 만들어낸 금빛 강기막이 십여 마리의 백룡을 흔적도 없이 날려 버렸으나 은빛 물결을 사방으로 뿌려대는 백룡은 결국 추혼귀창의 마지막 발악마저 소리없이 잠재우고 귀를 찢듯 울부짖는 귀곡성마저도 단숨에 삼켜 버렸다.

그것이 끝이 아니었다.

여전히 무수히 많은 수의 백룡이 허공을 유영하며 범장을 향해 움직이기 시작했다.

거기에 백룡의 포로가 돼버린 추혼귀창까지 합세하니 범장에게 더 이상의 저항은 있을 수가 없었다.

퍽!

가죽 터지는 소리와 함께 추혼귀창이 범장의 아랫배를 뚫어버렸다.

"으으으."

비틀거리며 뒷걸음질치는 범장이 입에서 피를 토해내며 아랫배를 관통한 추혼귀창을 움켜잡았다.

그는 뒤도 안 돌아보고 몸을 돌려 묵설군에게 걸어가는 묵조영을 허탈한 눈으로 바라보았다.

"허… 허… 허."

허망한 웃음의 끝은 죽음이었다.

마교의 삼태상 중의 한 명이자 추혼귀창의 주인이었던 범장은 그렇게 숨이 끊어지고 말았다.

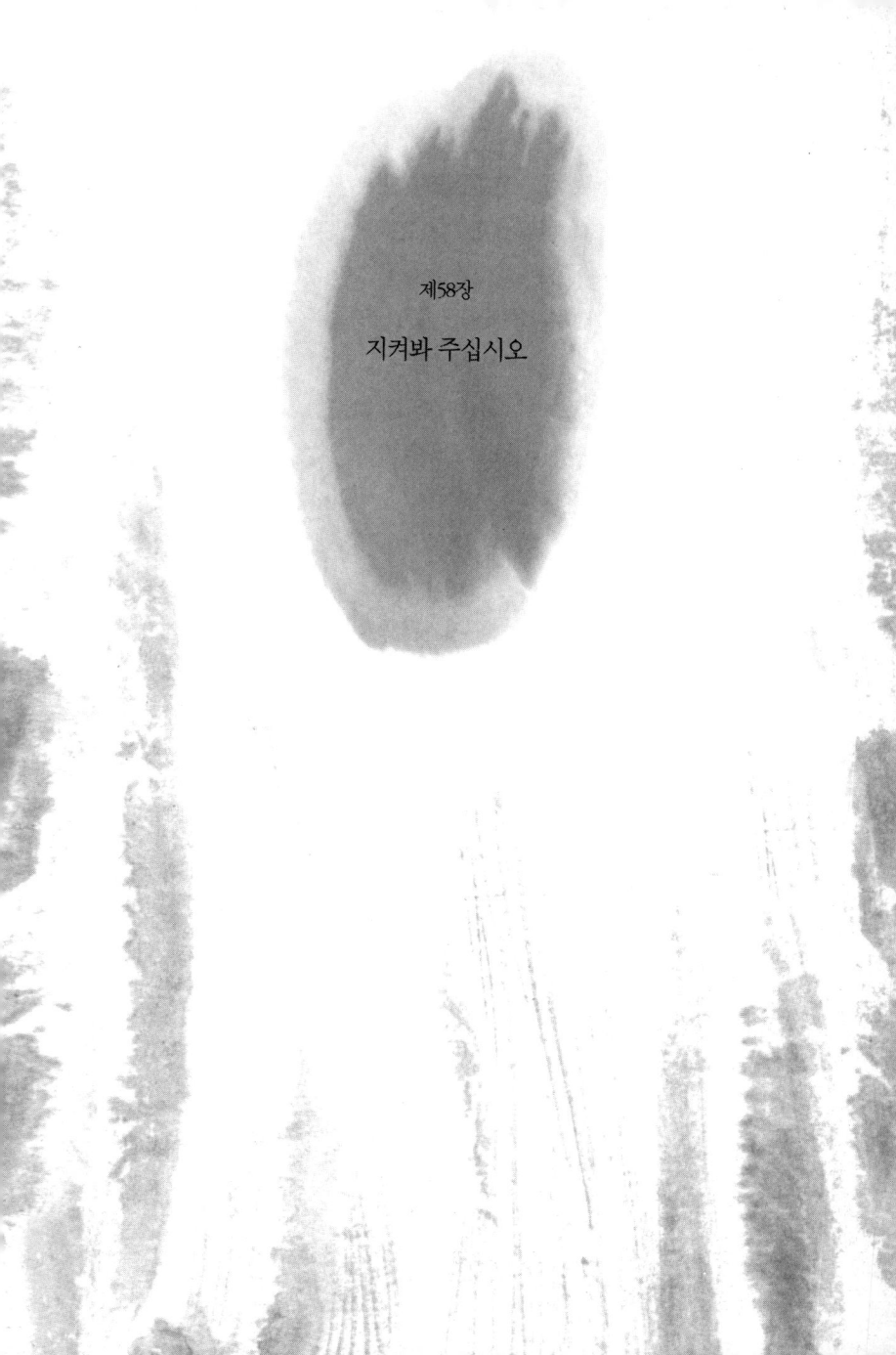

제58장

지켜봐 주십시오

"**너**석, 강해… 졌구나."

묵설군이 범장을 쓰러뜨리고 걸어오는 묵조영을 반기며
말했다.

"운이 좋았습니다."

묵조영이 약간은 멋쩍은 표정을 지었다. 그리곤 곧 어두운
안색으로 묵설군을 빤히 쳐다보았다.

그 의미를 짐작한 묵설군이 한숨을 내쉬었다.

"오해는… 하지 말거라. 그들이 버린… 것이 아니라… 내
가 가지 않은 것이다. 하지만! 절대로 있을 수 없는 일이 벌어
지고 말았구나. 나무는 제 목숨이 다하는 날까지 그늘을 거두

지 않는 법이다. 한데 언제나 든든한 그늘이 되어야 할 세가
가 그 그늘을 거두어 버리고 말았구나. 이까짓 건물 나부랭이
는 버릴 수 있지만 어떠한 이유에서라도 식솔들은 버려선 안
되는 것이거늘……."

묵설군의 노안에서 회한에 찬 눈물이 흘러내렸다.

"대장로님!"

묵조영이 울컥하는 마음을 참지 못하고 눈시울을 붉혔다.

"내 너에게… 마지막으로 부탁… 하나를 하려고 한다."

어느 순간, 묵설군의 음성이 점점 가늘어지고 눈빛도 급격
히 흐려지기 시작했다.

"말씀하십시오."

"들어… 주겠느냐?"

"예. 반드시 들어드리겠습니다."

"저들을……."

묵설군의 가련한 눈빛이 포로들에게 향했다.

"세가가… 버린 저들을 구해… 주거라. 세가가 못한 일
을… 네가… 네가… 저들의 그늘이… 되어주어라. 약속… 할
수… 있겠느냐?"

"물론입니다. 아무런 걱정도 하지 마십시오. 저들만큼은
무슨 일이 있어도 구해내겠습니다."

"믿… 겠다."

묵설군이 힘겹게 고개를 끄덕였다. 그리곤 아련한 눈빛으

로 묵조영을 바라보았다.

"그… 어린것…이 이렇… 듯 듬직하게 자랐으니……."

묵설군은 마지막으로 손을 뻗어 묵조영의 얼굴을 어루만지려 하였다. 그러나 이미 마지막 기력까지 소진한 묵설군은 힘없이 손을 늘어뜨리고 말았다.

"대장로님!!"

묵조영이 무너지듯 쓰러지는 묵설군의 몸을 안아 들며 목놓아 울부짖었다.

"대장로님!"

묵조영이 피를 토하듯 외치며 묵설군을 불렀지만 굳게 감긴 묵설군의 눈은 떠지지 않았다.

묵설군의 시신을 안고 한참 동안이나 눈물을 흘리던 묵조영은 눈물이 마를 때쯤 묵설군의 주검을 이불째 안아 들고는 그가 생전 거처했던 일심각으로 향했다.

"대장로님……."

애끓는 묵조영과는 달리 침상에 고요히 누워 있는 묵설군은 참으로 평온한 얼굴을 하고 있었다.

묵조영이 침상 앞에서 무릎을 꿇었다.

"부디 편히 가십시오."

마지막으로 정중히 예를 차린 묵조영은 애써 울음을 참으며 떨리는 손으로 침상에 불을 붙였다.

고급 비단으로 만들어진 침상은 순식간에 활활 타올랐고

묵설군의 주검 또한 금방 불길에 휩싸였다.

"이렇게 모실 수밖에 없는 저를 용서해 주십시오."

더 이상 흐르지 않을 것 같았던 눈물이 또다시 그의 볼을 적셨다.

묵조영은 아련한 뺨에 흐르는 눈물을 손으로 닦아내고는 애써 환한 음성으로 말했다.

"이만 가겠습니다. 포로들은 걱정 마십시오. 제 목숨을 걸고 반드시 구해낼 것입니다."

이미 활활 타오르는 불길에 몸을 맡긴 묵설군을 향해 다시 한 번 허리를 굽힌 묵조영은 차마 떨어지지 않는 발걸음으로 방문을 나섰다.

잠시 후, 묵조영의 모습을 본 포로들이 그의 주위로 일제히 몰려들었다.

묵조영이 찬찬히 그들을 살피며 말했다.

"적이 언제 올지 모릅니다. 최대한 빨리 이곳을 벗어나야 합니다."

"하지만 부상자들이 많아서……."

누군가가 말했다.

"대장로님과 약속했습니다. 저는 단 한 사람도 포기하지 않을 것입니다. 우선 스스로 움직일 수 있는 사람들과 그렇지 못한 사람을 분류해 주십시오."

부상자들의 상태는 순식간에 파악되었다.

아예 거동조차 할 수 없는 인원이 열둘에, 움직일 수는 있어도 누군가의 도움 없이는 열 걸음도 걸을 수 없는 인원이 자그마치 스무 명이었다.

그에 반해 움직일 수 있는 자들 대부분은 싸움에 참여하지 않은, 묵가의 허드렛일을 맡아오던 하인들뿐이었다. 그들 중에는 제 한 몸 건사하기도 힘든 노인들과 어린애, 여자들이 뒤섞여 있었다.

"후~"

묵조영의 입에서 절로 한숨이 흘러나왔다.

묵가가 어째서 이들을 버리고 갔는지 조금은 이해가 되었다. 하나, 이성적으론 이해가 되어도 묵설군과 마찬가지로 심정적으론 절대로 용납할 수가 없었다.

묵조영은 두 주먹을 불끈 쥐며 묵설군과의 약속을 상기했다.

'반드시 살리겠습니다. 지켜봐 주십시오.'

*   *   *

"대체 그 몰골이 뭐냐?"

그렇잖아도 추격이 지지부진한 터라 짜증이 날 대로 나 있던 탁불승이 오만상을 찌푸리며 물었다.

"적이… 적이 나타났습니다."

마상에 의해 팔이 잘리고 간신히 목숨만을 부지한 채 도주한 철마대의 부대주 한소류가 겁에 질린 얼굴로 대답했다.

부상도 부상인 데다가 묵가를 추격하느라 열을 올리고 있던 탁불승 일행을 따라잡기 위해 무려 두 시진을 넘게 달린 그의 몰골은 실로 말이 아니었다.

"적? 적이라니!"

그제야 사태의 심각성을 파악한 탁불승이 놀라 소리쳤다.

"지원군이 도착했단 말이냐? 검각이냐? 아니면 혁씨세가?"

"아, 아닙니다."

"아니면?"

순간, 탁불승의 안색이 딱딱하게 굳었다.

"설마하니 의천맹 놈들이?"

"그놈들도 아닙니다."

한소류가 고개를 흔들었다. 그러자 궁금증을 참지 못한 탁불승이 버럭 소리를 질렀다.

"빨리 말해라! 그놈들이 아니면 대체 어떤 놈들이 나타났단 말이냐?"

"묵조영입니다."

"묵… 조… 영?"

탁불승의 눈이 대보름 달만큼 커졌다.

주변에 있던 이들 역시 놀라기는 마찬가지였다.

이미 지난번 그의 무공이 어떠한지 똑똑히 목도했던 터, 한소류의 말대로 정말 묵조영이 나타났다면 큰일이 아닐 수 없었다.

"묵조영이 나타났단 말이더냐?"

건위령이 당황한 음성으로 물었다.

"예. 게다가… 마 공까지……."

"음."

건위령의 입에서 묵직한 신음이 흘러나왔다.

마상이 묵조영을 보호해 탈출했다는 것은 알 만한 사람은 다 아는 사실이 아니던가. 묵조영이 나타났다면 당연히 마상이 따라붙었을 것이었다.

"좌상께선 어찌 되셨느냐?"

탁불승이 한소류의 목덜미를 잡아채며 물었다.

한소류의 처참한 꼴로 보아 이미 짐작은 되었지만 그래도 묻지 않을 수 없었다.

한소류는 차마 대답을 하지 못하고 고개를 떨궜다.

"그랬단 말이지……."

힘없이 손을 푼 탁불승이 허탈한 음성으로 읊조렸다.

"좌상께서 그 지경이 되시도록 열목하는, 철마대는 무엇을 했단 말이냐?"

건위령이 채근하듯 물었다.

"대주께선 놈의 일초식도 감당하지 못하고 목숨이 끊어졌습니다. 그리고 철마대 역시 놈과 마 공의 공격으로 인해 변

변한 대항도 하지 못하고 전멸을 당하다시피 했습니다. 고작
네 명만이 부끄러운 목숨을 연명했을 뿐입니다."

"허!"

건위령은 어처구니가 없다는 표정으로 고개를 흔들었다.

비록 부상을 당한 범장과 최일선에서 가장 큰 공을 세운 철
마대를 배려한다는 차원에서 묵가에 남긴 것이었지만 그들의
전력은 상당한 것이었다. 한데 그만한 인원이 고작 두 명에게
제대로 대항도 못하고 끝장이 났다는 말이었다.

믿을래야 믿을 수가 없는 말이었지만 그렇다고 그곳에서
살아남은 당사자가 전하는 말을 부정할 수는 없는 노릇이었
다.

"당장 돌아가 복수를 해야 합니다."

감태원이 당장에라도 달려갈 기세로 말했다.

"무슨 수로. 그놈이 아직까지 남아 있을 턱이 있나? 쫓아가
봤자 놈의 그림자도 볼 수 없을 게야."

건위령이 어림없다는 듯 고개를 흔들었다. 그러자 한소류
가 주변의 눈치를 보며 입을 열었다.

"그렇지는 않습니다."

"그렇지 않다니?"

"놈은 혼자 도망치지 않았습니다."

"그게 무슨 소리냐? 제대로 말해봐라."

탁불승이 착 가라앉은 음성으로 물었다.

"비록 이 꼴로 도망을 쳤지만 놈의 움직임을 끝까지 파악했습니다. 놈은 지금 묵가의 부상자들을 데리고 움직이고 있습니다."

"말도 안 되는!"

"허! 미친놈이 아닌가!"

건위령과 감태원이 기도 차지 않는다는 듯 헛바람을 내뱉었다.

"사실이냐?"

탁불승이 눈빛을 빛내며 되물었다.

"제 눈으로 확인을 했습니다. 그리고 고잔(孤潺)을 붙여두었습니다. 제가 따라붙고 싶었지만 몸이 이 모양이라……."

한소류가 얼굴을 붉히며 고개를 숙였다.

"아니다. 그것만으로도 네가 할 일은 다했다."

탁불승이 한소류의 어깨를 두드리며 위로를 했다.

"어찌할 생각이냐?"

건위령이 탁불승에게 물었다.

"쫓아야지요."

"하면 지금 쫓고 있는 묵가 놈들은 어찌하고? 포기할 셈이냐?"

"그럴 수야 없지요. 어느 한쪽도 놓치기 아까운 사냥감입니다."

"하면?"

"제가 놈을 쫓겠습니다. 우상께선 묵가를 추격해 주십시오."

"괜찮겠느냐? 좌상이 당했고 철마대가 몰살했다."

건위령의 우려 섞인 말에 탁불승이 피식 웃음을 터뜨렸다.

"이 녀석의 상대로 제격인 놈입니다. 오랜만에 피가 끓는군요."

탁불승이 파천혈궁을 두드리며 말했다.

"알았다. 네 말대로 하마. 이보게, 감 장로."

"예."

"자네가 탁 단주를 돕게나."

"그리하겠습니다."

감태원이 공손히 명을 받았다.

"한소류!"

"예, 단주!"

"움직일 수 있겠느냐?"

"물론입니다."

"앞장서라."

"존명!"

온몸의 뼈마디가 욱신거리고 잘린 팔에서 끊임없이 고통이 밀려들었지만 한소류는 내색도 않고 달리기 시작했다.

그 뒤로 복수심인지 아니면 엄청난 강자와 싸우게 되었다는 호승심 때문인지 한껏 상기된 탁불승과 감태원, 그리고 평설이 이끄는 명화대가 따라붙었다.

"하록."

답답한 표정으로 그들을 보던 건위령이 하록을 불렀다.

"예."

"어디로 간다고 했지?"

"예? 누구 말씀이신지……."

"흑월단주 말이야."

건위령은 싸움이 끝나기도 전에 사라진 엽사군을 찾고 있었다.

"정확히는……."

"어디 있든 당장 연락을 취해라."

"하지만 부상이……."

"직접 움직이기 힘들면 흑월단이라도 지원하라고 해."

"알겠습니다."

"왠지 느낌이 좋지 않아."

조용히 중얼거리는 건위령의 얼굴엔 알 수 없는 불안감이 짙게 깔려 있었다.

"고잔입니다."

한소류가 가슴이 뻥 뚫린 상태로 죽어 있는 고잔의 시신을 보며 눈살을 찌푸렸다.

"쯧쯧, 조심을 할 것이지."

탁불승은 안타까워하면서도 묵조영 정도의 고수를 뒤쫓는 다는 것이 얼마나 힘든 것인지 알기에 그의 죽음을 당연한 결과라고 여기는 듯했다.

"단주님."

명화대주 평설이 달려왔다.

"찾았느냐?"

"예. 동북쪽으로 움직인 흔적이 있습니다."

"지나간 지 얼마나 된 것 같으냐?"

"부러진 나뭇가지나 수풀 등의 상태를 보아 두어 시진은 된 것 같습니다."

"흠, 부상자들이 많은 것으로 알고 있는데 생각보다 너무 빠르지 않은가?"

감태원이 조금은 의외라는 듯 물었다.

"놈들이 빨랐다기보다는 저희가 묵가를 추격하느라 너무 멀리 가 있었습니다. 게다가 놈들도 가히 필사적일 테니까요."

"그도 그렇군."

감태원이 고개를 끄덕였다.

한소류가 그들을 쫓아오는 데 걸린 시간만 거의 두 시진이 넘었다는 생각을 했을 때 틀린 말도 아니었기 때문이었다.

"아무튼 쫓아라. 결코 놓쳐서는 안 될 것이다."

"존명!"

탁불승의 명에 평설이 우렁찬 음성으로 화답했다.

*　　　*　　　*

'속도가 너무 늦다.'

마상과 함께 후미에서 포로들을 뒤따라 걷는 묵조영의 얼굴은 초조하기 그지없었다. 더구나 기를 쓰고 달려올 적의 추격을 생각하니 더욱 무거운 마음이었다.

"공자님, 더 이상은 무리겠습니다. 조금 쉬어가는 것이……."

묵가에서 평생을 바친, 그런 이유로 자연적으로 포로들의 수장이 되어버린 감 노인이 묵조영에게 다가와 말했다.

"죄송합니다만 그럴 여유가 없습니다. 적이 언제 밀려올지 모릅니다."

"소인도 그것을 알고는 있으나 다들 너무 힘들어합니다. 부상자들의 상태도 가히 좋지 않습니다."

"음."

묵조영의 입에서 안타까운 신음이 흘러나왔다.

묵가를 벗어난 지 반나절, 그사이 벌써 두 명의 부상자가 목숨을 잃었다.

새벽에 벌어진 싸움에서 워낙 큰 부상을 당한 데다가 제대로 치료를 하지 못해 어찌 손쓸 틈도 없었다.

묵조영의 시선이 전방으로 향했다.

출발할 때보다 느려진 속도도 속도였지만 다들 힘든 기색이 역력했다.

"알겠습니다. 잠시 쉬겠습니다. 그래도 오래 쉬지는 못합니다. 최대한 빨리 이곳을 벗어나야 합니다."

"감사합니다. 감사합니다, 공자님."

감 노인은 연거푸 허리를 숙이며 인사를 했다.

피곤에 지친 행렬이 일제히 멈췄다.

묵조영은 안쓰러운 눈으로 그들을 바라보다 뭔가를 결심했는지 감 노인을 다시 불렀다.

"어르신."

"예, 공자님."

자리에서 쉬고 있던 감 노인이 벌떡 일어나 달려오며 대답했다.

"잠시 저를 따라오시지요."

묵조영은 감 노인을 데리고 행렬의 선두에서 쉬고 있던 묵선조(墨仙照)에게 걸어갔다.

"괜찮으십니까?"

"어, 어서 오게나."

묵선조가 다소 어색한 웃음으로 그를 반겼다.

항렬로 따진다면 묵조영보다 윗길이었으나 그는 함부로 하대를 하지 못했다.

"부상은 어떠십니까?"

묵조영이 붕대로 칭칭 감긴 그의 다리를 보며 물었다.

"그럭저럭 견딜 만하네. 이 정도의 상처쯤이야 별거 아닐세."

묵조영은 벌써부터 곪아 터진 그의 상처가 결코 가볍지 않다는 것을 알고 있었다. 하나, 그의 말대로 묵선조의 부상 정도는 일행 중 가벼운 편에 속했다.

"한 가지 부탁드릴 일이 있어서 왔습니다."

"부탁? 나에게?"

"예."

"말씀하시게. 이 꼴로 도움이 될 수 있을지 모르나 내가 할 수 있는 것이라면 최선을 다해 돕겠네."

"저를 대신해 일행을 이끌어주십시오."

"내가 말인가? 이 몸을 해가지고?"

묵선조가 깜짝 놀라 되물었다.

"제가 놈들의 발걸음을 최대한 늦춰보도록 하겠습니다. 이대로 가면 놈들을 뿌리치지 못합니다."

"아무래도… 그렇겠지."

묵선조라고 상황의 심각성을 모를 리 없었다.

"고, 공자님."

감 노인이 떨리는 음성으로 묵조영을 불렀다.

"서, 설마 저희들을 버리시려는……."

"걱정하지 마십시오. 그런 일은 절대로 없습니다."

묵조영이 큰 목소리로 감 노인을 안심시켰다. 사실, 감 노인을 안심시켰다기보다는 주변에서 그들의 얘기를 듣고 동요하는 일행을 안심시키기 위함이었다.

"놈들의 발길을 묶은 후, 곧바로 되돌아오겠습니다. 그때까지 두 분께서 일행의 안전을 책임지셔야 합니다. 저를 대신해 마 공께서 여러분을 도울 것입니다."

"알겠네."

"죽을힘을 다하겠습니다."

묵선조와 감 노인이 동시에 대답을 했다.

그래도 그들의 얼굴에 드리운 불안감은 좀처럼 가시지 않았다.

* * *

'오는군.'

저 멀리 추격대가 모습을 보였다.

무려 십 장이나 치솟은 나무 위에서 그들을 바라보는 묵조영의 표정은 그리 밝지 못했다.

거의 오십 가까이 되는 인원이 이동을 함에도 먼지 한 점 일지 않는 것을 보면 적의 실력을 능히 짐작할 수 있는 터. 정면 대결을 하다가 행여나 발목이 잡히면 그야말로 끝장이 아닐 수 없었다.

더구나 그를 도울 수 있는 유일한 조력자인 마상마저 일행을 보호하기 위해 남겨둔 상황인지라 정면 대결은 더더욱 위험했다.

'강한 자다.'

묵조영은 선두에서 달리고 있는 탁불승을 보며 전신의 감각이 팽팽히 긴장하는 것을 느꼈다.

한데 탁불승만이 아니었다.

그의 뒤를 따르는 몇몇 노인들에게서도 그에 못지않은 기운이 느껴졌다.

그들과의 충돌은 절대적으로 피해야 한다고 여긴 묵조영은 일체의 기척을 지우고 몸을 숨겼다. 그리곤 추격대가 완전히 지나간 후에야 슬그머니 고개를 내밀며 움직이기 시작했다.

고신척영.

빠르기가 바람을 능가한다고 하여 섬전풍이라는 또 다른 이름을 가지고 있는 극고의 경공술은 그의 움직임을 누구도 파악하지 못하게 만들었다.

단숨에 추격대의 후미에 따라붙은 묵조영이 천마조를 휘둘렀다.

낚싯줄이 소리없이 풀리며 맨끝에서 달리고 있는 사내에게 은밀히 접근하더니 그의 목을 휘감았다.

"누구냐!"

번개같이 몸을 뺀 사내가 고개를 틀며 소리쳤다.

대답은 들려오지 않았다.

아니, 들을 수 없었다.

"커컥!"

사내는 답답한 비명을 지르며 자신의 목줄기를 파고든 날카로운 물체가 무엇인지도 알아차리기 전에 목숨을 잃고 말았다.

"이봐!"

바로 앞에서 달리던 동료가 놀라 부르짖었다.

그의 음성 역시 곧 사그라들었다.

방향을 튼 낚싯줄이 어느새 그의 목을 뚫어버린 것이었다.

추격대의 걸음이 일제히 멈춰졌다.

"무슨 일이냐?"

탁불승과 감태원이 부리나케 달려왔다.

"기습입니다. 둘이 당했습니다."

평설이 이를 악물며 대답했다.

찰나지간 아끼는 수하 둘을 잃은 그는 애써 분노를 참고 있었다.

"적의 정체는 파악했느냐?"

감태원이 물었다.

"모르겠습니다. 아무도 본 사람이 없습니다."

"멍청한 놈들!"

감태원이 분통을 터뜨리는 사이 탁불승은 수하들의 주검을 살피고 있었다.

"검은 아니군. 암기에 당한 것 같지도 않고……."

탁불승은 수하들을 조용히 잠재운 무기가 무엇인지 파악하기 위해 잠시 생각에 잠겼다.

그사이, 오히려 은밀히 앞쪽으로 이동한 묵조영의 공격이 다시 시작됐다.

쐐애애액!

엄청난 파공성과 함께 묵조영의 손을 떠난 물건은 다름 아닌 추혼귀창이었다.

깜짝 놀란 명화대원들이 나름 방어를 하려 했으나 묵조영이 작심을 하고 집어 던진 추혼귀창의 거력을 감당하기엔 그들로선 분명 무리가 있었다.

"크악!"

"컥!"

"커흑!"

무려 세 명의 인원을 꼬치 꿰듯 꿰뚫어 버린 추혼귀창이 아름드리나무에 박히고서야 움직임을 멈췄다.

"적이다!"

"이쪽이다!"

살아남은 명화대원들이 고래고래 소리를 지르며 묵조영에

게 달려들었다.

그러나 애당초 정면 대결을 하고 싶은 마음이 조금도 없던 묵조영은 천마조를 휙 낚아채 낚싯줄에 묶인 추혼귀창을 회수하더니 조금의 미련도 없이 도망을 쳤다.

몇몇 사내들이 그를 쫓았지만 묵조영을 따라잡을 수는 없었다.

한데 우거진 숲으로 사라진 묵조영을 뒤쫓는 무엇인가가 있었다.

화살이었다.

취리리릿!

순식간에 거리를 좁히고 날아든 화살이 묵조영을 쫓아 사라졌다.

"망할!"

자신의 공격이 무위로 돌아갔음을 감지한 탁불승이 화를 참지 못하고 씩씩거리며 옆에 있던 나무를 후려쳤다.

나뭇잎이 우수수 떨어지며 그의 몸을 덮었다.

신경질적으로 나뭇잎을 치운 탁불승이 쓰러진 수하들 곁으로 다가왔다.

"몇이나 당했느냐?"

"셋입니다."

"여우 같은 놈!"

눈 깜짝할 사이에 다섯의 수하를 잃은 탁불승이 이를 부득

부득 갈았다.

"놈이 누구인지 보았는가?"

감태원이 물었다.

"묵조영이었습니다."

"묵조영?"

"예, 틀림없습니다."

탁불승이 파천혈궁을 꽉 움켜쥐며 말했다.

"놈이 이런 식으로 나온다면… 꽤나 귀찮게 되었군."

감태원이 한숨을 내쉬며 말했다.

그러나 이후에도 그런 기습 공격이 수차례나 계속 이어졌다.

대비를 한다고 했어도 한두 명씩은 꼭 천마조의 제물이 되었다.

노기 충천한 탁불승이 그때마다 화살을 날렸지만 화살은 번번이 빗나가고 말았다.

묵조영이라고 위기가 없었던 것은 아니었다.

판단 착오로 인해 하마터면 포위 공격을 당할 뻔도 하고, 퇴로가 끊겨 예기치 않은 접전을 펼치기도 하였다.

특히 감태원이 퇴로를 막고 있을 때가 가장 위험한 순간이었는데 묵조영은 그 즉시 낚싯줄을 뿌려 맞은편 나뭇가지에 엮더니 나뭇가지와 천마조의 탄력을 이용, 허공을 가로지르며 날아가 감태원의 매서운 공세를 겨우 피할 수 있었다.

마치 원숭이가 덩굴을 타고 노는 것을 흉내 내는 듯한 모습으로 공격을 피하고 도주를 하는 묵조영을 보며 감태원은 그저 어처구니없는 웃음만 흘릴 뿐이었다.

그렇게 몇 번의 위기를 겪고 필사적으로 도주를 하여 간신히 적의 공세로부터 벗어날 수는 있었지만 그러는 와중에 묵조영은 조금씩 지치고 있었다. 게다가 몸 이곳저곳에 크고 작은 부상이 그의 피로도를 더욱 가중시키고 있었다.

"지금껏 몇이나 당했지?"

뒤도 안 돌아보고 내빼는 묵조영을 보며 탁불승이 물었다.

"열둘입니다."

"……"

대답을 들으며 탁불승은 피가 나도록 입술을 깨물었다.

반나절 만에 오분지 일이 넘는 인원을 잃은 것이었다.

농락을 당해도 이렇게 당할 수는 없었다.

고작 한 명의 적을 어쩌지 못하는 자신이 그렇게 한심스러울 수가 없었다.

"빨리 산을 벗어나야 할 듯싶습니다."

그와 마찬가지의 심정이었던 평설이 붉게 상기된 얼굴로 말했다.

"얼마나 남았느냐?"

"십 리가 채 남지 않았습니다. 황산의 동쪽 관문이라 할 수 있는 석순령(石筍嶺)만 넘으면 곧바로 평야 지대입니다."

"좋아. 최대한 빨리 벗어난다. 네가 앞장을 서거라. 후미는 내가 맡겠다."

"존명!"

평설이 앞으로 치고 나갔다.

감태원과 장로들이 일행 곳곳에서 감시의 눈을 번뜩이고, 최후방에서 조금 떨어져 움직이는 탁불승은 화살 세 개를 시위에 건 상태로 묵조영이 나타나기만을 기다리고 있었다.

그러나 석순령에 도착하는 동안 묵조영은 나타나지 않았다.

"놀음은 끝났다. 이제부터 모조리 도륙을 해주마!"

탁불승이 살기로 번들거리는 눈으로 웃음을 지었다.

바로 그때였다.

쿠쿠쿠쿵.

지축이 무너지는 소리와 함께 석순령의 한쪽 절벽 위에서 무수히 많은 바위가 쏟아져 내리기 시작했다.

기척을 감추고 몸을 숨기고 있던 묵조영이 명화대가 석순령에 접어들기가 무섭게 절벽 위의 바위들을 닥치는 대로 후려쳐 밑으로 내려보낸 것이었다.

"안 돼!"

탁불승이 짐승의 울부짖음과도 같은 비명을 내지르며 내달렸다.

바위가 굴러 떨어진 석순령은 이미 아수라장으로 변해 있었다.

재빨리 피한 사람도 있었지만 쏟아져 내린 바위가 워낙 많은 터라 십여 명이 훌쩍 넘는 인원이 바위에 깔려 목숨을 잃고 부상을 당했다.

"으아아아아!"

탁불승이 단숨에 절벽 위로 뛰어올랐다.

저 멀리 도주하는 묵조영이 보였다.

"이놈!"

분노에 찬 일갈과 함께 세 발의 화살이 시위를 떠났다.

뒤쪽에서 느껴지는 엄청난 기운에 고개를 돌린 묵조영이 세 개의 점으로 화해 접근하는 화살을 발견했다.

쐐애애액!

단숨에 오십여 장의 거리를 좁히며 짓쳐드는 화살.

묵조영은 그 즉시 천마조를 휘둘러 화살을 쳐냈다.

꽝! 꽝! 꽝!

거대한 충돌음과 함께 천마조에 부딪친 화살이 방향을 잃고 튕겨져 나갔다.

힘이 조금 부족했는지 화살 하나가 묵조영의 어깻죽지로 들이닥쳤다.

피하기엔 이미 늦은 상황.

묵조영이 손을 뻗어 화살을 낚아챘다. 그러나 탁불승의 분노가 고스란히 녹아 있는 화살의 위력은 실로 대단했다.

"크으!"

묵조영의 입에서 신음 소리가 튀어나왔다.

손으로 잡아챘음에도 화살촉이 어깨를 파고든 것이었다.

쿵쿵쿵.

묵조영이 화살의 힘을 해소하기 위해 뒷걸음칠 때마다 바닥이 푹푹 파였다.

무려 십여 걸음이나 뒤로 밀려난 뒤에야 묵조영은 신형을 바로 세울 수가 있었다.

묵조영은 자신의 어깨에 박힌 화살을 뽑아 땅에 집어 던지며 맹렬히 달려오는 탁불승을 노려봤다.

두 사람의 시선이 부딪치며 허공에 불꽃을 일으켰다.

시선을 거둔 묵조영이 몸을 홱 돌려 달아나기 시작했다.

"도망가지 마라!"

탁불승이 소리를 지르며 그를 쫓았다.

"나와 승부를 내자!"

하지만 묵조영은 뒤도 안 돌아보고 달아났다.

탁불승이 제아무리 무공이 강하고, 빠른 경공을 지녔다고 해도 고신척영을 극성으로 익힌 묵조영을 잡을 수는 없었다.

"묵.조.영!"

탁불승이 저주를 퍼부으며 외쳐 대는 이름만이 묵조영의 그림자를 겨우 따라갈 뿐이었다.

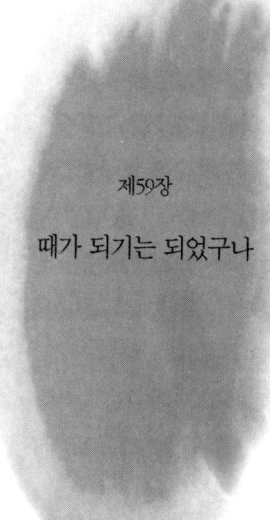

제59장

때가 되기는 되었구나

"**맹**주님."

"누구냐, 능파더냐?"

"예."

"들어오너라."

허락이 떨어지자 은영전의 전주 좌능파가 공손히 모습을 드러냈다.

"어쩐 일이냐?"

조용히 오수(午睡:낮잠)를 청하고 있던 공야치가 조금은 무료한 표정으로 물었다.

"창룡단에서 연락이 왔습니다."

혁씨세가를 지원하기 위해 떠났던 창룡단, 엄밀히 말하자면 창룡단을 따라 은밀히 이동한 은영전의 수하들이겠지만 어쨌든 그들로부터 연락이 왔다는 말에도 공야치의 표정은 별다른 변화가 없었다.

"황산에서 벌어진 싸움이 끝난 모양입니다."

"그런데?"

"묵가에서 나름대로 선전을 한 모양이지만 결국 무너지고 말았습니다."

"혁씨세가의 지원이 끊긴 데다가 최후의 보루라 할 수 있는 검각이 놈들에게 당했을 때 이미 예정된 결과라 할 수 있겠지."

어느새 나타났는지 일비가 그의 말을 받았다.

"검각의 각주… 참 아까운 인물이었건만."

묵가엔 무관심했지만 공야치도 추자청의 죽음엔 상당히 안타까운 듯 혀를 찼다.

"엽사군에게 당했다고 했던가?"

"예."

"유약해 보이는 겉모습과는 달리 꽤나 강한 놈이야. 뱃속에 살모사를 백 마리쯤은 키우고 있을 법한."

"역시 그때 처리를……."

탄식을 하던 일비는 공야치의 눈빛에 황급히 입을 다물고 말았다.

"쓸데없는 소리를 하는구나."

"죄, 죄송합니다."

"그래서? 묵가는 어찌 되었다더냐?"

가볍게 일비를 책망한 공야치가 좌능파에게 물었다.

"놈들에게 패하고 큰 피해를 입기는 했어도 상당수의 인원이 탈출하는 데 성공한 듯싶습니다."

"그럴 테지. 그쪽도 능구렁이를 수십 마리 키우고 있는 인물이 있으니까. 그래도 고생깨나 하겠어. 마교 놈들이 그냥 두고만 보지 않을 텐데 말이야."

공야치의 입가에 묘한 웃음이 맴돌았다.

"예. 그렇잖아도 추격이 꽤나 거센 모양입니다. 한데 이상한 소문이 도는 것 같습니다."

"이상한 소문이라니?"

"아직 확인된 것은 아닌 듯싶은데 아무래도 묵가에 묵조영 공자가……."

순간, 단순히 흥미를 보이던 공야치의 안색이 확 변했다.

"조영이! 자세히 말해보라!"

"싸움이 끝난 후, 본대가 도주하는 이들을 쫓는 사이 누군가가 묵가에 나타났다고 합니다. 그리고 그곳을 지키는 범장과 그의 수하들을 모조리 쓰러뜨리고 포로들을 데리고 둑가를 빠져나갔다고 하는데 창룡단 쪽에선 그 인물이 아무래도 묵조영 공자가 아닌가 생각하는 모양입니다."

"생각할 여지가 없다. 당연히 그 녀석이야!"

공야치가 단정짓듯 소리쳤다.

"아무리 버림을 받았다 하더라도 묵가는 녀석이 태어난 곳. 묵가의 위험을 알고 외면하지는 못했을 것이다. 게다가 당금에 누가 있어 홀로 범장과 같은 인물을 격살시키고 포로들을 빼내갈 수 있겠느냐? 녀석뿐이다."

공야치는 마치 묵조영의 활약을 눈앞에서 본 것처럼 들떠 소리쳤다. 하나, 한편으론 걱정이 되기 시작했다.

"당연히 추격이 시작됐겠지?"

"아직 확인하지 못했습니다."

"확인할 것도 없겠지. 분명히 추격이 시작됐을 것이야. 좌능파!"

"예."

"창룡단을 움직여라."

"묵가를 돕는 것입니까?"

좌능파가 눈치없이 물었다. 그러자 공야치의 입에서 벼락과 같은 호통이 터져 나왔다.

"묵가가 아니라 조영이를 돕는 것이다! 당장 녀석을 구해내라고 해!"

"아, 알겠습니다."

황급히 머리를 조아린 좌능파가 물러나려 하자 일비가 그를 불렀다.

"잠시만."

"예?"

"창룡단 단독으로 움직이면 모양새가 이상하니 혁씨세가도 움직이게 만들면 좋을 것일세. 그들에게 묵가를 구하라고 하게."

"알겠습니다."

간단히 대답을 한 좌능파가 서둘러 방문을 나서자 공야치가 다소 못마땅한 표정으로 말했다.

"쯧쯧, 쓸데없는 소리를."

"그만큼 고생했으면 되지 않겠습니까?"

일비가 웃으며 말했다.

"어림없는 소리. 그런 놈들은 고생을 더 해야 돼."

"그래도 묵 공자님의 본가입니다."

"흥! 본가는 무슨……."

코웃음을 쳤지만 굳이 다른 말을 하지 않은 것을 보면 그 역시 묵가를 구하는 데 크게 반대하지는 않는 것 같았다.

'그간 묵 공자님의 행방을 모르셔서 초조해하시더니 다행히 조금 기분이 나아지신 모양이군.'

일비는 의자 깊숙이 몸을 파묻고 눈을 감는 공야치를 보며 빙긋이 웃었다.

"그게 사실이냐?"

"예, 아버님. 방금 전 좌능파가 직접 전서구를 띄우는 것을 확인하고 오는 길입니다."

좌능파가 은영전의 전주가 된 후, 부전주의 지위에 오른 공야천로(公冶遷盧)가 말했다.

"창룡단을 움직인다? 역시 네 말이 맞았구나. 이제 모든 것이 확실해졌어."

공야중이 막내아우인 공야소(公冶笑)를 돌아보며 말했다.

육십의 나이가 가까워온 공야중, 바로 밑의 공야성(公冶晟)과는 달리 공야일기가 느즈막히 얻은 공야소는 그들에 비해 상대적으로 어려 보였다.

"예."

너무도 조용해 입을 열지 않으면 그 존재를 알지 못할 정도로 유약해 보이는 사내. 하나, 그 눈빛만큼은 두 형을 압도할 정도로 날카로웠다.

"대책을 세워야 할 것입니다."

"대책씩이나? 놈이 우리와 무슨 관계가 있다고?"

공야성이 가소롭다는 표정으로 물었다.

"그렇게 간단한 문제가 아닙니다, 작은형님."

"간단치 않다니?"

"비록 성씨는 달라도 놈은 세상천지 백부님의 유일한 혈육입니다. 백부님의 성정으로 보아 장차 어떤 일이 일어날지 아무도 장담하지 못합니다."

"막내 말이 일리가 있습니다, 아버님."

공야소가 말하고자 하는 바를 이해했는지 공야중이 상당히 심각한 표정으로 말했다.

"백부님의 연세가 벌써 팔십을 훌쩍 넘으셨습니다. 한데 아직도 후계자의 자리는 비어 있습니다. 사람들은 당연히 우리 쪽을 주시하고 있지만 아버님도 아시지 않습니까? 백부께서 우리를 얼마나 경계하고 계시는지."

"경계 정도가 아니라 노골적으로 무시하는 수준입니다."

공야소가 조용히 대꾸했다.

"이런 분위기에서 놈이 이곳으로 온다면 심각한 문제가 발생할 수도 있습니다."

"……."

공야일기는 침묵을 지켰다.

무표정한 얼굴에서 그가 어떤 생각을 하고 있는지 아무도 알 수 없었다.

"어쩌면……."

공야소가 조심히 입을 뗐다.

"놈을 공야세가의 후계자로……."

"말도 안 되는 소리! 묵씨 성을 가진 놈이 어떻게 공야세가의 후계자가 될 수 있단 말이냐!"

공야성이 버럭 소리를 질렀다.

"꼭 그렇게만 말씀하실 것은 아닙니다. 제가 알기로 놈은 이미 묵가에서 버림을 받은 상태입니다. 묵가와 상관이 없다고 해도 과언이 아니란 말입니다. 만약 백부께서 놈에게 공야라는 성을 주신다면… 막을 방법이 없습니다."

"그런 억지를 누가 인정하겠느냐?"

"인정 못할 사람은 또 누구입니까? 형님이 하시겠습니까? 누가 뭐라 해도 세가 내에서 그분의 권위는 절대적입니다. 백부님의 독단을 막을 수 있는 유일한 힘이라 해도 과언이 아닌 세가의 원로들 역시 백부님의 말이라면 절대적인 지지를 보냅니다. 물론 다소간의 불협화음은 있겠지만 결국 백부님의 뜻을 따르게 될 것입니다."

"이……!"

공야성은 공야소의 말에 뭐라 반박을 하고 싶었지만 딱히 틀린 말이 없기에 입을 열지 못했다.

"그럴… 수는 없지."

가만히 듣고만 있던 공야일기가 처음으로 입을 열었다.

"누가 뭐라 해도 공야세가의 다음 후계자는 추아가 될 것이다. 아니, 반드시 그리 만들어야 한다."

공야일기가 거론한 사람은 현재 맹룡단의 단주를 맡고 있는 공야추(公冶秋)로 공야중의 아들이자 공야일기의 손자가 되는, 엄밀히 말해 현 공야세가의 적장자라 할 수 있는 인물이었다.

순간, 공야소의 안색이 살짝 변했지만 그는 내색하지는 않왔다.

"천로야."

"예, 할아버님."

"파악은 했느냐?"

"정확히는… 그래도 대략 윤곽은 잡아냈습니다."

공야천로가 약간 머뭇거리며 대답했다.

"누구냐?"

"현재 공식적으로나마 드러난 십비는 일비인 능자하(陵紫厦)뿐입니다. 그리고 그간의 조사 끝에 알아낸 십비로 의심되는 인물은 다음과 같습니다."

공야천로의 말을 기다리며 다들 침을 꿀꺽 삼켰다.

"이번에 은영전의 전주가 된 좌능파를 비롯하여 화화루(花花樓)의 루주인 은설란(恩雪蘭), 의천맹의 감찰단주 태대총(太大憁), 노맹(盧盟)……."

"노맹은 누구냐?"

낯선 이름에 공야성이 물었다. 그러자 공야천로가 쓴웃음을 지으며 대답했다.

"맹주전을 청소하는 늙은이를 기억하십니까, 숙부님?"

"설마… 노 노인?"

공야성이 깜짝 놀라 되물었다.

"예. 바로 그 늙은이가 십비 중 한 명입니다. 더구나 놀라운 것은 그가 삼십 년 전에 한 자루 검으로 천하를 질타한 초혼객(招魂客)이라는 겁니다."

"초, 초혼객!"

공야성이 거듭 놀라며 부르짖었다.

비록 그 활동 시간은 짧았지만 그 옛날 장강에서 마교의 고
수 오십 명을 도륙한 초혼객의 무위는 지금까지 전설로 남아
인구에 회자될 정도였다.

"세상에 그자가 초혼객이라니!"

공야소마저 고개를 절레절레 흔들었다.

하지만 이미 그가 십비의 일원이라 예상했던 공야일기는
별다른 반응을 보이지 않았다.

"그다음은?"

"등왕상단의 우두머리 황전도 십비의 일원으로 파악되었
습니다."

"허!"

"기가 막히는군!"

하나둘씩 드러나는 십비의 비밀에 다들 할 말을 잃었다.

아닌 게 아니라 지금까지 공야천로의 입에서 거론된 인물
의 면면을 따져 보면 그들의 반응을 충분히 이해하고도 남음
이 있었다.

능자하와 초혼객은 둘째 치고라도 화화루는 전 대륙에 걸
쳐 있는 기루의 총본산이라 할 수 있는 곳.

그곳의 루주인 은설란은 말하자면 모든 기녀들의 대모(大

母)라 할 수 있는 인물이었다.

또한 의천맹의 감찰단주 지위 역시 만만한 것이 아니었고 등왕상단의 자금력은 세상이 다 아는 사실이었다.

결국 그들을 수하에 둔 공야치는 엄청난 정보력과 금력, 그리고 권력까지 한 손에 틀어쥐고 있다는 말이었다.

"끝으로 마교에도 한 명이 잠입해 있는 것 같은데 누군지는 파악을 하지 못했습니다."

"나머지 세 명은?"

"거기까지는 아직… 죄송합니다."

공야천로가 고개를 숙였다.

"아니다. 그것만으로도 충분하다. 그간 애썼구나."

"아닙니다. 어차피 할아버님과 아버님께서 이미 파악을 했던 인물들이 아닙니까? 전 그저 확인을 했을 뿐입니다."

"그래도 태대총과 황전은 우리도 생각지 못했던 인물이다."

공야일기가 담담한 미소를 지으며 공야천로를 칭찬했다.

"십비의 정체도 어느 정도 파악이 되었고… 이제 어찌하실 생각입니까, 아버님?"

공야증이 물었다.

"글쎄다……."

공야일기는 말을 아꼈다. 하지만 그는 이미 결심을 굳히고 있었다.

"때가 되기는 되었구나."

조용히 읊조리는 공야일기의 눈빛은 실로 소름이 끼치도록 냉정하고 차가웠다.

*   *   *

쉬이익!

쐐애액!

대기를 찢어발기는 듯한 파공성과 함께 수십 발의 화살이 날아들었다.

"으악!"

"크아악!"

"적이다!"

난데없이 들려오는 비명에 당황을 했지만 묵연작은 재빠르게 대처를 했다.

"두려워하지 마라. 적의 위치를 파악하고 다음 공격에 대비하라!"

묵연작은 쩌렁쩌렁 울리는 음성으로 소리쳤다.

하지만 상황은 그다지 좋지 않았다.

무수히 날아든 화살에 삽시간에 십여 명이 넘는 인원이 차가운 시신이 되어 나뒹굴고 있었다.

"비겁하게 숨어서 공격하지 말고 모습을 드러내라."

묵연작이 사방을 둘러보며 소리를 쳤다.

대답 대신 그에게 날아온 것은 십여 발의 화살이었다.

"치워랏!"

묵연작이 날아오는 화살을 단숨에 쳐냈다. 그러나 연이은 화살 공격에 또다시 몇 명이 쓰러지고 말았다.

그들의 시신을 보며 묵연작의 얼굴이 벌겋게 달아올랐다.

"당장 나와라! 더 이상 암습 따위의 더러운 수작은 그만두고 당당하게 싸우자!"

그러자 들려오는 목소리.

"허허허, 지나가던 개가 웃겠구나. 똥줄이 빠져라 도망간 놈들이 어디서 헛소리를 지껄이느냐? 뭐, 원한다면 그리해 주지."

한껏 조롱 섞인 말을 내뱉으며 나타난 사람은 다름 아닌 건위령이었다.

그의 옆에 하록과 낙원기, 유원추, 옥산루, 가등천 등 네 명의 호법이 모습을 보였다.

그와 더불어 사방에서 인영이 나타났다.

적멸대와 일성대, 그리고 섬풍대의 대원들이었다.

"당신은 누군가?"

묵연작이 물었다.

건위령이 피식 웃으며 말했다.

"어차피 죽을 목숨, 굳이 이름을 알 필요가 있을까? 자, 이제 그만 지루한 싸움을 끝내는 것이 좋겠군."

그러자 곁에 있던 묵성이 소리를 질렀다.

"늙은이! 그렇게 거들먹거리지 마라. 누가 죽을지는 두고 보면 알 것이다!"

"훗, 버릇없는 놈이로고. 그런 자신감이 어디서 나오는지 모르겠지만 혀가 뽑히고도 그런 말을 할 수 있는지 두고 보겠다."

말을 마침과 동시에 건위령이 손짓을 했다.

그것을 신호로 적멸, 일성, 섬풍대의 무인들이 일제히 공격을 시작했다.

묵가에서도 수십 명의 무인들이 나와 그들과 맞섰다.

삽시간에 뒤엉킨 양측의 무인들로 인해 주변은 피아를 알 수 없는 난장판으로 변해 버리고 말았다.

하지만 애초에 싸움이 될 수가 없었다.

광명단의 고수들은 이미 달콤한 승리를 맛본 데다가 사기가 오를 대로 올라 있었고, 그에 반해 묵가의 무인들은 패배감에 사로잡힌 상태였다.

더구나 쫓는 자보다는 쫓기는 자가 더욱 힘들고 괴로운 법.

묵가의 무인들은 피곤에 절어 있는 상태였다. 다만 죽지 않기 위해 마지막 발악을 하는 것이었다.

"생각보다는 쉽군."

매섭게 손을 쓰고 있는 네 호법과는 달리 비교적 한적한 곳으로 물러나 아예 손을 멈추고 편안한 자세로 싸움을 지켜보는 건위령의 입가에선 미소가 지워지지 않았다.

"크악!"

"으아악!"

유원추의 주먹이 움직일 때마다 묵가의 무인들은 추풍낙엽처럼 쓸려 나가고, 낙원기의 검이 한 번씩 스쳐 지나가면 목 없는 몸뚱어리들만이 남아 방향을 잃고 갈팡질팡했다. 이에 질세라 동서남북 가릴 것 없이 거침없이 움직이며 살수를 뿌리는 가등천과 옥산루의 활약 또한 묵가에겐 악몽과도 같았다.

'아!'

뒤쪽에서 장내의 상황을 살피던 묵연작의 얼굴이 참담하게 일그러졌다. 힘겹다고는 여겼지만 이렇듯 상대가 되지 않을 줄은 미처 생각도 못했다. 무엇보다 적에게 추격을 당하며 그들을 막느라 무려 팔 할에 이르는 피해를 잃은 사대세가의 전력이 너무도 아쉬웠다.

'결국 내 대에서 묵가가 끝장이 나는 것인가?'

묵연작의 고개가 힘없이 떨궈졌다.

바로 그때, 건위령이 그에게 다가왔다.

"이럴 게 아니라 우리도 한번 놀아볼까?"

아래로 향했던 묵연작의 고개가 하늘로 치솟았다.

어차피 목숨을 부지하기란 사실상 불가능한 상태.

최후까지 당당한 모습을 보여주고 싶었다.

묵연작의 검이 허공을 가르며 건위령에게 향했다.

한데 자신의 옆구리를 노리며 짓쳐드는 묵연작의 검을 보는 건위령은 너무나 태연했다.

그저 슬쩍 발을 빼며 몸을 움직이는 것으로 묵연작의 공격을 피해낸 건위령이 조용히 한마디 말을 던졌다.

"최선을 다해라. 이따위 공격으로는 나를 어찌하지 못한다."

적에게 들을 수 있는 가장 수치스런 말을 듣게 된 묵연작이 입술을 깨물었다. 하지만 묵화성을 후계자로 키우기 위해 자신의 내력을 희생해 가며 온갖 노력을 했던 그는 이미 예전의 묵연작이 아니었다.

"오지 않는다면 내가 가지."

차갑게 외친 건위령이 손을 뻗었다.

제법 거리가 있음에도 묵연작은 전신을 타고 흐르는 압박감에 진저리를 쳤다.

그러나 건위령의 공세는 계속될 수 없었다.

북쪽에서 거대한 함성 소리가 들려왔기 때문이었다.

건위령의 고개가 휙 돌아갔다.

당혹감에 사로잡힌 그의 눈에 족히 백여 명은 될 듯한 무리가 달려오는 것이 보였다.

"혁씨세가입니다."

건위령의 곁으로 달려온 하록이 낭패스런 얼굴로 말했다.

"혁씨세가? 놈들이 왜?"

하록은 대답하지 못했다. 그 역시 혁씨세가의 등장은 전혀 상상 밖의 일이었기 때문이었다.

"일단 후퇴해야 할 것 같습니다."

"후퇴라니!"

건위령이 당치도 않다는 듯 소리를 질렀다.

"적의 숫자가 너무 많습니다. 저희들만으로는 무립니다. 당장 피해야 합니다."

"하면 묵가 놈들은? 이놈들을 끝장내지 않고 어디를 간단 말이냐?"

"지금까지의 승리만으로 충분합니다. 묵가는 끝장난 것이나 다름없습니다. 어르신, 어서!"

하록이 다급한 음성으로 건위령을 재촉했다.

그사이 혁씨세가의 무인들이 코앞까지 접근했다.

두 주먹을 부르르 떨던 건위령은 탁한 숨을 내뱉고는 어쩔 수 없다는 표정으로 고개를 끄덕였다.

"후퇴하랏!"

하록이 기다렸다는 듯 소리를 질렀다.

말이 끝나기가 무섭게 묵가의 무인들을 일방적으로 몰아붙이던 광명단의 무인들이 일제히 퇴각하기 시작했다.

혁씨세가가 장내에 도착했을 땐 싸움은 이미 끝나고 처참

때가 되기는 되었구나 295

한 광경만이 그들을 반겼다.

"괜찮으십니까?"

지원군을 이끌고 달려온 혁운로가 멍한 눈으로 하늘을 바라보는 묵연작에게 물었다.

"괜찮네."

말은 그리했지만 괜찮을 리가 없었다.

언뜻 둘러봐도 생존자의 숫자는 겨우 칠십 명 남짓. 세가를 빠져나온 인원이 무려 삼백에 육박했다는 것을 감안하면 너무도 어처구니없는 숫자였다. 그나마도 싸울 줄 아는 사람은 삼십도 채 되지 않았다.

"어쨌든 고맙군. 자네들 덕분에 살았네."

묵연작이 힘없는 음성으로 사의를 표했다.

"아닙니다. 저희들이 너무 늦게 와서……."

묵가가 이처럼 처참하게 당하게 된 이유 중의 하나가 바로 혁씨세가의 외면 때문이라는 것을 알기에 혁운로도 다소 민망한 표정이었다.

"일단 저희 세가로 가시지요. 가주께서 어르신을 모셔오라 했습니다."

묵연작은 묵묵히 고개를 끄덕였다.

자존심이 상하는 일이기는 했으나 마교의 눈을 피해 지금 당장 그들이 머물 만한 곳이 아무 데도 없었기 때문이었다.

　　　　　*　　　　*　　　　*

"찾았느냐?"

"예."

평설의 대답에 탁불승이 불끈 주먹을 쥐었다.

"드디어 잡았군. 그래, 놈들은 어디에 있느냐?"

"오 리 밖 관제묘에서 휴식을 취하고 있다고 합니다."

"죽어라 내빼도 모자란 놈들이 휴식을 취해? 간덩이가 부었군. 죽기를 원한다면 그리해 줘야지. 평설!"

"예, 단주님."

"흑월단이 인근에 집결해 있다고 했더냐?"

"예. 전부는 아니더라도 그 수가 꽤 되는 것 같습니다."

"검각의 떨거지들까지 모여들어 전력이 만만치 않게 되었다. 당장 연락을 취해 우리 쪽에 합류하라 해라."

"알겠습니다."

"해가 뜨기 전에 놈들을 쓸어버려야 할 것이다."

"존명!"

평설이 허리를 꺾으며 명을 받았다.

"이제 곧 다시 보게 될 것이다. 묵.조.영!"

괜스레 파천혈궁의 시위를 튕겨보는 탁불승의 입가에 진한 살소가 맴돌았다.

"큭!"

비명이라 하기도 민망한 신음 소리와 함께 복면을 쓴 한 사내가 쓰러졌다.

가슴에 열십자의 큰 상처가 나 있는 것을 보면 그것이 직접적인 사인인 듯했다.

"또 놈들입니까?"

잠시 휴식을 취하다 적의 기습이 있었다는 것을 알고 부리나케 달려온 묵조영이 물었다.

적의 기습을 막아내고 나아가 그의 목숨까지 끊어버린 중년의 사내가 고개를 끄덕였다.

"지독한 놈들일세. 죽는 순간까지 비명 한마디가 없었네. 게다가 도무지 포기를 모르고 달려드니… 한번 보겠나?"

중년인이 사내의 복면을 벗겼다.

복면 속에서 드러난 얼굴은 이제 겨우 스무 살 남짓 정도밖에 되지 않는 어린 청년의 것이었다.

"세상에… 이렇게 어렸습니까?"

묵조영은 할 말을 잃었다.

어린 청년의 얼굴에서 그가 근래 들어 최고의 악명을 떨치고 있는 흑월단의 살수라는 것이 도저히 연상되지 않았다.

"저리 어린 나이에도 불과하고 집요함과 잔인함이 보통이 넘네. 놈들에게 목숨을 잃은 우리의 제자들이 열댓 명도 훨씬 넘는다고 하더군."

중년인이 청년의 얼굴에 복면을 슬쩍 올려놓으며 말했다.

묵조영과 대화를 나누는 중년인.

그의 이름은 추월석(秋月石)으로, 엽사군에게 목숨을 잃은 추자청의 아우였다.

추자청을 대신해 검각을 지키고 있던 추월석은 난데없이 들이닥친 비보에 삼검로(三劍老)와 몇몇 제자들만을 대동한 채 다급히 무림에 나왔다. 그리곤 흑월단과 섬풍대의 기습 공격에 지리멸렬, 사방으로 흩어진 검각의 제자들을 찾아 헤매어 결국 간신히 목숨을 부지한 검각의 제자들을 찾을 수 있었다. 하나, 안타깝게도 그 수는 이십이 되지 않았다. 복수를 꿈꾸기엔 택도 없는 숫자였다.

어쩔 수 없이 훗날을 기약하고 철수하려던 추월석은 때마침 추격대를 피해 도주하던 묵조영의 일행과 만나게 되었고 자연스레 같이 행동하게 된 것이었다.

비록 그 숫자는 얼마 되지 않았지만 개개인이 고수가 아닌 사람이 없는 터. 묵조영으로선 가히 천군만마를 얻은 것이나 다름없었다.

일행과 합류한 그들은 조금 전처럼 추격대보다 먼저 접근해 온 흑월단의 살수를 수차례나 완벽하게 방어해 내며 자신들의 능력을 입증했다.

"출몰하는 빈도수가 점점 빨라지는군요."

"인근에서 암약하는 놈들의 수가 꽤 되는 것으로 알고 있네. 연락을 받고 몰려든 것이겠지. 아울러 자네가 추격대의 발목을 잡았던 것처럼 우리의 발목을 잡으려는 것일 수도 있고."

"발목은 이미 잡힌 것이나 다름없습니다. 놈들이 아니라 우리 스스로가."

묵조영이 쓴웃음을 지으며 대꾸했다.

묵가를 벗어나 도주를 시작한 지 벌써 사흘째 밤으로 접어들었다.

처음 묵조영의 활약 덕에 일행은 최소 반나절, 어쩌면 그 이상의 시간을 벌 수 있었으나 워낙 부상자가 많은지라 좀처럼 속도가 나지 않았다.

그럼에도 불구하고 지금껏 따라잡히지 않은 것은 묵조영이 추격대를 막고 있는 동안 감 노인이 인근 마을에서 급한 대로 말과 마차를 구한 덕분이었다.

문제는 추격대와의 간격이 빠르게 준다는 것.

아직 적의 모습이 보이지는 않았지만 묵조영은 본능적으로 위기를 느끼고 있었다.

"걱정입니다. 아무래도 놈들에게……."

말을 하던 묵조영이 흠칫 놀라며 고개를 돌렸다. 갑작스런 그의 행동에 추월석이 의문을 가졌다.

"왜 그러는가?"

"뭔가 이상한 기운 못 느끼셨습니까?"

묵조영의 물음에 추월석이 고개를 갸웃거렸다.

"이상한 기운? 글쎄… 별로 이상한 것은 모르겠는데. 자네가 너무 예민해진 것 아닌가?"

"예… 아무래도… 그런 것 같습니다."

대답은 그리했어도 꺼림칙한 느낌은 좀처럼 가시지 않았다.

'지금뿐만이 아니다. 언제부터인가 계속 이런 느낌이었어. 누군가 나를 주시한다는 느낌이야.'

묵조영은 대수롭지 않은 표정으로, 그러면서도 더없이 날카로운 시선으로 짧은 휴식을 취하고 있는 일행의 면면을 살폈다. 하나, 조금 전 그를 자극했던 수상한 기운을 다시 느낄 수는 없었다.

오히려 더욱 위험하면서도 강력한 기운이 사방에서 전해져 왔다.

"음."

추월석과 대화를 나누다 고개를 돌린 묵조영의 표정이 뜨악하게 굳어버렸다.

"왜 그러는가?"

추월석이 물었다.

"오는… 군요."

"오다니? 설마!"

추월석이 깜짝 놀라 묵조영이 바라보고 있는 곳으로 고개를 돌렸다.

아무것도 보이지 않았다. 별다른 기척 또한 느껴지지 않았다.

"난 잘 모르겠는데… 적이 확실한가?"

"예. 틀림없습니다."

대답과 함께 묵조영이 벌떡 일어나며 소리쳤다.

"모두들 이동 준비를 하십시오. 당장 출발해야 합니다."

"무, 무슨 일입니까, 공자님?"

감 노인이 놀라 달려왔다.

"추격대가 도착했습니다."

추격대라는 말에 감 노인의 얼굴이 하얗게 질렸다.

"준비가 되었으면 바로 출발하시오. 후미는 우리들이 맡겠소이다."

추월석이 믿음직한 표정으로 검을 꺼내며 말했다.

하지만 상황은 생각보다 좋지 않았다.

퇴로라고 할 수 있는 곳에서도 일단의 무인들이 모습을 드러냈기 때문이었다.

그 수는 얼마 되지 않았지만 검은 무복에 하나같이 복면을 쓴 모습이 스산하기 그지없었다.

"흑월단!"

그들의 정체를 한눈에 알아본 추월석의 눈에서 살기가 뿜어져 나오기 시작했다.

"크하하하하! 다시 만나게 되었구나."

수하들을 이끌고 마침내 묵조영의 앞에 서게 된 탁불승이 누런 이를 드러내며 미친 듯이 웃어 젖혔다.

그 웃음에서 살을 에는 듯한 한기가 느껴졌다.

"각오는 되었겠지?"

웃음을 딱 그친 탁불승이 파천혈궁을 들어 올리며 물었다.

묵조영은 아무런 대답도 하지 않았다.

그저 자신만을 바라보며 공포에 질려 있는 이들의 모습에 조용히 전의를 다질 뿐이었다.

*　　　　*　　　　*

"서둘러라. 늦으면 안 돼!"

선두에 서서 수하들을 다그치는 창룡단의 단주 공야일성의 안색은 무척이나 초조했다.

"도대체 뭣 때문에 이리 서두르는 겁니까?"

창룡단의 부단주이자 공야일성의 아우인 공야열(公冶烈)이 다소 볼멘 목소리로 물었다.

"얘기했잖아, 금룡신객을 구하러 간다고."

"그러니까 그 금룡신객인지 뭔가 하는 사람을 왜 우리가 구하냐고요?"

"낸들 아냐? 위에서 시키니까 하는 거지. 잔말 말고 빨리 움직이기나 해. 행여라도 늦으면 큰일나니까."

"나~ 원."

"이……!'

"알았다고요."

공야일성이 두 눈을 부라리자 공야열이 얼른 꼬리를 내렸다. 그러면서도 투덜거림을 멈추진 않았다.

"아무리 그래도 벌써 이틀쨉니다. 잠도 제대로 못 자고 먹지도 못하고. 이래서야 어디 싸움이나 제대로 하겠습니까?"

공야일성은 뭐라 대꾸를 하지는 않았다.

그 역시 지난 이틀 동안 꽤나 무리를 했다는 것을 알고 있었기 때문이었다. 하지만 그에겐 그럴 수밖에 없는 이유가 있었다.

'도대체 무엇 때문에 가주님께서 그를…….'

공야일성이 슬그머니 가슴을 만졌다.

그곳엔 공야치가 보내온 서찰이 품어져 있었다.

무슨 일이 있어도 묵조영을 구하라는 절대적 명령이 적힌.

제60장

당신은 누구요?

"이게 확실한 정보더냐?"

평소 웬만해선 표정 하나 바뀌지 않는 철포혼이 놀라 물었
다. 서찰을 든 손이 자신도 모르게 떨렸다.

"예."

환몽이 조용히 대답했다.

"무슨 내용이기에 그리 놀라는가?"

냉철하기 그지없는 철포혼이 도대체 무엇 때문에 저리 놀
라는 것인지 알 수 없었던 곽홍이 잔뜩 궁금한 표정으로 물었
다.

"이걸 보시지요."

철포혼이 곽홍에게 서찰을 건넸다.

서찰을 받은 곽홍이 단숨에 읽어내렸다.

읽은 후의 반응은 철포혼과 다르지 않았다. 아니, 그보다 더욱 격렬했다.

"이, 이것이 사실이더냐? 정녕 이것이!"

"지금 모든 인력을 동원해 보다 정확한 사실 관계를 확인하고 있습니다만 거의 확실시되고 있습니다."

환몽의 대답은 까무라치듯 놀라고 있는 곽홍과 너무나 비견될 정도로 차분했다.

"화화루주에… 등왕상단이 공야치의 세력이었다니 실로 놀랍구나."

"예. 다른 놈들은 몰라도 둘의 존재는 정말 생각도 못했습니다. 은설란과 황전이 공야치의 수족이라니… 이거야 원."

철포혼은 어이가 없는 것인지 아니면 공야치의 상상도 못할 힘에 놀란 것인지 너털웃음을 흘리고 말았다.

"우리 내부에도 한 놈이 숨어 있다는 것이 마음에 걸리는군."

"첩자 놈들이야 셀 수 없이 많겠지요. 문제는 십비 정도의 인물이라면……."

철포혼이 입꼬리를 살짝 말아 올리며 말을 이었다.

"어쩌면 꽤나 중요한 위치에 있는 인물일지도 모르겠습니다."

곽홍이 말을 받았다.

"아니면 정말 의외의 인물일지도 모르지."

"아무튼 그자를 찾아내는 것은 차후의 일이고 일단 은설란과 황전부터 처리해야겠습니다."

"가능하겠는가?"

"불가능할 것도 없습니다."

철포혼이 간단히 대꾸했다. 그러자 곽홍이 다소 염려스런 얼굴로 말했다.

"너무 쉽게 생각할 문제는 아닐세. 화화루주나 등왕상단의 황전이라면 관부와도 상당히 깊은 연줄을 가지고 있을 터. 자칫하다간 오히려 화를 입을 수 있음이야. 어쩌면 그것을 노리고 놈들이 거짓 정보를 흘린 것일 수도 있고."

"구더기 무서워서 장을 못 담그지는 않습니다. 사실을 확인 중이라니까 너무 염려하지 마십시오. 환몽."

"예."

"오령주를 불러라."

"알겠습니다."

환몽이 사라지자 곽홍이 다소 놀란 표정으로 입을 열었다.

"오령을 동원할 셈인가?"

"예."

"그래도……."

곽홍은 철포혼이 너무 성급히 움직이는 것은 아닌가 거듭 걱정을 하였다.

그러나 철포혼은 그의 말을 가볍게 일축했다.

"몰랐다면 모를까 알게 된 이상 가만히 있을 수는 없지요. 이참에 그의 수족을 확실히 잘라낼 필요가 있습니다. 후~ 계속해서 끔찍한 보고만 올라오더니만 오랜만에 답답했던 가슴이 뻥 뚫리는 느낌입니다."

"끔찍한 보고라면… 불승에게서 또 다른 소식이라도 전해졌는가?"

묵가를 무너뜨렸다는 소식에 이어 곧바로 전해진 범장의 죽음 때문에 무척이나 큰 충격을 받았던 곽홍이 표정을 굳히며 물었다.

철포혼이 고개를 흔들었다.

"별다른 내용은 없었습니다. 이제 곧 묵조영을 잡을 수 있을 것 같다는 소식뿐입니다. 아, 우상께서 연락을 보내오셨습니다."

"뭐라든가? 도주한 놈들을 끝장냈다던가?"

곽홍이 재빨리 물었다.

"실패한 모양입니다."

"실패?"

"예. 중요한 순간에 그동안 움직이지 않던 혁씨세가 놈들이 갑자기 나타나는 바람에 물러설 수밖에 없었다고 하시더군요. 뭐, 그래도 아쉬울 것은 없습니다. 묵가를 무너뜨리고 그들 전력의 대부분을 날려 버린 것은 변하지 않는 사실이니까요. 덤으로 추자청의 목숨까지 얻지 않았습니까? 이 정도면 충분합니다."

평소의 그라면 묵가를 완전히 끝내지 못했다는 소식에 역정을 낼 만도 하건만 철포혼은 오히려 턱을 쓰다듬으며 미소를 지었다. 그만큼 환몽이 전한 소식, 십비의 정체가 그를 기쁘게 만든 것이었다.

*　　　*　　　*

쐐애애액!

대기를 가르는 굉음과 함께 두 발의 화살이 묵조영에게 날아들었다.

묵조영은 좌우로 번개같이 몸을 흔들며 화살을 피해내고 역습을 하기 위해 달려들었다.

하나, 난데없이 들려오는 비명 소리가 그의 발목을 잡았다.

그가 피한 화살이 하필이면 두려움에 덜덜 떨면서 싸움을 지켜보는 이들에게 날아간 것이었다.

묵조영은 그 즉시 천마조를 뻗었고, 빛살과도 같이 날아간 낚싯줄이 간발의 차이로 화살을 낚아챘다.

그러는 사이 탁불승이 날린 화살이 그의 코앞까지 짓쳐들었다.

어느새 자신에게 육박한 화살을 보며 대경실색한 묵조영이 다급히 발을 움직이며 몸을 피하려 했다.

싸움이 시작된 이후, 수십 합을 겨뤘지만 제대로 된 기회를 잡지 못했던 탁불승이 이런 좋은 기회를 놓칠 리 없었다.

"헛!"

묵조영의 입에서 다급한 외침이 터져 나왔다.

겨우 몸을 피했다고 생각하는 순간에 또 다른 화살이 날아든 것이다.

무려 아홉 발의 화살.

기회를 잡은 이상 단숨에 몰아쳐 끝장을 내야 된다는 생각에 탁불승이 필사적으로 날린 화살이었다.

"위, 위험하다!"

부상자들을 빙 둘러싸고, 적으로부터 그들을 보호하며 초조히 싸움을 지켜보던 추월석이 절체절명의 위기에 빠진 묵조영을 보며 두 눈을 부릅떴다.

'피할 곳이 없다.'

묵조영은 온 방향을 차단하며 날아오는 화살을 보니 가슴이 콱 막히는 것 같았다. 아무리 살펴봐도 쉽게 빠져나갈 상황이 아니었다.

이를 악문 묵조영이 지금껏 그를 지켜줬던 보법, 만뢰구적을 최고조를 끌어올리며 몸을 움직였다. 동시에 천마조를 흔들었다.

땅!

가장 앞서 날아오던 화살이 천마조에 의해 방향을 틀었다.

화살에 어찌나 강력한 힘이 깃들어 있는지 천마조를 움켜쥔 손이 찌릿찌릿했다.

묵조영은 손에 전해져 오는 고통을 의식하기도 전에 또다시 천마조를 움직여 다섯 발의 화살을 더 떨구었다.

하지만 그것이 끝이 아니었다.

세 발의 화살이 여전히 그를 향해 날아오고 있었다.

마치 배를 땅에 붙이고 기어오는 뱀처럼 땅에 낮게 깔려 그의 양다리와 아랫배를 노리는 화살의 움직임은 도저히 예측하기가 힘들 정도로 현란했고 또 날카로웠다.

천마조를 아래로 내려 막을 시간적 여유도 없었다.

묵조영은 하는 수 없이 몸을 붕 띄웠다.

그에 발맞춰 화살도 방향을 틀어 치솟았다.

공중에 떠 있는 이상 움직임은 자연히 느려질 수밖에 없었다. 게다가 그것을 기다렸다는 듯 회심의 미소를 지은 탁불승이 수발의 화살을 더 날렸다.

묵조영은 일단 급한 대로 화살을 걷어찼다.

화살에 실린 힘 때문에 정강이의 살이 대번 찢겨 나갔지만 눈앞에 닥친 위기에 비하면 상처라고 할 수도 없었다.

쐐애애액!

연속해서 날린 탁불승의 화살이 그의 몸을 노리고 있었다.

이미 하강을 시작한 그의 몸은 자연스러울 수가 없었다.

생각할 겨를도 없었다.

묵조영은 땅을 향해 천마조를 뻗었다.

그의 힘이 실린 천마조가 일자로 펴지며 땅에 박히고 천마
조를 잡고 땅과 수평으로 몸을 누윈 묵조영이 몸을 회전시켰
다.

화살이 날아들었으나 천마조를 중심으로 맹렬한 회전을
하는 묵조영은 단 한 발의 화살도 놓치지 않고 걷어차 버렸
다.

"허!"

묵조영의 임기응변에 어이가 없었던 탁불승이 자신도 모
르게 탄성을 내뱉고, 그사이 화살을 막아낸 묵조영이 천마조
에 실었던 힘을 뺐다.

순간, 천년거목처럼 우뚝 솟았던 천마조가 부러질 듯 휘어
지고 그 탄력을 이용해 하늘로 치솟은 묵조영이 탁불승을 향
해 뭔가를 집어 던졌다.

추혼귀창이었다.

"죽일 놈!"

자신을 향해 날아오는 것이 범장을 죽이고 빼앗은 추혼귀
창임을 알아본 탁불승이 노해 부르짖고, 그가 추혼귀창을 낚
아채는 사이 허공을 유영해 날아온 묵조영이 손을 휘둘렀다.
그러자 아무것도 없었던 허공에 갑자기 모습을 드러낸 천마

조가 탁불승의 머리 위로 떨어져 내렸다.

묵조영과 범장의 거리는 오 장, 그러나 낚싯줄을 이용해 천마조를 조종하는 묵조영에겐 문제가 될 거리가 아니었다.

몸을 틀 여유가 없었던 탁불승이 파천혈궁을 위로 치켜 올렸다.

쾅!

엄청난 충돌음과 함께 탁불승이 뒤로 나뒹굴었다.

"크으."

비틀비틀 몸을 일으키는 탁불승의 옷은 흙먼지로 뒤덮이고 여유가 넘치던 얼굴이 딱딱하게 굳어졌다.

묵조영의 힘에 원심력까지 더해진 천마조의 힘은 천하의 탁불승이라도 쉽게 견디기 힘든 엄청난 위력이 담겨 있었다. 다행히 파천혈궁이 그 파괴력을 감당해 내기는 하였으나 파천혈궁을 통해 뼛속까지 전해진 고통에 탁불승의 입가는 피로 물든 상태였다.

"큭큭."

간신히 몸을 수습한 탁불승이 자신의 형편없는 몰골을 보며 괴소를 흘려댔다.

"후아. 후아."

순간적인 재치로 죽음의 위기에서 벗어난 묵조영이 천마조를 회수하며 가쁜 숨을 몰아쉬고 있었다. 한데 그의 눈빛이 어딘지 모르게 이상했다.

'아까 분명히……'

묵조영의 시선이 슬그머니 뒤로 향했다.

워낙 짧은 시간이고, 자연스럽게 이어진 행동이라 다른 사람들이 생각하기엔 그저 걱정이 돼서 돌아본 것이라 여길지 몰랐으나 오직 한 사람만은 그렇지 않았다.

탁불승의 기세가 일변한 것이 바로 그때였다.

'제길, 기회를 잡았을 때 끝을 냈어야 했는데……'

갑작스레 변한 탁불승의 모습을 보며 묵조영의 안색이 어두워졌다. 자존심에 상처를 입은 자가 얼마나 무서운지 알고 있기 때문이었다.

휘류류류류류류륭!!

탁불승의 전신에서 거대한 바람이 일기 시작하더니 곧 폭풍과도 같은 무시무시한 회오리가 사방으로 몰아치기 시작했다. 동시에 파천혈궁에서 스멀스멀 묵기가 피어오르기 시작했다.

파천혈궁에서 피어오른 묵기는 탁불승의 몸을 휘감기 시작하더니 머리끝에 이르러 거대한 형상 하나를 만들어냈다.

"괴, 괴물이다!"

"악귀!!"

사람들이 놀라 부르짖었다.

"염… 왕현신이로군!"

감태원도 침을 꿀꺽 삼키며 뒤로 물러났다.

파천혈궁으로 시전할 수 있는 최고이자, 동시에 시전자의 정신을 갉아먹기에 최악의 무공이라 할 수 있는 염왕현신.

"조, 조심하시오!"

추월석이 잔뜩 긴장한 어조로 소리쳤다.

하나, 그가 말을 하지 않아도 탁불승이 일으킨 기세에 정면으로 맞서고 있는 묵조영은 서서히 밀려오는 묵기가 얼마나 위험한 것인지 잘 알고 있었다.

우우우우웅웅.

묵조영의 몸에서 은은한 기운이 뿜어져 나오며 옷자락이 미친 듯이 펄럭였다.

그리고 어느 순간, 천마조에 새겨져 있던 용이 서서히 모습을 드러냈다.

탁불승의 머리 위에 치솟은 악귀와 묵조영의 머리 위쪽으로 치솟은 금룡은 너무도 상반된 기운을 뿜어내며 서로에게 으르렁거렸다.

"크흐흐흐흐."

탁불승의 입에서 예의 괴소가 흘러나오자 그의 머리 위에서 꿈틀대던 악귀도 절로 소름 끼치는 미소를 지었다.

"죽.어.라!!"

탁불승의 탁한 외침과 함께 파천혈궁에서 일어난 묵기가 묵조영을 향해 날아들었다.

탁불승의 머리 위에 있던 악귀도 그 기운에 몸을 실어 꿈틀

됐다.

파스스스스.

기괴한 소리와 함께 묵기가 삽시간에 수십, 수백 갈래로 나뉘더니 온 허공을 뒤덮었다.

그것들은 곧 하나하나가 악귀의 형상으로 변해 묵조영에게 달려들었다.

그러자 금룡의 주변을 휘감으며 자유로이 유영하던 백룡들이 그 악귀들을 막기 위해 움직였다.

꽝꽈꽈꽝!!

마침내 파천혈궁이 만들어낸 악귀와 백룡들의 생사투가 시작됐다.

백룡의 이빨이 악귀의 머리를 집어삼켰다.

날카로운 발톱이 악귀의 몸을 찢어버렸다.

불을 뿜어 태우기도 하고, 긴 몸으로 칭칭 휘감아 압사를 시키는 등 맹활약을 했다.

백룡이 용틀임을 할 때마다 악귀의 형상은 한 줌 연기가 되어 사라졌다.

악귀들 역시 필사적으로 항전을 했다.

악귀의 공격을 당한 백룡이 허리가 끊어져 힘없이 추락을 하고 고통으로 신음했다.

"세, 세상에!"

"이런 말도 안 되는!"

사람들은 허공에서 벌어지는 기괴한 광경에 넋을 잃었다. 그들이 보는 것은 인간의 싸움이 아니었다.

선(善)과 악(惡), 천상(天上)과 지옥(地獄)의 싸움이나 다를 바 없었다.

싸움의 우열은 반 각도 채 되지 않아 서서히 드러났다.

온 세상을 뒤덮을 듯 광란의 질주를 하던 악귀들이 눈에 띄게 줄어든 것이다. 그에 반해 악귀들을 차례차례 없애 버리는 백룡의 움직임은 여전히 활발했다.

그것은 곧 탁불승의 기세가 약해졌다는 것.

"크으으으."

피가 나도록 이를 꽉 깨문 탁불승의 입에서 탁한 신음 소리가 흘러나오기 시작했다.

일그러질 대로 일그러진 묵조영의 얼굴 또한 편하지는 않았다.

얼굴이며, 목이며, 팔뚝이며 가리지 않고 툭툭 솟아오른 심줄이 당장에라도 터질 듯 위태위태했으나 그가 승기를 잡고 있는 것은 분명한 사실이었다.

"크아아아아!"

탁불승의 입에서 마지막 외침이 터져 나오고 힘을 잃어가던 악귀들이 잠시 기운을 차리는 듯했다. 그러나 은빛 물결을 사방으로 뿌려대며 악귀들을 물리치는 백룡의 기세는 그의 마지막 발악마저 그대로 집어삼켜 버렸다.

그리고 묵묵히 묵조영을 보호하던 금룡이 최후의 용혈명을 토해내는 순간, 싸움은 끝난 것이나 다름없었다.

탁불승을 보호하던 악귀가 금룡에 맞서려 했지만 중과부적.

"크악!"

외마디 비명과 함께 탁불승의 신형이 끝을 모르고 날아갔다.

"단주!"

감태원이 기겁을 하여 그에게 달려갔다.

끊어진 실처럼 날아가 나뭇둥걸에 부딪쳐 떨어진 탁불승의 몸은 그야말로 처참지경이었다.

눈, 코, 귀, 입, 칠공은 물론 날카로운 칼로 난자당한 듯 온몸의 상처에서 피가 솟구쳤다.

왼쪽 팔은 어디로 떨어져 나갔는지 알 수 없었고 그나마 매달려 있는 팔다리 또한 형체를 알아보기 힘들 정도로 짓이겨진 상태였다.

"다, 단주……."

감태원이 너무도 끔찍하게 변해 버린 탁불승의 몰골에 뭐라 말을 잇지 못했다.

"끄으으으."

탁불승의 입에서 고통의 신음이 흘러나왔다.

몸을 일으키기 위해 죽을힘을 썼지만 남들이 보기엔 그저 몸을 꿈틀대는 것에 불과했다.

몇 번인가 그렇게 몸부림을 치던 탁불승이 한차례 급격한 경련을 하더니 몸을 축 늘어뜨렸다.

마교를 떠받치던 광명단의 단주 탁불승은 시위가 끊어진 파천혈궁을 손에 움켜쥔 채 그렇게 목숨을 잃고 말았다.

"단주! 단주!"

감태원이 안타깝게 불렀지만 대답을 들을 수는 없었다.

"이놈!!!"

감태원이 분노에 찬 일갈과 함께 몸을 일으켰다.

그의 몸에서 탁불승 못지않은 살기가 주저리주저리 뿜어져 나왔다.

"죽여랏!"

감태원의 입에서 묵조영과의 대결을 위해 잠시 미뤄두었던 공격의 명령이 떨어지고 그렇잖아도 단주의 죽음에 대한 복수심에 활활 불타고 있던 명화대원들과 흑월단의 살수들이 일제히 달려들었다.

하나, 그들의 검은 묵조영이 아니라 추월석과 검각의 제자들이 보호하고 있는 이들에게 향해졌다.

묵조영을 상대하기 위해 움직인 이들은 감태원과 그를 따라온 장로들이었다.

"크악!!"

"으아아악!!!"

기세 좋게 부상자들을 공격하던 이들의 입에서 처절한 비명이 흘러나왔다.

"피해랏!"

황급히 수하들을 물린 평설이 앞서 가던 수하들을 단숨에 도륙한 마상을 노려보았다. 그러나 마상이 어떤 인물이라는 것을 알기에 그 역시 함부로 공격하지는 못했다.

오히려 마상이 무표정한 얼굴로 공격을 감행했다.

"빌어먹을 괴물 같으니!"

마상의 검을 피해 다급히 몸을 물리는 평설의 입에서 절로 욕설이 튀어나왔다.

그렇다고 무작정 피할 수는 없는 노릇.

그는 그의 위기를 보고 다급히 달려온 유원추 등의 호법들의 도움으로 마상을 상대하기 시작했다.

"윽!"

검각의 제자 하나가 아랫배를 부여잡고 쓰러졌다.

"흥, 이렇게 뒈질 놈이!"

그의 배에 쇠꼬챙이 같은 칼을 꽂아 헤집어대던 명화대원이 사내의 몸을 걷어차 칼을 빼내며 소리쳤다.

"이만하면 손해 보는 장사가 아니지."

그는 피가 뚝뚝 떨어지는 팔뚝을 어루만지며 다음 상대를 찾았다.

그런데 하필이면 그의 눈앞에 나타난 사람이 추월석이었다.

그는 변변한 대항도 하지 못하고 목이 떨어지고 말았다.

이렇듯 장내의 상황은 피아를 구분하기 힘들 정도로 서로가 복잡하게 얽혀 있어 한순간도 안심을 할 수 없었다.

하나, 시간이 지나면 지날수록 승부의 추는 한쪽으로 급격히 기울기 시작했다. 아니, 양쪽의 전력을 감안하면 지금껏 팽팽하게 이어져 온 것 자체가 이상한 것이었다.

묵조영이 감태원과 장로들에게 발목이 잡히고, 유일한 대안이었던 마상마저 유원추 등에게 막히게 되고 추월석과 그가 데리고 온 삼검로가 몇몇 제자들을 데리고 필사적으로 버텼지만 수적으로 상대가 되지 않았다. 게다가 어찌 된 일인지 분전을 거듭하던 삼검로 중 두 명이 원인 모를 이유로 갑자기 목숨을 잃게 되면서 전세가 급격하게 기울기 시작했다.

"곧 끝나겠군."

부상의 여파로 싸움에 참여하지 못하고 있던 한소류가 장내를 둘러보며 말했다.

"지독한 놈."

잠시 시선을 돌린 한소류는 감태원과 장로들과 상대하면서도 좀처럼 주눅이 들지 않고 당당하기 그지없는 묵조영을 보며 고개를 절레절레 흔들었다.

천하에 누가 있어 마교의 장로들을 홀로 상대할 수 있을까. 더구나 조금 전, 그토록 무시무시한 싸움을 벌인 상태로.

그러나 탁불승과 벌인 싸움의 여파인지 밀리지도 않지만 그렇다고 압도하지도 못하고 나름 힘겨운 싸움을 벌이고 있는 묵조영과는 달리 포위 공격을 당하면서도 오히려 호법들을 몰아붙이는 마상의 신위는 실로 놀라웠다.

"이거야 원. 빨리 끝내지 않으면 오히려 위험할 수도 있겠군."

행여나 마상이 호법들을 쓰러뜨리고 싸움에 참여했을 경우를 떠올린 한소류가 몸을 부르르 떨었다.

"이제 얼마 남지 않았다. 더욱 거세게 몰아붙여라."

상상하기도 싫은 끔찍한 일을 떠올린 한소류의 음성이 절로 높아졌다.

바로 그때였다.

동쪽 평원, 여명(黎明)을 등지고 일단의 무리들이 조용히 달려오기 시작했다.

어림잡아 그 수는 칠십.

쉬익!

맨 앞에서 일행을 선도하던 사내가 들고 있던 창을 내던졌다.

우아한 호선을 그리며 날아온 창은 검각 제자의 목을 베고 의기양양하게 돌아보던 사내의 가슴에 박혀 버렸다.

"누구냐!"

"적이다!"

동시 다발적으로 터져 나오는 함성. 그리고 그들은 동료의 가슴을 꿰뚫은 창과 그 창에 매달려 힘차게 펄럭이는 깃발 하나를 볼 수 있었다.

푸른색 바탕에 여의주를 물고 승천하는 두 마리 청룡!

여의주에 아로새겨진 '公冶'라는 글자가 더욱 눈에 띄는 깃발.

천하에 그런 상징을 지닌 곳은 오직 한곳뿐이었다.

"고, 공야세가다!"

"창룡단!"

마침내 공야치의 명령으로 묵조영을 구하기 위해 이틀 밤낮을 달려온 창룡단이 그 모습을 드러낸 것이었다.

"피곤하다. 빨리 끝내자."

깃발이 매달린 창으로 적의 가슴을 꿰뚫어 창룡단의 등장을 멋들어지게 장식한 공야열이 뒤를 돌아보며 말했다.

그리곤 갑작스런 적의 등장에 어쩔 줄을 모르고 멍하니 쳐다보는 명화대에 달려들기 시작했다.

"저, 저! 으휴! 성질머리하곤!"

명색이 창룡단의 단주인 자신의 명도 없이 내달리는 공야열을 보며 공야일성은 한숨을 푹 내쉬었다.

그런 공야일성을 키득거리며 바라보던 창룡단원들은 매섭게 째려보는 공야일성의 시선을 황급히 피하며 공야열의 뒤를 따랐다.

의천맹을 제치고 마교와 더불어 무림의 양대산맥이라 일컬어지는 공야세가. 그리고 공야세가의 한 축을 담당하는 창룡단의 전력은 막강이라는 말이 무색할 정도로 무시무시했다.

아무리 당황을 했다지만 창룡단원들과 부딪친 명화대원들은 변변한 대항도 하지 못하고 속절없이 무너졌다. 눈 깜짝할 사이에 절반이 넘는 인원이 목숨을 잃었고 시간이 가면 갈수록 그 수는 급격하게 늘어갔다.

"퇴, 퇴각! 퇴각하랏!"

더 이상 망설였다간 전멸을 면치 못하리란 생각에 한소류가 목이 찢어져라 소리쳤다.

창룡단의 압도적인 무위에 기가 질린 명화대는 퇴각이란 명이 떨어지기가 무섭게 도망치기 시작했다.

하지만 그마저도 쉽지 않았다.

공야일성이 퇴로를 차단한 채 도주하는 명화대를 철저하게 도륙했기 때문이었다.

"크악!"

업친 데 덮친 격으로 외마디 비명과 함께 마상을 상대하던 유원추가 절명하고 말았다.

유원추가 목숨을 잃자 힘들게 버티던 호법들과 평설이 싸움을 포기하고 도주하기 시작했다.

족쇄가 풀린 마상까지 날뛰기 시작하자 그렇잖아도 막다

른 골목으로 밀렸던 명화대는 그야말로 풍전등화의 위기에 처하고 말았다.

"금룡신객은 어디에 있습니까?"

거침없이 적을 베고 추월석에게 다가온 공야열이 물었다.

힘든 싸움을 벌이다가 겨우 숨을 돌린 추월석이 손을 들어 한쪽을 가리켰다.

"묵 공자는 저기에 있소."

공야열이 힐끗 고개를 돌렸다.

그리고 감태원 등과 여전히 혈전을 벌이는 묵조영을 발견했다.

공야열은 묵조영에게 다가가며 싸움의 양상을 살폈다.

언뜻 보기에 묵조영을 공격하는 노인들의 실력이 장난이 아니었다. 개개인의 실력이 자신을 훨씬 웃돌 것 같았다.

"후아~ 장난 아닌데. 저런 늙은이들을 셋씩이나 상대한단 말이야?"

"닥치고 빨리 구하기나 해!"

곁으로 다가온 공야일성이 버럭 소리를 질렀다.

"젠장, 저런 싸움에 함부로 끼어들면 뼈도 못 추린다고요."

공야열이 입을 내밀며 대꾸했다. 아닌 게 아니라 묵조영 등이 일으키는 충격파가 장난이 아니었다. 자칫 그 여파에 휩쓸리면 어떤 일을 당할지 몰랐다.

"그래도 구해야 돼."

공야치가 직접 명령을 전해올 정도라면 묵조영이 얼마나 중요한 인물인지 새삼 거론할 필요가 없는 일.

공야일성은 꺼려하는 공야열과 함께 묵조영을 돕기 위해 움직였다.

하지만 그럴 필요가 없었다. 그들이 다가오기도 전, 한소류에게 이미 전황을 전해 들은 감태원이 동료 장로와 함께 물러난 것이었다.

"뭐야? 도망치는 거야? 쯧쯧, 저 늙은이들이 이 몸이 얼마나 무서운 인물인지 아는 모양이군."

공야열이 콧방귀를 뀌며 야유를 보냈다.

"헛소리 그만 하고 따라와. 부상이 심한 모양이다."

공야일성이 감태원 등이 물러난 뒤 몸을 휘청거리는 묵조영을 보며 급히 소리쳤다.

"괜찮습니까?"

공야일성이 다소 경계하는 표정의 묵조영을 부축하며 물었다.

묵조영은 그저 고개를 끄덕이는 것으로 대답을 대신했다.

"저는 공야세가의 공야일성이라 합니다."

"묵조영입니다."

짧게 대답을 한 묵조영이 주변을 둘러보았다.

이미 살아 있는 명화대원들은 모조리 도망을 친 후였고, 남아 있는 이들은 모두 싸늘히 변해 버린 시신뿐이었다.

"덕분에 살았습니다. 고맙습니다."

묵조영이 허리를 숙여 인사를 했다.

"무슨 말씀을……."

공야일성이 당황하여 마주 인사를 했다.

"맞는 말이지, 뭘 그래요."

공야열이 심드렁하게 말하다가 공야일성의 따가운 눈총에 짐짓 모른 체 고개를 돌렸다.

"피해는 어떻습니까?"

추월석에게 다가간 묵조영이 물었다. 순간, 추월석의 안색이 살짝 어두워졌다. 삼검로 중 두 명을 잃고 자신을 포함하여 살아남은 제자들이 열이 채 안 됐기 때문이었다.

추월석이 쉽게 말문을 열지 못하자 묵조영이 진심으로 사과를 했다.

"죄송합니다."

"그런 말 말게나. 어쩔 수 없는 일이야."

추월석이 슬픈 미소를 지으며 묵조영의 어깨를 두드렸다.

"어쨌든 이제 완전히 끝났군. 놈들도 더 이상 추격을 하지는 못하겠지. 고맙소이다. 공야세가가 제때에 도움을 주지 않았다면 우리 모두 죽음을 면치 못했을 것이오."

"아닙니다. 그런 말씀 마십시오."

공야일성이 정중히 말을 받았다.

"아뇨, 아직 끝나지 않았습니다."

차갑게 내뱉은 묵조영이 모든 이들의 의아스러운 눈초리를 받으며 부상자들에게 다가갔다.

한 사내의 앞에 선 묵조영이 찬찬히 그를 살피다 입을 열었다.

"그렇지 않소?"

"……."

사내는 아무런 대답도 하지 않고 물끄러미 그를 바라봤다.

"고, 공자님. 무슨 말씀을 하서는 것인지……?"

감 노인이 영문을 몰라 하며 물었다.

바로 그 순간이었다.

머리에서 발끝까지 온몸을 붕대로 칭칭 감은 사내가 벌떡 몸을 일으켰다. 그리곤 얼굴에 감긴 붕대를 풀며 말했다.

"흠, 나름대로 완벽을 기한다고 했는데 어떻게 알았지?"

"언제부터인가 누군가 나를 감시하고 있다는 것을 느낄 수 있었소. 정확히 말하자면 살의라고나 할까?"

"그 정도로는 알기 힘들었을 텐데?"

난데없는 상황에 모두들 당황한 빛을 띠고 있을 때, 묵조영이 탁불승이 쓰던 파천혈궁을 내보이며 말했다.

"조금 전, 그의 화살이 이쪽으로 날아오던 순간, 모두들 두려움에 어쩔 줄을 몰라 했소. 하지만 단 한 사람, 당신만큼은 화살이 아니라 오히려 나의 움직임을 파악하고 있었지."

"훗, 대단하군. 그렇게 정신없는 순간에 나의 움직임을 파악하고 있었다니."

사내가 차가운 미소를 흘리며 고개를 흔들었다.

"당신은 누구요?"

묵조영이 물었다.

"나?"

피식 웃은 사내가 손을 까딱였다.

묵조영의 어깨가 움찔하는 찰나, 감 노인의 입에서 비명이 터졌다.

"으악!"

목을 움켜쥔 감 노인은 그 자리에 쓰러졌다.

"이런 사람이지."

사내가 감 노인의 가슴을 지그시 누르며 비웃음을 보였다.

"네놈이!"

추월석이 당장 달려들 기세를 보이자 사내가 감 노인의 가슴을 짓누르는 발에 힘을 가했다.

"으아아아악!"

자지러지는 감 노인의 비명에 추월석이 움직이지 못하자 사내의 비웃음이 더욱 짙어졌다.

"누구냐고 물었소."

그러자 사내가 감 노인의 목에 감긴, 자세히 살펴지 않으면 전혀 알아보지 못할 투명한 은편을 가리키며 말했다.

"이것을 모른다고는 하지 않을 텐데."

비로소 짐작 가는 바가 있었다.

"무영은편……?"

"흑월단주가 나다. 네 사형이기도 하지."

말과 함께 몸에 걸친 붕대를 다 풀어낸 엽사군이 여전히 붕대가 감긴 팔을 가리키며 말했다.

"이 몸이 이렇게만 되지 않았으면 제대로 어울려 봤을 텐데 말이야. 검성이란 자가 보통이 아니어서 말이지."

엽사군이 흙빛으로 변한 추월석의 안색을 살피며 말했다.

"네… 네놈이 흑월단주! 혀, 형님을!"

추월석이 부르르 몸을 떨었다.

"왜? 덤벼볼 텐가? 이 늙은이의 목이 꺾이는 것을 보고 싶다면 마음대로 하고."

"추 대협."

묵조영은 추월석이 화를 참지 못하고 움직일까 봐 황급히 그의 팔을 잡았다. 그의 마음을 아는지 피가 나도록 입술을 깨물며 화를 억누른 추월석이 고개를 끄덕였다. 그걸 보고 가만히 있을 엽사군이 아니었다.

"호~ 대단한 인내심인걸. 원수를 눈앞에 두고도 참을 수 있다니… 과연 검각이야."

"언젠가! 심장이 뽑히고도 그따위 말을 지껄일 수 있는지 보겠다."

더 이상 마주하다간 무슨 일을 저지를지 모른다고 생각한 추월석이 몸을 홱 돌렸다.

"어이! 나중에 뒈지거든 먼저 간 두 늙은이들에게 안부나 전해주라고."

순간, 몸을 돌리던 추월석의 몸이 석상처럼 굳었다.

비로소 조금 전, 삼검로 중 두 명이나 목숨을 잃은 이유가 밝혀진 것이었다.

"죽어랏!"

이성을 잃은 추월석이 누가 말릴 사이도 없이 검을 뿌렸다.

엽사군이 감 노인으로 재빨리 몸을 보호했다.

"추 대협!"

묵조영이 황급히 움직여 추월석의 검을 막았다.

"진정하십시오."

그러나 이성을 잃은 추월석을 진정시키기란 보통 힘든 것이 아니었다.

"쯧쯧, 진정하라잖아."

한껏 조롱을 한 엽사군이 감 노인을 앞세우고 걷기 시작했다.

"내 걸음이 멈춰지면 이 늙은이는 죽는다."

"그전에 네놈이 먼저 죽을 거다!"

공야열이 버럭 소리쳤다.

"네 이름이 무엇이냐?"

엽사군이 물었다.

"공야열이다."

"조만간 찾아가마. 목이나 깨끗하게 씻어놔."

그 말속에 담긴 살의를 느끼며 공야열은 자신도 모르게 몸을 떨었다.

"감 노인을 어쩔 셈이오?"

묵조영이 물었다.

"안전한 곳까지 이동하면 풀어주마."

"그걸 어찌 믿소?"

"믿기 싫으면 말고."

"……."

묵조영은 바들바들 떨고 있는 감 노인을 바라봤다.

마음 같아선 당장에 목숨을 끊어버리고 싶었지만 감 노인의 생명이 걸린 이상 차마 그럴 수가 없었다.

문제는 길을 비켜준다고 해도 감 노인을 풀어준다는 보장이 없다는 것.

"나를 보내주면 이 늙은이도 무사할 것이다. 내 약속하지."

"만약 그렇지 않을 경우……."

"명색이 흑월단의 단주다. 한 입으로 두말하지는 않는다."

자신만만한 엽사군의 말에 한참 동안이나 고민을 하던 묵조영이 어쩔 수 없다는 표정으로 몸을 틀었다.

엽사군은 묵조영이 길을 비키자 그럴 줄 알았다는 듯 비릿한 미소를 흘렸다.

"이번엔 운이 좋았어. 다음에도 그런 운을 기대하진 말도록."

묵조영의 어깨를 가볍게 치고 지나간 엽사군은 그들과 삼십여 장 떨어진 곳에 이르자 감 노인의 엉덩이를 발로 찼다.

"꺼져."

감 노인은 목숨을 구했다는 기쁨에 눈물을 흘리며 내달렸다.

바로 그 순간, 엽사군의 눈에 냉기가 흘렀다.

"안 돼!"

멀리서 엽사군의 손이 움직이는 것을 본 묵조영이 놀라 부르짖으며 달려갔다. 하지만 엽사군을 막기엔 거리가 너무 멀었다.

"함부로 사람을 믿으면 안 되는 법이다. 사형이 사제에게 주는 가르침이니 잘 받도록 하여라. 크하하하하!"

무영은편으로 감 노인의 목을 잘라 버린 후, 미친 듯이 웃어 젖힌 엽사군이 몸을 돌려 달아나기 시작했다.

분노에 몸을 떤 묵조영이 혼신의 힘을 다해 쫓았지만 엽사군을 잡기엔 무리가 있었다.

"엽.사.군!!!"

감 노인의 주검을 안아 들고 부르짖는 묵조영의 음성을 들으며 내달리는 엽사군의 입에선 흥겨운 노랫소리가 흘러나왔다.

*　　　　*　　　　*

"녀석이 도착했다고?"

"예."

"한데?"

"아무래도 나가보심이……."

추건이 묵연작의 눈치를 보며 말꼬리를 흐렸다.

"마… 중? 허~ 대관절 놈이 무엇이기에 내가 마중까지 해야 한단 말인가?"

묵연작이 들고 있던 술잔을 탁자에 탁 내려놓으며 역정을 냈다.

"그래도 그러시는 것이 낫지 않겠습니까?"

"뭐가 낫다는 말인가?"

"사정이 급박했다고는 하지만 우리가 세가에 남겨두고 온 식솔들을 구해오는 중입니다. 한데 힘들게 사지를 빠져나온 그들을 이대로 모른 체하면 오히려 모양새가 좋지 않습니다. 세간의 눈도 있고요."

추건의 말을 못마땅하게 듣고 있던 묵연작이 여전히 병색이 완연한 묵하상에게 고개를 돌렸다.

"네 생각은 어떠냐?"

잠시 생각에 잠겨 있던 묵하상이 질문을 받고 고개를 들었다.

"어떠냐고 물었다."

"아무래도……."

대답하기가 쉽지 않은지 잠시 뜸을 들인 묵하상이 추건과 슬쩍 시선을 주고받더니 말을 이었다.

"추 가주의 말이 맞는 것 같습니다."

묵하상까지 추건의 의견에 동조하자 그렇잖아도 쭈글쭈글한 묵연작의 미간에 주름이 확 잡혔다.

"아무리 그렇다 해도 놈을 마중 나간다고 하는 것은……."

"그 녀석을 마중 나가는 것이 아니라 식솔들을 살피러 가는 것입니다."

"흠."

"아버님."

거듭되는 묵하상의 말에도 묵연작은 좀처럼 마음을 결정하지 못했다.

보다 못한 묵성이 거들고 나섰다.

"아무것도 모르는 자들이 찧어댈 입방아를 생각하시면 잠시 모습을 보이시는 것이 좋겠습니다."

"허허허! 이제는 내가, 아니, 우리 묵가가 별꼴을 다 당하는 신세로 전락했구나."

자조 섞인 웃음을 터뜨린 묵연작은 이후, 묵묵히 석 잔의 술을 비웠다.

마지막 술잔을 비운 후, 묵연작이 착 가라앉은 음성으로 말했다.

"좋다. 기왕 하는 것 거창하게 해보자꾸나. 모든 식솔들을 모으거라."

"알겠습니다."

묵성이 명을 받고 공손히 뒤로 물러났다.

"마중이라… 허허, 허허허허!"

묵연작의 허탈한 웃음은 좀처럼 멈출 줄을 몰랐다.

묵조영 일행이 도착했다는 소리를 듣고 많은 사람들이 달려와 반겨주었지만 그래도 가장 먼저 달려온 사람은 혁씨세가의 대공자 혁거세였다.

"오랜만입니다."

"예."

묵조영이 짧게 목례를 했다.

그것이 끝이었다.

어색한 침묵이 둘 사이를 한참이나 비집고 지나갔다.

"앞뒤 경황도 제대로 살피지 못하고 그때는 정말……."

간신히 입을 연 혁거세가 과거, 엉뚱한 오해로 묵조영을 공격했던 것을 거론하며 사죄를 청했다.

붉게 달아오른 혁거세의 얼굴을 바라보며 묵조영이 빙그레 웃음 지었다.

"괜찮습니다. 상황이 그랬으니까요."

"이해해 주신다니 고맙습니다. 후~ 지금도 그때만 생각하면……."

엉뚱한 오해로 공격을 하는 것도 부족해, 만약 묵조영이 손속에 인정을 두지 않았으면 자신은 물론이고 당시 자신을 따라 검지를 찾아 나섰던 혁령, 혁설악 등은 모조리 시신으로 변했을 터.

혁거세는 괜찮다는 묵조영의 만류에도 거듭 사죄를 청하고 용서를 빌었다.

"하하, 이제 그만 하십시오. 과거 일은 그저 과거 일로 묻는 것이 좋을 것 같습니다. 그나저나 묵가가 이곳에 머물고 있다고 들었습니다만."

"예. 이틀 전에 도착하셔서 서쪽 별관에 머물고 계십니다."

"수고스럽지만 안내를 부탁해도 되겠습니까?"

"물론입니다. 그렇잖아도 묵 공자께서 식솔들을 구해왔다고 전령을 보냈으니까 다들 마중을 나오실 겁니다."

혁거세의 말에 묵조영은 슬쩍 쓴웃음을 짓고 말았다.

묵조영 자신은 이미 한참 전에 세가에서 버림받은 몸이었고, 그가 구한 사람들 역시 전후 사정이야 어찌 되었든 세가가 버린 이들. 결코 반겨줄 리 없었고 더더군다나 마중 따위를 나올 리가 없다고 여긴 것이었다.

한데 그 예측이 보기 좋게 빗나갔다.

혁거세가 한쪽 방향을 가리키며 소리쳤기 때문이었다.

"때마침 다들 오시는군요."

묵조영의 시선이 자연적으로 그의 손을 따라 움직였다. 그리고 묵하상과 묵성을 좌우로 거느리고 보무당당히 걸어오는 묵연작을 볼 수 있었다.

'할아버지……'

집을 떠나 근 십여 년 만에 보는 할아버지였다.

비록 자신에게 정을 주지도 않았고 오히려 매정하게 대했다지만 그래도 반가운 마음이 이는 것은 어쩔 수 없었다.

한데 바로 그 순간, 묵조영의 감상적인 마음은 묵성과 어깨를 나란히 하고 오는 매율현을 보면서 대번에 틀어지고 말았다.

'매율현.'

매율현을 바라보는 묵조영의 눈빛이 차가워졌다.

자신도 모르게 불끈 쥔 주먹에 힘이 들어갔다.

당장에라도 당시의 상황에 대해, 취몽산에 대해 따지고 싶은 마음이 굴뚝같았다.

그러나 모든 일에는 선후가 있는 법.

묵조영은 애써 마음을 다잡으며 끓어오르는 노화를 누그러뜨렸다.

하지만 간신히 진정시킨 그의 마음은 묵연작의 바로 뒤에서 살랑거리며 따라오는 인물을 바라보며 결국 폭발하고 말았다.

묵조영과 똑바로 눈을 맞추며 가소롭다는 듯 피식거리는 인물. 다름 아닌 묵언도였다.

'묵언도!'

묵언도를 발견한 묵조영의 눈에서 불똥이 튀었다.

온몸이 부르르 떨렸다.

처음, 손끝에서 시작된 떨림은 곧 전신으로 퍼져 나가며 좀처럼 멈출 줄을 몰랐다.

발걸음이 떼어지질 않았다.

그래도 가야 했다.

어째서 그런 만행을 저질렀는지 똑똑히 확인을 해야 했다.

묵조영이 입술을 꽉 깨물었다.

입술에서 전해지는 고통에 정신이 약간 맑아지는 것 같았다.

아울러 떨림도 조금은 멈춘 것 같았다.

묵조영이 그를 향해 걷기 시작했다.

한 걸음.

그의 뇌리에 서해대협곡을 지키다 처참하게 망가진 몸으

로 목숨을 잃은 묵화성의 모습이 떠올랐다.

두 걸음.

죽는 순간까지도 세가를 지켜달라고 애원했던 묵청의 간절한 눈동자가 눈앞에 아른거렸다.

세 걸음.

형편없이 무너진 세가, 도륙당한 식솔들. 그리고 자신을 끔찍이 아꼈던 대장로의 죽음이 떠올랐다.

묵언도의 배신만 없었다면 어쩌면 그런 참극이 없었을지도 몰랐다.

그 모든 것이 묵언도 때문이라는 생각에 사로잡히자 묵조영에게 남았던 한가닥 이성의 끈마저 끊어지고 말았다.

"묵. 언. 도!"

묵조영의 외침이 혁씨세가를 쩌렁쩌렁하게 울렸다.

그의 외침이 얼마나 격렬했는지 무공이 약한 이들은 고개를 틀어막고 땅바닥에 주저앉을 정도였다.

"묵언도!"

묵조영이 또다시 살기에 찬 외침을 토해내고, 순간 자신도 모르게 뒷걸음질치는 묵언도의 얼굴이 새하얗게 질렸다.

『마도십병』제6권 끝

魔刀爭霸

FANTASTIC
ORIENTAL HEROES

마도쟁패

장영훈 新 무협 판타지 소설

오색혈수인(五色血手印)을 찾아라!

『보표무적』, 『일도양단』에 이은 장영훈의 세 번째
거친 사나이들의 이야기! 『마도쟁패(魔刀爭霸)』

마교 제일의 타격대 흑풍대(黑風隊)의 최연소 대주,
흑풍대주 칠초나락(七招奈落) 유월(柳月),
강호서열록(江湖序列錄) 가(假) 서열 오십육 위, 진(眞) 서열 칠 위.

교주의 외동딸 비설의 폭탄선언으로 시작되는 운명의 거대한 수레바퀴!
거대 마도문파 마교를 둘러싼 치열한 음모와 피튀기는 암투!
가슴을 울리는 호쾌한 대결과 박진감 넘치는 전투의 연속!

우리가 바라마지 않던 진정한 사나이들의 역동적인 이야기가 전개된다!

유행이 아닌 자유추구 -
WWW.chungeoram.com

Book Publishing CHUNGEORAM

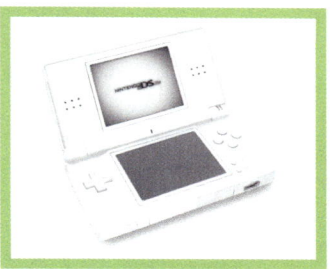

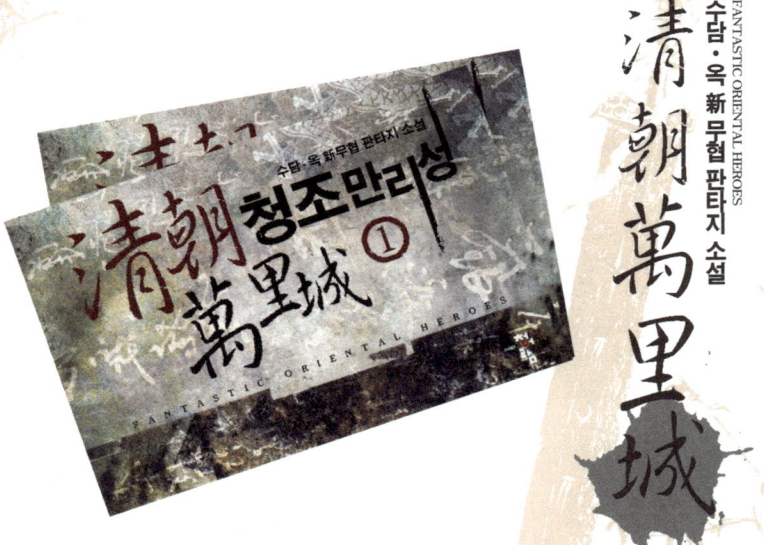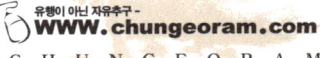

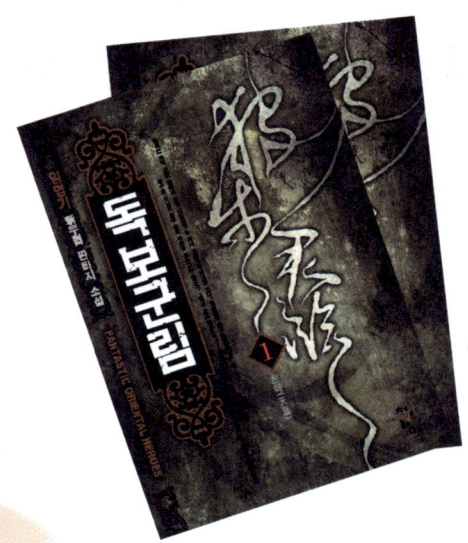